說再見以前。

BEFORE SAYING GOODBYE

兔子說 著

出·版·緣·起

三百六十度全媒體出版

城邦原創創辦人　何飛鵬

當數位變革浪潮風起雲湧之際，做為一個紙本出版人，我就開始預想會不會有數位原生內容出版社出現？如果會的話，數位原生出版會以什麼樣貌出現？而我又將如何面對這種數位原生出版行為？

就在這個時候，我看到了大陸的起點網，這個線上創作平台，聚集了無數的寫手，形成數量龐大的創作內容，無數的素人作家在此找到了夢許之地，也成就了一個創作與閱讀的交流平台，而手機付費閱讀的習慣養成，更讓起點網成為全世界獨一無二、有生意模式的創作閱讀平台。

基於這樣的想像，我們決定在繁體中文世界打造另一個線上創作平台，這就是ＰＯＰＯ原創網誕生的背景。

做為一個後進者，再加上我們源自紙本出版工作者，因此我們在ＰＯＰＯ上增加了許多的新功能，除了必備的創作機制之外，專業編輯的協助必不可少，因此我們保留了實體出版的編輯角色，讓有心成為專業作家的人，能夠得到編輯的協助，我們會觀察寫作者的內容、進度，選擇有潛力的創作者，給予意見，並在正式收費出版之前，進行最終的包裝，並適當的加入行銷概念，讓讀者能快速認識作者與作品。

這就是POPO原創平台，一個集全素人創作、編輯、公開發行、閱讀、收費與互動的一條龍全數位的價值鏈。

經過這些年的實驗之後，POPO已成功的培養出一些線上原創作者，也擁有部分對新生事物好奇的讀者，不過我們也看到其中的不足——我們並未提供紙本出版服務。

眞實世界中，仍有許多作家用紙寫作，還有更多讀者習慣紙本閱讀，如果我們只提供線上服務，似乎仍有缺憾。

爲此我們決定拼上最後一塊全媒體出版的拼圖，爲創作者再提供紙本出版的服務，讓所有在線上創作的作家、作品，有機會用紙本媒介與讀者溝通，這是POPO原創紙本出版品的由來。

如果說線上創作是無門檻的出版行爲，而紙本則有門檻的限制，線上世界寫作只要有心，就能上網、就可露出，就有人會閱讀，沒有印刷成本的門檻限制。可是回到紙本，門檻限制依舊在。因此，我們會針對POPO原創網上適合紙本出版的作品，提供紙本出版的服務，我們無法讓所有線上作品都有線下紙本出版品，但我們開啓一種可能，也讓POPO原創網完成了「三百六十度全媒體出版」的完整產業及閱讀鏈。

不過我們的紙本出版服務，與線下出版社仍有不同，我們提供了不同規格的紙本出版服務：（一）符合紙本出版規格的大眾出版品，門檻在三千本以上。（二）印刷規格在五百到二千本之間的試驗型出版品。（三）五百本以下，少量的限量出版品。

我們的宗旨是：「替作者圓夢，替讀者服務」，在作者與讀者之間搭起一座無障礙橋梁。

我們的信念是：「一日出版人，終生出版人」、「內容永有、書本不死、只是轉型、只是改變」。

我們更相信：知識是改變一個人、一個組織、一個社會、一個國家的起點。讓想像實現、讓創意露出、讓經驗傳承、讓知識留存。我手寫我思，我手寫我見，我手寫我知，我手寫我創，變成一本本的書，這是人類持續向前的動力。

我們永遠是「讀書花園的園丁」，不論實體或虛擬、線上或線下、紙本或數位，我們永遠在，城邦、ＰＯＰＯ原創永遠是閱讀世界的一顆螺絲釘。

楔子

偌大無人的操場，赤裸上身的少年躺在翠綠草地上，無懼光的耀眼，直直地望著藍天，他揚起了笑，有點輕狂，有點不羈，也有點嘲弄。

教官們聞訊而來，只見青天白日滿地紅的國旗被人摺得好好、宛如一塊小豆腐干放在地上，抬頭一看，在旗杆上取而代之的，是一件隨風飄揚的制服襯衫。

藍天、綠地、白襯衫——多麼美好的風景。

那天，是我們升上高二的第一天。

Chapter 1

不知從何時開始，

我的生活不再有甜膩的草莓香氣。

那感受如此眞實，總在睜開眼之後才發現一切都是想像的、虛幻的、騙人的，不過是夢，只是夢而已。因爲，我從未親眼見過那幅景象。

沒有光。

拉上窗簾的房裡一片漆黑，尚未適應的眼睛不管睜著、閉著，看見的世界都是一樣的，只是……身後傳來的呼吸聲淺淺地起伏，我花了好一段時間才做好心理建設，小心翼翼地翻過身子，確認他的存在不是我的幻想。

眞的是他。

「……哭什麼？」

當我聽見他帶著一點焦躁的問句時，已經不曉得哭了多久，在他溫暖的懷裡，感覺他笨拙的大手在我背上輕拍，許久未落的眼淚不聽使喚，拚命、拚命地落下。

我很想他。

還有他。

還有我們一起度過的那一段時光……明知道不可能，卻總是不斷地想著，如果可以選擇，我想重新回到那一年、重新看見你的笑臉，回到——

說再見以前。

燕山高中的襯衫旗幟事件引發了一場騷動。

不僅是學校內部，就連網路上都討論得十分熱烈，重點不外乎是事件的動機、目的，還有主角究竟是何方神聖、長得是圓是扁、身材好不好……等各種逐漸偏離重心的八卦話題。

想當然耳，趕去處理的教官堅決不肯透漏任何一絲消息，只在朝會的時候訓斥了一會兒，要我們了解學生的本分，不要老是衝動行事，做一些譁眾取寵的舉動。

不過，人就是這樣，越不說就越想知道，越不讓做的就越想做……無法被滿足的好奇心助長了新校園傳說的神祕性，甚至還在其他學校引發了一波模仿熱潮。

「我實在太小看高中生沒事找事的能力。」洪蘋一邊啃著巧克力，一邊看著報紙上的新聞，「光是這件事就可以討論一個星期，還上了報！我開始擔心我們國家未來的競爭力了。」

「妳太誇張了。」見洪蘋一副憂國憂民的模樣，我忍不住笑了，伸手把報紙移到我面前，藉此分散她的注意力。

洪蘋沒阻止我，只是搖了搖頭，餵我一口聽說是從國外帶回來的零食，「日荷，相信我，這叫見微知著。」

報紙上約莫有四分之一個版面的篇幅，介紹最近高中生之間流行的影片與活動，幾張照片、近千字報導，斗大標題用活潑的字體題上「青春」兩字——高中二年級，十六、七歲的我們即是文中所指的青春年華。

可是，所謂的青春是什麼呢？

偷得半刻悠閒的下課時間，與朋友分享一份報紙、討論無關緊要的小事，我的青春不過就是如此，人不輕狂枉少年之類的轟轟烈烈，我想，還是交給別人去做吧。

「社會組果然還是女生比較多。」

「嗯，文組嘛。」收起報紙，我跟著洪蘋環顧了教室一圈，男生大多聚在一塊兒高談闊論，女生則分散成好幾組小團體，有些人我認識，有些人我還是叫不出名字。

高二分組打亂了高一原有的社交圈，來到新的班級，被迫重新構築人際關係的我們，要不是和先前同班的同學暫時組隊，要不就是像我和洪蘋這樣，互不相識的人湊在一起，重新結交新朋友。

幸好，我和洪蘋的頻率相近，認識沒幾天就頗有一見如故的感覺。

「班長。」

聽見這聲叫喚，我無法克制地呆了半秒，忍住嘆氣的衝動，見到幾名同學朝著我的方向走來。班長，這個稱呼真是不習慣也不行。

取過同學們交上來的回條，按照號碼排好，我順手清點數量，確認還有哪些同學未交，想著要再次向他們催繳。

「啊！」數到一半，我忽然停住。

「怎麼了？」洪蘋不解地望著我。

沒有馬上回應她的疑問，轉過頭，我望向隔壁不管是桌面，還是椅子下的置物空間，全都堆滿了課本、通知單和講義的空座位……

我差點忘記這個人的存在。

「對哦，」順著我的視線看過去，洪蘋迅速理解了我之所以停下手中動作的原因，「妳隔壁到底坐誰啊？從開學到現在好像還沒出現過。」

「佟海光。」座號三十六，正好與我的三十五號相鄰。我低頭在筆記本上做記號，一整排尚未繳交的項目底下都有屬於他的號碼。

「一年級一班那個？」

「妳認識？」抬眼，正好捕捉到洪蘋努起嘴唇的小動作。

一種不予置評的感覺。

「只是聽過。」

「他不好嗎？」我問。

洪蘋聳聳肩，「其實也沒什麼，大概就是比較愛鬧吧？」

是嗎？

看著洪蘋的表情，我心裡明白或許事情沒她說得這麼簡單，上課鐘恰巧在此刻響起，我們對看一眼，她起身走回座位，而我也沒再繼續追問。

有些事，不知道也好。

然而見洪蘋這麼一反應，對我來說，佟海光的存在便不再只是那個缺席七天、素未蒙面的同學。當我不曉得是第幾次盯著佟海光的座位發愣時，心裡真有股衝動想用力捏大腿一把，要自己別再看了。

耳邊飄盪著國文老師虛無縹緲的講課聲，我在紙上畫著無意義的圖案、抄寫課本上的字句，最後甚至看著名條寫下全班同學的名字……任誰也想不到，看似認眞用功的班長上課竟然這麼不專心吧？

佟海光。

筆尖停留在「光」字勾起的筆畫上，凝聚出一顆深藍色的墨水珠漬。

看著墨珠浸染了紙張，像是蜘蛛網似的在紙張纖維蔓延開來，下一瞬，我果斷地劃開了墨水，輕輕地拉出一筆又一筆痕跡，線條逐漸出現弧形的漸變，再補上細節、加深墨線，不到幾秒，我在他的名字上勾勒出單邊的羽翼。

「報告。」

一道爽朗的嗓音從教室前門傳來，講課聲暫停，一時之間，教室裡靜默一片。我沒有抬頭探尋來人是誰，不是不好奇，而是因爲一張放在隔壁桌上的通知單正好隨風飄落至我的腳邊——

「我來就好。」

「啊？謝謝……」我直覺回應。

只見他彎身拾起通知單，我正想伸手接過，沒想到他原本噙在嘴邊的笑容咧得更大了，亮晃晃的、很刺眼的笑容。

「這是我的。」

「你……」什麼？

他笑了笑，逕自轉過身子，整理起隔壁亂成一團的座位。

全班好奇的視線全都集中在他身上，他本人倒是一副渾然未覺的模樣，慢條斯理地將桌上那疊課本、講義、通知單一一分門別類，依序收進椅子底下，再掛好書包、坐上椅子，長腿一伸，看向前方的黑板，似乎很滿意這個座位。

然後，他似乎是察覺了我的目光，扭頭看向我。

「我是佟海光。」

我知道。

見我點頭，佟海光才繼續說：「妳是班長對吧？班導告訴我妳就坐在我隔壁，如果有問題的話可以請妳幫忙。」

又不是轉學生，哪會有什麼問題？我無奈地想著，總覺得不知不覺被班導託付了一個大麻煩，而且還沒辦法撇開不管。

「班長？」

「沈日荷。」我說。

「什麼？」

「別叫我班長。」

聽到我這麼說，佟海光的笑容斂了一些。

其實這是我第一次要求別人別叫我班長，大概也是因爲這是我第一次逮到機會能夠這麼要求。班長不是我想當才當的，至少我希望別人記住的是我的名字，而非職務。

沒想到佟海光會是第一個被我這麼要求的人。

「我知道了。」只見他的笑容回復到原本的燦爛，「那我以後就叫妳日荷吧。」

佟海光的笑容很直接，直接到讓我不曉得該如何回應，只能草草地嗯了聲，迅速轉開視線。

不是討厭。

只是不習慣。

下課鐘一響，老師前腳走出教室，全班男生立刻一湧而上，簇擁著佟海光肆意聊天打鬧，談笑聲的音量還有逐漸升高的趨勢，我不好打斷他們好似離散許久的感人大重逢，乾脆起身離開座位。

「還以為今天又不來了呢。」洪蘋招招手，要我坐到她旁邊，「他剛剛有跟妳說什麼嗎？我有點擔心。」

我眉一挑，有點好笑地問：「擔心？」

洪蘋意有所指的目光上下打量著我，唇角勾起，送我一個「難道妳沒有自知之明？」的笑容，完全無視我莫可奈何的眼神。

「沒辦法，日荷妳看起來實在是太好欺負了，文文靜靜，我見猶憐……別這樣看我，外表給人的第一印象永遠最深，這是無法否認的事實。」

我當然知道。

舉個例子來說，從小到大，要是有人問我「妳的興趣是什麼？」，我若是照實回答跑步、看漫畫、打籃球……他們不是大喊不可能，就是作出「妳少裝了」的表情，逼得我不得不說自己的興趣是閱讀、彈鋼琴、寫書法，才得以換來他們一副想當然耳的點頭稱是。

當然，長得一臉模範學生的乖巧模樣，好處不少，最起碼老師永遠不會懷疑惡作劇的嫌疑犯是我，能夠記嘉獎的好事也不會少我一份……儘管因此而攬上身的麻煩數量也幾乎形同正比，例如被指派擔任班長、例如佟海光這個——

算了，我不想跟他扯上太多關係。

直覺，這人是個麻煩。

佟海光馬上應證了我的預感無誤。

「老師，廁所。」上課不到十分鐘，佟海光舉起手報備。

人有三急，忙著講課的老師沒有多做刁難，只是揮了揮手，要他快去快回。

「老師，廁所。」

「老師，廁所。」

「老師……」

一連好幾個男生全都以同樣的理由離開教室，第一個出去的佟海光還沒回來，再怎麼遲鈍的老師也會發現事有蹊蹺，連忙派了同學到廁所查看，不用想也知道，廁所裡空無一人，哪來他們的蹤影？

翹課。

看向講台，老師無奈地在點名簿上記下幾筆。

「今天要吃什麼？」

人來人往的福利社，我和洪蘋呆站在角落不知何去何從。

原本不訂團膳，是想要可以擁有自由選擇午餐的權力，只不過權力一到手，反而變成一種每天例行的麻煩。

「炒飯好了。」我說。

「可是我昨天才吃炒飯……」洪蘋沉吟了一會兒，「不然我吃飯糰，哪個口味比較好吃啊？我只有吃過烤肉——」

「泡菜！」

一道聲音故意放大了音量，猛然插入談話，嚇得我們同時回頭。看清來人的臉龐，腦海才剛浮現出他的名字，洪蘋就搶先喊出聲來，還伸手往他的背上猛打了啪啪啪三記。

「曾、仰、宗！」

「啊！小力、小力一點！很痛！很痛啊……」曾仰宗，綽號洋蔥，正縮著身子苦苦求饒，「小蘋果，再打下去我都快殘了。」

「誰叫你要嚇我？」洪蘋氣得哼氣，眼珠一轉，像是忽然想到什麼似的，又用力捏了曾仰宗的手臂一把，「還沒問你，剛才翹課去哪了？」

聽見關鍵字，我感覺自己的耳朵豎了起來……奇怪，我幹麼這麼在意？

曾仰宗哈哈乾笑兩聲，毫不顧忌地摟上洪蘋的肩膀，開始介紹起福利社的午餐餐點，擺明顧左右而言他。

「洋蔥，別說了。」洪蘋推開曾仰宗，手一伸，掌心朝上。

曾仰宗微愣，「幹麼？」

「請客啊幹麼？」

「爲什麼？」他再問。

「既然不想說，總該有封口費吧，這是規矩。」洪蘋的手招了招，唇邊的笑淺淺勾起，「要不然的話，相信你家媽咪會很開心有人，也就是我，會一五一十地告訴她，她寶貝兒子的校園生活有多麼多采多姿——」

「洪娘娘想吃什麼儘管吩咐，小的絕對赴湯蹈火在所不辭！」

「泡菜飯糰、炒飯各一，再來兩瓶綠茶。」

「噎！」小宗子躬身退去，消失在茫茫人海。

等待曾仰宗買午餐回來的期間，洪蘋跟我說了她和曾仰宗從小到大糾纏不清的緣分，簡單來說，就是國小、國中同校，補習班永遠同一間，高二分班後居然又湊在一塊兒……雖然洪蘋嘴硬地嚷嚷這是孽緣，可我看得出來她很開心能有個像曾仰宗這樣的朋友。

畢竟，能夠從小一起長大並不是件容易的事，有多少人能夠陪伴彼此這麼長一段時間？

曾仰宗很快就完成任務，把午餐交給我們之後便先離開。沾了洪蘋的光，這頓午餐我沒花到半毛錢，害我有點不好意思。

「沒關係啦，那傢伙家裡很有錢。」等不及回到教室，洪蘋迅速拆開袋子，在走廊上大口咬著飯糰，「偶爾請個一百塊的午餐不是問題。」

我不清楚曾仰宗他家到底有錢到什麼程度，但如果可以，下次我絕對不會讓他請客，總覺得心裡有點不太安穩，也不太習慣。

就在我們經過穿堂的時候，杜子後方傳來一陣嘻笑打鬧的聲音，原本我只是下意識地瞄過去一眼，正想收回視線時，忽然想到這群男生好像是我們班上的同學。

翹課的那幾個，包括曾仰宗……

還有，佟海光。

我沒有停下腳步，也沒有叫洪蘋看，只是輕輕巧巧地將目光落定在佟海光身上。他蹲踞在椅子上，姿態瀟脫不馴，不曉得聊到什麼，他笑彎了一雙眼睛，大手往瀏海一撩……

咦？

剛才……我和他對到眼了嗎？

「……看著辦。」

回過神，我只聽見洪蘋話尾的最後三個字，再怎麼仔細回想也想不起她到底說了什麼，就連一點隻字片語都沒有印象。

我暗自叫糟。

「嗯，洪蘋啊……」我說。

她看向我，眨了眨一雙漂亮的杏眼，「怎麼？」

「那個，其實……妳剛剛說什麼我一個字都沒聽到……」說著，我看見她愣了一下，然後翻了一個超大的白眼，幸好，從她的反應看來應該不算太重要的事，「可以請妳再說一次嗎？」

我合掌拜託，懇求洪蘋娘娘大發慈悲。

「要不是妳這張白嫩嫩的臉蛋受不了一絲折騰，不然看我怎麼——」洪蘋作勢握緊拳頭，意思意思往我肩上一敲，「沈日荷，本小姐難得肯重複金玉良言，還不快拿出筆記一字字寫下，刻在心上！」

她只差沒逼我說出一句：「小的惶恐。」

不過，讓我更惶恐的不是這個——我忘了，眞的忘了，當洪蘋告訴我這件事的時候，我的腦袋眞的空白了三秒。

其實不是什麼大事，只是佟海光是我打掃工作的同伴，如此而已的……小事？這算是莫非定律嗎？越想遠離的，偏偏越會湊在一起，抑或是班導故意把他推給我管的陰謀？

唉，算了。

眾人皆睡的午休時間，我一個人默默蹲在後走廊的地板上整理資源回收。爲什麼只有我？絕對不是因爲我故意不告訴他、排擠他、覺得自己做比較快的關係，而是因爲佟海光根本還沒回教室，我上哪找人？

老實說，也懶得找。

安靜的氛圍之中，只剩下我喀啦喀啦踩扁寶特瓶的聲音，放空思緒，做著制式化的動作或許也算是一種休息……吧？

嘆口氣，我還是習慣這樣安慰自己，有點阿Q。

不是不好，只是……

「嘿！」

「佟海光？」我直覺地叫出他的名字。

佟海光笑了笑，遞給我一瓶草莓牛奶。這是他的善意，我應該收下的，對吧？但是我沒有，我猶疑的目光在草莓牛奶和他臉上的笑容之間來回，莫名僵持了好一會兒。

「爲什麼要給我？」半晌，我終於找回自己的聲音。

「讓妳一個人忙，我不好意思。」佟海光話才說完，沒等我反應過來，一把將草莓牛奶塞進我的手中，接著，他又笑：「剩下的我來吧，還要做什麼？」

沁涼的水珠透進了我溫熱的手心，我的腦袋跟著有些結凍了，只能愣愣地告訴他還要整理垃圾桶，他點點頭，便手腳俐落地忙碌起來。

我的工作一瞬間改爲監工工頭。

吸管戳開鋁箔紙，小口地喝著香甜的草莓牛奶，很久沒嘗到這個味道，該說是懷念嗎？不知從何時開始，我的生活不再有甜膩的草莓香氣，永遠都是清淡無糖的選擇，不至於無味，但也說不上繽紛。

腦海閃過某些畫面，我閉了閉眼，刪除。

「日荷。」

突然聽見他喊我的名字，我的心不自覺地一緊。

「怎麼了？」我問。

佟海光沒有停下動作，「妳爲什麼想當班長？」

「爲什麼？」

「嗯，爲什麼？」

我不曉得他想得到什麼答案，雖然佟海光的語氣很平靜，可是……我不知道，我感覺自己的防備一下子拉起，抿了抿唇，我望著他的背影思索片刻。

然後，給他一個不痛不癢的答覆。

「班導指派給我的。」

「所以妳並不想當？」佟海光說著，一邊從垃圾桶挑出鋁箔包。

「我沒有這樣說。」

「是嗎？」他聲音帶笑，聽在我耳裡卻成了諷刺。

爲什麼？我不明白他幹麼問這個問題，也不懂他不予置評的語氣代表什麼。

我有點火大。

「弄好就回教室吧。」丟下這句話，我轉身避開佟海光似笑非笑的視線，走回教室。

「妳生氣了？」

他跟上來，我故意不搭理他，逕自坐進座位，眼角餘光瞄到佟海光一屁股坐上他的桌子，目不轉睛地注視著我的一舉一動，我壓下朝他發火的衝動，無視他強烈的存在感，用力翻開筆記本——

就連老天也不幫我，夾在其中的紙張飛了出去，不偏不倚落入他的手裡。

「還我。」

佟海光很快地看完紙上的內容，盯著某處挑了下眉。儘管心裡有些狐疑，可我根本不記得紙上寫了什麼，只是伸長了手，想要他趕快把那張紙還給我。

「這是妳的？」他揮了揮那張紙。

「廢——還我。」

「不然我們打個商量。」

什麼？

我蹙眉瞪著他，他到底在打什麼主意？

「換我當班長，我就把這張紙還妳。」

蛤？

「你是白痴嗎？」我終於忍不住說出口了。

佟海光突地笑開，爲了避免吵醒其他午睡的同學，他刻意壓低了音量，肩膀一聳一聳地抽動著，耳朵漲得紅紅的，整張臉全皺在一起……簡直是用生命在笑。

這時，我瞥見了他手上的那張紙，上頭某處有一片羽翼，是畫著羽翼的光字。

原來如此。

「眞的不讓我當班長嗎？」好不容易止住笑，佟海光再次問我。

「不了，謝謝。」

「嗳，可是妳又不想當。」

「我說了，我沒有這樣說。」我加強了語氣。

「妳不是說是因爲班導指派才當的嗎?既然如此，就表示妳其實並不想當班長，對吧?」他話說得簡單，我卻聽得很不耐煩。

深呼吸，我不想生氣。

「既然是班導指派給我的職務，無關想或不想，我有責任把工作做到最好，」我盡量一字一字說明清楚，不願再給他歪曲我話裡意思的機會，「責任，你懂嗎?不是你說想做我就可以撒手不幹的。」

再說，要是讓佟海光當班長，我不敢想像我們班會變成什麼樣子。

聽完我的拒絕，我原以爲佟海光還會繼續和我爭論，沒想到他只是定定地看了我幾秒，又笑了起來。

不過，這次只是淺淺的微笑。

「我知道了。」他說。

佟海光過於溫順的反應反倒讓我措手不及，對上他的目光，我故作鎮定地別開臉，拿出講義準備預習下午的課程。

「日荷。」

「幹麼?」手上的筆一頓，我仍然盯著講義看。

「這張紙——」

啊。

轉頭，只見佟海光揚了揚手上的紙張，光字的羽翼隨著他的輕揮而擺動，有那麼一瞬，它就像是有了生命一樣。

「送我好不好？」他問。

「……隨便。」

對我來說，那不過就是一張沒有意義的塗鴉罷了。

後來的日子，我和佟海光之間的相處算是相安無事地度過——除了兩件明明不太重要，卻始終讓我耿耿於懷的事情以外。

第一件事是，佟海光幾乎沒有一天不遲到，好像校規其實有條隱密的佟海光條款，註明他的到校時間跟我們不一樣似的，這不要緊，問題是第二件事……佟海光幾乎每天都會跟我說「再見」。

聽起來沒什麼，但重點是，他曾經大老遠從別的地方跑來，就爲了跟已經走到校門口的我說一聲「再見」，這個舉動看在別人眼裡還以爲我們是交情多好的朋友。

不對，還有第三件事。

「喂。」

我用手指戳了戳佟海光的後背，正忙著踩扁空瓶的他轉身看向我，來不及調整臉上的表情，一時間顯得有點傻氣。

「啊？」

「最近班上有人跟我反應，說你們上課太吵，擾亂老師上課的秩序，要我請你們注意一下。」我邊說邊拾起地上散落的瓶蓋，偷偷掩蓋我說出這番話的尷尬。

我眞的很不習慣擔任這種糾正別人的角色。

的確，佟海光在課堂上的確是吵了一點，老是挑老師話裡的語病，故意細數老師講了幾次口頭禪，或者對一些奇怪的諧音字做出特別大的反應，老實說，還挺好笑的，有好幾次我也跟著大家笑得東倒西歪。

要不是有幾個同學一臉嚴肅地請我不要放縱自己的好朋友，或許我永遠也不會發現他這樣的行爲其實造成了某些人的困擾。

而且，最重要的是，我跟佟海光才不是好朋友。

「喔。」他回應。

只用了一個單音。

「你接受？」算我疑心病重，我不敢相信佟海光會如此輕易地接受我的建言。

「我聽到了。」

既然他都這麼說了，大概就是會改進吧，原來他並不像我以爲那難以溝通……這樣的想法大概維持了三十分鐘，短短三十分鐘。

下午第一堂課，佟海光馬上故態復萌。

甚至，變本加厲。

「佟海光！」數學老師拿起課本用力地摔在講桌上，全班鴉雀無聲，就連眼神的飄移都很小心，深怕一不注意就捲進了他們的戰爭。

佟海光站在座位旁邊的走道上，面對數學老師的怒火，他沒有半分怯弱，直挺挺地站著，好像他沒有做錯任何事。

他有做錯事嗎？

我不知道。

「你交白卷是什麼意思？說啊！」數學老師大吼，拳頭重重落在講桌上，砰地一聲，坐在前排的同學嚇得肩膀一縮。

佟海光只是平靜地望著數學老師，不發一語。

或許是因爲我距離佟海光不到半步的關係，我能清楚看見他挺直的背脊以及臉上的表情。他的態度沒有一絲慌亂，要不是現場氣氛過於緊繃，我差點以爲他的眼神浮現了笑意。

我想，佟海光的沉默，絕不是找不到說詞，也絕不是下不了台的僵持。

「妳覺得數學老師叫他去哪？學務處？」放學後，走在前往校門口的路上，我不自覺開口問了身旁的洪蘋。

那場令所有人屏息的對峙，最後不了了之收場。數學老師得不到佟海光的回應，氣急敗壞地要佟海光滾去該去的地方，在那之後，佟海光沒再回到教室。

他去哪了？

「誰？該不會是佟海光吧？」洪蘋蹙眉，困惑地望著我，「妳擔心他？不是說不想跟他扯上關係嗎？」

「只是好奇。」我對上洪蘋明顯不信的目光，盡量維持無動於衷的表情，「……不知道就算了，我隨口問問而已。」

她還是不信。

「日荷，說眞的，」洪蘋斟酌了一會兒用詞，才繼續往下說，我知道她並不是眞心討厭佟海光這個人，但是……我懂，眞的懂，「如果妳想好好地過完高中生活、順利考上大學的話，還是不要跟佟海光太接近比較好。」
「我知道。」我說。
可是，我眞的知道嗎？
目送洪蘋搭上公車離開，我呆站在原地好久。有些壓在心底最深處的情緒似乎重新被翻了上來，腦海裡響起某些人的話語，可那些全都是屬於別人的想法……
那麼我呢？我的想法是什麼？
等我意識到的時候，我已經來到學務處門口。朝學務處裡探頭看去，教官不在、老師不在、主任不在，當然，也沒有佟海光的身影。
幹麼啊我……捏緊了書包背帶，我忽然有種深深的無力感。
「日荷？」
下一刻，我的肩膀被輕輕拍了一下，伴隨著熟悉的聲音，不用回頭便知來人是誰。佟海光，終於出現了。
「妳怎麼會在這裡？」他揚起笑，看起來有點驚喜。
「回來拿東西，順便關心一下失蹤的同班同學。」我一時慌張，居然想也沒想就扯了個謊，「你知道，這是身爲班長的職責。」
佟海光似乎看穿了我的謊言，再度用那種似笑非笑的討人厭神情看著我。我故意不避開他的視線，盡量做到態若自如。
「好吧，那妳找到我這個失蹤人口了，然後呢？」佟海光張開雙手，「要不要檢查我全身是不是安然無恙？」
無聊。

「沒事就好，我……」

「妳不問我爲什麼要跟數學老師槓上嗎？」他突然提出這個問題，儘管臉上笑容不減，可我看得出來，他態度很認眞，「不好奇？還是——」

「你在抗議。」

「哦？」

我知道，佟海光當時拒絕回答的原因，不是因爲他交白卷的舉動是臨時起意，所以找不到藉口、說不出理由，只要他想，他絕對可以有一套完整的說詞……

他的沉默，是無言的抗議。

「數學老師的考題永遠超出範圍，考得好是應該，沒考好會被當眾羞辱，這大概算是他人盡皆知的『教學風格』。」我的語氣沒有起伏，「大部分的同學都曾在私下抱怨，只有你……」

說眞的，我不知道佟海光的抗議是對是錯？若說這是正確的，爲什麼這麼久以來，只有佟海光敢站出來反抗？而又是爲什麼在他做出行動之後，卻沒有人願意出聲支持他？

可如果這是錯誤的行爲，爲什麼所有人都在課堂結束後大呼過癮，直說佟海光爲大家出了一口怨氣？

「妳覺得呢？」

我一愣，前一秒還在奮力思考的腦袋頓時停了下來。

「我覺得，你這是愚勇。」

「愚勇？」

「雖然我佩服你的挺身而出、勇於發聲，可是能不能達到成效卻是另當別論。」就算我心中眞的因爲看見面色扭曲的數學老師而感到一絲快意，我還是沒辦法贊同佟海光的舉動，「說不定，你這麼做只會害到你自己而已。」

不曉得爲什麼，我很討厭這個結論。

佟海光目光炯炯地望著我，許久。

如果只是一下子還好，我還可以裝作若無其事，可是……他眞的看著我太久了。

「欸，我、我要走了……」太不自在了，我想趕快離開。

佟海光抓住我的書包，止住了我的步伐。

「日荷。」

「幹麼？」可惡，我差點跺腳。

「我再次確認了一件事。」他說，眼睛充滿笑意。

「什麼？」我下意識地問。

「我很喜歡妳。」

傻眼。

「蛤？」

「我說，我很喜歡妳。」佟海光說得很自然，我卻被他嚇得魂飛魄散，腦袋一片空白，還好他補上一句，「不是想要交往的那種喜歡。」

……還好。

要不然我還眞不曉得該怎麼辦。

「呃，那我可以走了嗎？」我指了指校門口的方向，有點害怕地問。

佟海光笑著放開了抓住我書包背帶的手。

「再見。」

「拜拜。」我說。

再見。

這時候的我，並不曉得一句簡單的「再見」之於佟海光，究竟代表著什麼樣的意義……

不過就是一句再見而已。

不是嗎？

我沒有因爲佟海光放話說喜歡我，就開始對他比較好，完全沒有。再說，我根本不明白他幹麼喜歡我，我又沒有做什麼特別的事情……

停下剪紙的動作，我看著散落一地的紙張，再抬頭看了眼好不容易完成率達到百分之七十的布告欄，深深嘆了一口氣。

「別嘆氣啦，不是還有我陪妳嗎？」洪蘋抱著一疊壁報紙走進教室，一放開手，紙張刷啦啦地在桌上攤開，「班導還眞的以爲班長萬能，什麼事都丟給妳做。」

每學期一次的布告欄競賽向來是由學藝股長負責，我怎麼也沒想到，學藝竟然會在競賽前夕代表學校出國參加另一項比賽，不用想也知道，班上沒人自願接下這份工作，最後又落到我的頭上。

「能者多勞。」我苦笑。

「能者過勞。」洪蘋毫不留情地吐槽，「妳別忘了，過幾天數學課又要隨堂考，忙完這些，妳回家還有體力複習嗎？」

洪蘋平常有在補習，對付數學老師時常超出範圍的考試算是得心應手，而我數學不好，隨堂考多半低空飛過，報分數的時候總是會接收到數學老師不屑的眼神。

「做都做了，總得好好地做完吧。」這句話一說出口，洪蘋馬上賞我一記大白眼，說我眞是奴性堅強的勞碌命。

可能吧。

只不過，我還有另一個沒對洪蘋、沒對任何人坦白的原因，我本來就想要找很多很多事情塡滿空檔，如此一來，我才不會有多餘的時間胡思亂想……或者，埋怨。

天色漸晚，洪蘋犧牲了補習班上課前的用餐時間，陪著我做完一部分的布置，很有義氣地拖到最後一刻才離開，臨走之前還不忘提醒我早點回家。

一旦忙碌起來，腦袋便會忘了煩心的雜事。放學後的校園靜謐無聲，一個人的教室裡只剩下我裁剪紙張所發出的切割聲，刷、刷……每一次下刀，我都全神貫注，所以，突然聽見佟海光的聲音時，我的心臟差點從嘴巴跳出來。

「你什麼時候來的！」

「我來很久了耶，我以爲妳故意不理我。」佟海光笑得超級開心，他指了指天花板，「我剛剛還跑去開燈，教室變亮了妳都沒感覺？」

沒有。

我故意瞪他，藉此安撫我受創的心靈。

「乖啊，別氣了。」佟海光蹲到我身邊，伸手想拍拍我的頭頂。不習慣這樣的親暱舉動，我頭一偏，刻意避開他的碰觸。

佟海光識相地縮回手，不在意地笑了笑。

「你怎麼還沒回家？」我問。

「今天比較晚。」

我再次拾起紙和剪刀，規矩地沿線剪開，「又被罰留校？」

「哪有人天天被留校的？妳太抬舉我了。」佟海光的聲音揉進笑意，他的心情似乎很好，「我在等人。」

等誰？

我直覺地想著，卻沒有問出口。

儘管教室裡多了佟海光的存在，寧靜的氣氛依舊。我無暇分出心思陪他聊天，只是專注於教室布置工作，時間一久，甚至忘了佟海光還坐在旁邊、看著我一張張地裁剪紙花。

直到他攤開掌心，接下緩緩飄落的一朵紙花，我才從自己的小宇宙裡猛地清醒。

「我之前就一直在想……」佟海光拈起花朵，擋在他的右眼前面，目光炯炯地注視著我，「日荷，妳是不是很會畫畫？」

「為什麼這麼問？」

「這朵花、這些各式各樣的剪紙、設計圖……」他的視線隨著他的話語移動，然後，重新回到我身上，「還有，那片羽翼。」

我迎向他的目光，不願意閃躲。

沒什麼好心虛的。

「只是學過幾年而已。」我語氣平靜，卻控制不了緊握剪刀的手。

「沒再學了？」

「嗯。」

「為什麼？我覺得——」

「佟海光，你不覺得你管太多了嗎？」我打斷他未完的話，用力放下剪刀，沒再多看他一眼，起身整理四處飛散的碎紙，只為了逃離他多餘的關心。

有些事，不容許別人自以為是的涉足。

不只是不想，更是討厭。

心臟跳得飛快，我暫時停下捲壁報紙的動作，掌心發熱，或許這時我才真正意識到自己有多不希望別人提起這件事，就連一點也不行。這讓我無法冷靜。

「抱歉。」

抬眼，見佟海光收起笑容，認真地望著我。我不清楚他是為了什麼道歉，如果是為了把氣氛弄得很尷尬的話，那……我想，我也有同樣的責任。

可是，我不認為自己有錯。

「我要走了。」接受不了他的道歉，我面無表情地掠過佟海光身邊，逕自拿起書包，準備就這樣離開。

「日荷。」

距離教室門口只差一步，佟海光喚住我。

「再見。」他說。

再見。

我緩緩回過頭，看見佟海光站在原地，身旁是一張張無人的課桌椅，他的背後只有一片漆黑的天色，那感覺……該怎麼形容？

或許我感受到的，是孤獨。

「……再見。」

於是，我說了再見。

教室布置工作大致進入尾聲，除了洪蘋偶爾會幫我做些零碎的小物件以外，我不再請其他同學幫忙，來不及做完的部分就由我帶回家處理，雖然麻煩了點，可是比起留校……想起前幾天的事，我到現在還無法正常和佟海光說話。

我和他之間的交流，只剩下放學時候的一句再見。

正陷入思索時，房門外忽然響起兩下敲門聲，我嚇了一跳，急忙放下手中的膠水，還沒想好該怎麼藏好桌上的美術紙張，媽媽壓低音量的問句緊接而來。

「妹妹，這麼晚了還沒睡嗎？」

「我……我待會就睡。」支支吾吾回了句，突然想起我已經鎖上門，才稍微定下心神，一邊強作鎮靜地回應，一邊徒手抹去不小心溢出的黏膠，「妳先去睡啦！我不會太晚睡的，不用擔心。」

「我是擔心妳的身體，又不是擔心妳會做壞事。」媽媽不悅地叨念，聽得出來她的腳步正漸漸遠離我的房門口，「好啦，早點睡，明天可別賴床。」

不一會兒，客廳傳來關燈的聲響，我抬頭看向牆上的時鐘，沒想到已經深夜十二點，估算進度，若是要把手上這些東西做完的話，今晚大概不用睡了。

應該沒關係吧？我暗忖，要是不趕快完成預定進度，拖到周末也很麻煩，倒不如一鼓作氣解決，想到這裡，手上的速度不自覺加快許多。

整整一夜，我都坐在桌前與各式各樣的美術紙奮鬥，別無他想，直到天色轉亮。

隔天，當我扛著一大袋好不容易做完的成品，頂著一對深沉的黑眼圈去到學校，昏昏沉沉地度過幾堂課後，才猛然發現我忘了一件事，而且已經來不及補救了。

濃厚的不安緊掐住心口，我找不到讓心跳平緩下來的方法。

考卷上的題目我一題也沒看懂，數字配合著符號整齊地排列在A4紙上，緊握著筆，明知道這是前幾天才學過的課程內容，可是空白的腦海讓我慌亂得不知該如何是好。

我很害怕。

怕到我很想舉手宣稱自己身體不舒服，直接逃離教室裡那片沉重到幾乎令人窒息的空氣。我從未遇過這樣的狀況，這是我第一次茫然地看著考卷束手無策。

怎麼辦？

嚥下梗在喉嚨的硬塊，眼睛因爲恐懼而酸澀。

勉強在試卷中找出幾題基本題型，不甚確定地填入答案，然後，我一動也不動地盯著泛白的指尖發愣，直到數學老師忽然大聲提醒交卷時間將近，我手中的筆因爲緊張而不小心掉在地上。

啪啦一聲。

我想撿起，手卻無力地發軟。

「喏。」佟海光撿起筆遞給我。

「謝——」我連道謝的話都來不及說完。

「考卷由後往前傳！」數學老師的講棍重重敲在木製講桌上，發出一如往常的巨大聲響，我說不清那一瞬間自己感受到的是解脫，或是其他的什麼。

我唯一知道的是，我完了。

咬緊唇，我猶豫了一會兒才把寫不到一半的考卷交給前座同學。

數學老師念著答案，全班拿起紅筆批改其他同學的試卷，一題接著一題，批改的時間絕對不超過二十分鐘，可是，我可以確定，這一定是我這輩子經歷過最長的二十分鐘。

考卷傳了回來，面對前座同學訝異的表情，我甚至無法做出任何回應，我不敢想像自己的成績會有多淒慘。

考卷上頭的數字是血淋淋的二十八分。

「不及格的站起來。」

我站了，教室裡約莫有十位同學起立。

「五十分以上的坐下。」

幾個同學坐下，人數還剩下一半。

「四十分以上的坐下。」

我可以感受到教室所有人的視線全部集中到我身上，低垂著頭，別說數學老師，我根本不敢對上任何人的目光。

「沈日荷，拿著考卷到前面來。」

最後，只剩下我了。

閉了閉眼，我拿起那張我很想揉爛、踩爛、丟到窗外的廢紙走到講台前，努力不讓自己露出一絲不適合在這時候出現的情緒，就連難以控制的眼眶，我也拚了命不讓它泛紅。

就算我眞的很想哭。

數學老師用力抽走我手中的考卷，他先是看了我一眼，才把目光落在考卷上，他搖搖頭，笑了，笑得很諷刺。

「二十八。」他輕聲念出我的分數，輕哂一聲，彷彿這是全天下最好笑的笑話，「沈日荷，妳的腦袋還好嗎？就算妳的數學再怎麼差，二十八分也不是人考的分數吧？」

我仰頭，努力直視著他，告訴自己不要在意。

「看看妳這種算法，妳是白痴嗎？」數學老師指著考卷上字跡凌亂的算式，「白痴還會猜對幾題，妳連白痴都不如！」

垂落在身側的手忍不住握緊，不是因爲生氣，不是因爲憤怒，而是我對自己的失誤感到難以言喻的失望。看著數學老師激動地揚起考卷朝著我罵，有那麼一瞬，我竟不曉得自己是不是也認同了他對我的指責。

——如果連這個都不會，我不知道妳還待在這裡幹麼？

——爛透了！

——妳要不要轉頭看看全班四十個人，只有妳考這種爛分數！妳是有沒有這麼蠢啊？我教書這麼多年，也沒有遇到……

不知從何時開始，我的思緒從現下抽離，聽不見數學老師口中過於激烈的嘲諷，只是看著他的嘴巴不斷開闔，眼神透出不屑，隨著時間過去，他的笑容越來越嗜血，我呆站在那裡，沉默地忍受他的言語暴力。

當我終於回過神，發現他高舉的手正要將考卷往我臉上丟來的時候，我下意識地閉上眼睛，等待將臨的羞辱。

考卷卻沒有如預想的落在我臉上，只聽見數學老師發出怒不可遏的咆哮。

「佟海光！」

我忍不住睜開眼睛，只見數學老師怒瞠雙眼，目光落在我的身後，整張臉氣得漲紅成豬肝色。

到底發生了什麼事？

我回過身，世界似乎暫時停止了運轉。

佟海光彷彿沒聽見數學老師的怒吼，他站在椅子上，獨立於整個世界之外，自顧自地朝著窗外射出紙飛機，一架還不夠，他接連射出了第二架、第三架……雪白的紙飛機劃過我的眼前。

我愣怔地無法動彈，班上同學開始鼓譟，他們先是手拍桌子發出聲響，接著興奮地群起跟著模仿，只見一架又一架的紙飛機飛出窗外，飛向蔚藍的藍天。

後來我才知道，那些彷彿永無止盡的紙飛機，不是別的，正是難到永遠超出範圍、難到讓我們永遠都會被罵得狗血淋頭的數學考卷。

我知道數學老師拚命大喊。

我知道同學們終於逮到機會發洩鬱悶。

我知道附近的班級也開始騷動。

然而，在我眼中，只剩下佟海光站在椅子上，身邊掠過一架架肆意飛翔的紙飛機，襯著明亮的陽光，我們四目相交，他笑了，笑得燦爛、笑得刺眼……

笑得一點也不孤獨。

午休時間，我和佟海光一人拿著一個水桶來到操場，執行勞動服務。

當然，事情原本不會那麼簡單落幕，要不是學務主任費盡心思地安撫氣到差點腦中風的數學老師，好不容易用兩支警告和一個月的勞動服務替代了他原本堅持要記的大過，否則……

我想，我算是逃過了一場浩劫。

「嘿，共犯。」我戳了戳佟海光的後背。

「怎麼了？共犯。」他笑著回過頭。

共犯。

數學老師在學務處到處噴火的時候，就是這樣稱呼我們兩個的。

「謝謝你。」我說。

最終，我還是只能用一句最庸俗、卻也是最能夠囊括我所有情緒的「謝謝」，來表達我對佟海光的愧疚與感激。

「同爲共犯，何須言謝？」佟海光手一伸，正想撫上我的頭頂，突然一停，大概是想起上次我閃開了他的碰觸，他咧嘴笑了笑，收回了手。

我望著佟海光，混亂的心思逐漸清明，那些別人說的、別人想的、別人要的都在我腦中安靜下來……此時此刻，我終於聽見了自己的聲音。

「共犯，我們別犯罪了，當朋友好嗎？」

聞言，他愣了半秒，隨即大笑。

「當然好。」

放棄了做到一半就嫌累的勞動服務，我們躺在無人的草地上，仰望藍天、數著飛過的鳥、用奇形怪狀的白雲編故事……很傻，就像是回到了幼稚園時期一樣傻氣，我們卻笑得很開心。

「對了，你知道嗎？」經過升旗台的時候，我忽然想起一件事。

「什麼？」

「開學那天，有個人把制服當成旗幟升上去耶！」我邊說邊覺得不可思議，搖了搖頭，「不覺得很莫名其妙嗎？」

「不會啊。」

「爲什麼？」我不解地問。

「因爲那個人就是我。」

蛤？

Chapter 2

妳知道拉近距離最快速的方法是什麼嗎？

分享祕密……或者該說，分享彼此的黑暗面。

佟海光最近很煩人。

事情起因於某天我們結束勞動服務後，經過穿堂時意外瞥見的一張布告，佟海光突地止住步伐，像是被什麼神祕的吸引力給攝了魂似的，認眞地研究了好久。

「日荷。」他扯扯我的袖子，要我也看看。

不看還好，一看就覺得麻煩來了。

「……不要。」我轉身想走。

佟海光一把將我拉回去，「別這樣嘛，考慮一下，嗯？」

「考慮什麼啊？要選你自己去選。」我先是瞪他一眼，再將目光移向到那張招募學生會長候選人的海報，「你不要給我沒事找事。」

「對啦，是我要選啦。」佟海光還是不願放開捉住我的手，其實他的顧慮也沒錯，要是他放了，我肯定馬上落跑，「只是我需要別人幫我啊，候選人不都有助選員嗎？I need you!」

說完，佟海光還模仿做出美國山姆大叔的招牌姿勢。

根本欠揍。

只是，見佟海光如此積極爭取的模樣，誠懇的眼神好像不是在隨便鬧著玩，我忽然捨不得狠心拒絕他，定定地看著他好一陣子，我嘆了口氣。

「給我一個理由。」我說。

他的眼睛頓時閃閃發光，「什麼？」

「為什麼一定要參選？你到底有多想當學生會長？理由是什麼？」其實我最想問的是，佟海光為何老是喜歡攙和這種麻煩事？

他沉吟半晌，斂目思索的樣子說有多認眞就有多認眞，我還在猜想佟海光會給出什麼深具啓發性的答案，結果令我大翻白眼。

「因爲妳不讓我當班長，所以我只好去當學生會長嘍！」

聽聽，這是哪門子的歪理？

「……算我沒問。」我必須再次強調，佟海光根本欠揍。

就這樣，佟海光的參選計畫暫時胎死腹中——暫時。

接連幾日，佟海光完全無視於我的無視，每天在我耳邊吵著要參選，原本他就夠吵了，現在更是雪上加霜，吵得大家都不耐煩。

洪蘋氣到差點拿飲料潑他臉，幸好曾仰宗及時阻止。

高中生活或是人生什麼的，或許就是這麼奇妙，經過一段人際關係重整期，班上同學各自找到了歸屬的小團體，我們四個人也不知不覺湊在一塊兒，這眞是先前誰都沒預料到的結果。

下午第三節的體育課，陽光沒有因為臨近傍晚而變得溫和，我們四個人偷懶躲在涼爽的樹蔭底下聊天，後來卻因為某個人的臨時動議，變成了「是否贊同佟海光參選學生會長」的辯論戰。

以一敵三，佟海光當然輸得很慘。

「如果這不是校園霸凌，那什麼才是校園霸凌？」爭取不到想要的結果，這傢伙居然開始扭曲事實，只差沒倒在地上哭鬧，「不公平，我好可憐，沒人站在我這邊。」

「所以你更該懂得什麼叫少數服從多數。」洪蘋涼涼地掃過他一眼，「學生會長？拜託，那種東西不是一群人站在台上漫天誇口一堆做不到的政見嗎？請你不要自找麻煩。」

佟海光向來不和洪蘋正面衝突，於是，他矛頭一轉，改朝另一個人下手，「洋蔥，居然連你也不支持我！」

曾仰宗嚇了一跳，無辜地瞠大雙眼，「好端端的，幹麼扯到我這來？不是啊，阿光，你不可以貪圖虛名，忽略了背後的責任，學生會長聽起來雜事超多、好處超少，聽我的，這次我們別玩了，好嗎？」

正在興頭上的佟海光哪聽得進去？現在的他不過是個要不到糖吃的孩子，吱吱哼哼地耍賴、求關注，我們乾脆假裝沒聽見，讓他自己好好冷靜一下，或許三分鐘熱度一過，佟海光自然就會忘了這件事。

「日荷。」佟海光的聲音聽起來可憐兮兮的。

「幹麼？」倚在後走廊的欄杆，我放空地看向樓下忙著掃除的學生，隨口回了一句。

「我是認眞的。」他還在提參選學生會長的事。

「是嗎？可是你又說不出參選的理由。」我從不嚮往少女漫畫的浪漫情節，生活裡的麻煩事能少一件是一件，更何況，佟海光本身就已經是我人生中的一大破例，如果沒有緣由，

我何苦陪他下海玩這一場？

「不問理由，是朋友就支持我！」

偏偏我吃軟不吃硬，這招沒效。

「不爽就絕交。」我轉身走人。

佟海光連忙跟上，一點骨氣也沒有。我不想理他，逕自拿起夾子整理垃圾桶內的垃圾，待垃圾量累積得差不多了，等會兒還得拿到停車場附近的垃圾子車丟棄。

「綁一下垃圾袋。」我吩咐呆站在一旁的他，再把回收垃圾的桶子排列整齊，「走吧，丟垃圾。」

累積三天的垃圾很重，停車場很遠，佟海光和我一人一邊提著大垃圾袋的扭結，才走到一半，最後一堂課的鐘聲響了起來，途中所見的學生漸漸少了，只剩下我們兩個慢吞吞地走向停車場。

「日荷啊……」佟海光丟完垃圾，站在原地不動。

「怎麼了？已經上課了哦。」我話才說完，忽然閃過一個念頭，忍不住嘆氣，「該不會又是學生會長的事吧？我說了，理由——」

「我有理由！」他打斷我的話，大概是因爲瞥見我不以爲然的表情，急忙補上附註，「不是因爲妳不讓我當班長啦，是有別的理由……」

「說說看。」

佟海光深呼吸了一口氣，又或許那是嘆息吧。

我可以感覺得到，他其實並不想告訴我，只是情勢所逼，他不得不放棄自己的原則。

「我，想被記得。」

被……記得？

我不曉得該怎麼回應，只能呆呆地看著他。

儘管我從未臆測過佟海光想要參選的理由，卻依然被這個意料之外的答案給震懾住。他臉上帶著前所未見的認眞，說是直覺也好，說是害怕也罷，我不敢再深入了解。

當佟海光正欲開口解釋時，我抬手阻止他，「算了。」

他的目光頓時有些驚慌，我揚唇笑了笑，淡淡地說：「反正，我們就只是助選而已，會不會選上也是你家的事，對吧？」

「意思是……」

「意思是你贏了，我會——佟海光放我下來！」我大喊。

他開心地大笑，將我整個人托舉在空中轉圈圈，眼前的景色不斷旋轉，我嚇得雙腳不停在空中亂踢，佟海光反倒笑得更加放肆。要不是我警告他再轉圈下去，我就要吐在他臉上，佟海光不知道還想轉到什麼時候。

至於洪蘋和曾仰宗，由我出馬斡旋當然沒問題，只是他們非常驚訝爲什麼我會突然改變心意，沒想多解釋，我隨便三言兩語敷衍了過去。

隔天登記參選之後，我們很快投入了選舉活動，除了下課時間以外，主要的討論集中在放學後，趕在洪蘋和曾仰宗補習班上課前的一、兩個小時空檔。

以佟海光爲首，他們三人負責政見的構思，我獨力負責海報的設計。這讓我想起了前陣

子忙著準備教室布置的時候，一樣的放學後，一樣的傍晚時分，然而當時的寧靜氣氛對比現在的吵吵鬧鬧，感覺截然不同。

「等等，你們現在提出的這些政見都需要錢才能推動，錢從哪來？」洪蘋搖著筆桿，一雙眼睛毫不留情地瞪向說得天花亂墜的兩位男生，「佟海光負責挖石油，曾仰宗負責從家裡公司掏空公款嗎？」

「呃，小蘋果是說……」曾仰宗有點懵了，疑惑地問。

「洪蘋的意思是，學校的經費有限，能提撥給學生會使用的不多，所以我們應該盡量先從可以馬上改變、不需過多額外支出的地方構想。」我放下筆，出聲說明，餘光瞥見洪蘋滿意地頷首，害我差點笑場，「否則大餅畫得再多，最後不都是一場空嗎？」

「我明白了。」佟海光恍然大悟，眉頭隨之緊皺，「這樣的話，我們必須先收集學生的意見，了解眾人的需求，以及對學校有哪些地方不滿，對吧？」

「大概是吧。」我聳聳肩，同意他的說法。

我們都是第一次參與這種大型活動，沒有經驗，只能從做中學習，少不了得上網或是前往圖書館收集資料，忙著忙著，時間的流逝變得異常快速，再次抬頭看向窗外的天色，已經漆黑一片。

「今天先到這邊，我跟洋蔥先走了。」洪蘋說著，眼神出現了殺氣，「明天再到班上收集意見，如果需要的話，全年級、全校的意見也要搜刮來！」

女王下令，吾等豈敢不從。

目送洪娘娘和小宗子坐上公車離開後，我和佟海光轉身往反方向前進。由於學校離家不遠，我通常都是走路上下學，至於佟海光，他說他要回學校等人。

等人。

我記得上次……

「同一個人？」我沒頭沒腦地問。

沒想到佟海光捕捉到我的頻率，笑著點頭，「嗯，同一個人。」

誰啊？

我以爲我只是在心底暗自困惑，但或許是我好奇的表情太明顯，佟海光低低笑了幾聲，沒有多賣關子，很快爲我解答。

「他是我從小一起長大的好朋友。」

「青梅竹馬？」

「他是男的。」佟海光嘴角的笑意不減，「雖然說青梅竹馬也沒有錯啦，可是，我想還是用『玩伴』來形容比較適合。」

我點點頭，沒有多想。

公車亭到校門口的路程不長，佟海光還來不及說完一件他們小時候發生的趣事，遠遠地，就能看見一道人影牽著腳踏車等在警衛室附近，倘若我沒看錯的話，那人身上穿的是第一志願的制服。

待我們走近，佟海光率先上前，我第一次看見他的笑容如此……不知道，該怎麼形容呢？比燦爛還要更燦爛一些的笑容，要用什麼詞彙來說明比較好？

然而，另一個人的臉上卻近乎於面無表情。

「日荷，他是我的好朋友，姜恒。」

姜恒。

他的目光從佟海光身上移向我，清清冷冷，不帶情緒，甚至連招呼也沒打，就用一個單音節敷衍了聲，「嗯。」

「……嗨。」我勉強扯起唇角，算是教他什麼叫基本禮貌。

一旁的佟海光像是沒發現他朋友的社交障礙，也沒注意到我們兩字即止的「交談」，他一把勾住我的肩膀，另一手高指我平常回家的方向。

「走吧。」

「什麼意思？」我嚇到，不經意地後退幾步。

不會吧？

他這一句「走吧」，不會是我想的那個意思吧？

「我們方向一樣，不一起走不是很奇怪嗎？」佟海光理所當然地說，摟在我肩上的力道更加不容拒絕，「日荷，我們是好朋友。」

「不好吧？」我偷偷瞥向姜恒，他的表情半分未改，根本看不出來他是否樂意、或是和我一樣覺得尷尬，「你朋友……」

「沒關係，走吧。」姜恒說完，率先牽著腳踏車邁開步伐。

跟在姜恒背後，看不見他帶著冷意的眼神，我和佟海光邊走邊聊，這一路倒也沒我想像得侷促。後來，我從佟海光口中得知，姜恒每天都會順路從他的學校來我們學校，等著跟佟海光一起放學回家。

「接你放學？」我笑了，上下打量了一下佟海光的高個子，「該不會你其實是有錢人家的大少爺，紆尊降貴體驗庶民生活，爲了避免危險，上下學都要有保鑣保護你的安全？」

他嘿嘿地笑，「所以妳是不是要好好巴結我啊？」

「我覺得我去巴結仰宗比較有用。」

「拜託，洋蔥那傢伙哪能跟我比？」佟海光一手勒住我的脖子，故意貼在我耳邊放話，「而且，妳幹麼叫他仰宗，明明叫我不是叫喂，就是叫全名！嗯？」

這次換我放聲大笑。

「你吃醋？」我只不過是順口問問，沒有別的意思。

「吃大了。」佟海光爽快地承認。

聽到這種回答，我反而不覺得害羞，朋友不就是這樣嗎？總是愛講些有的沒的垃圾話，裡頭認眞的成分卻不多。

「不然以後——」我話還沒說完，就被另一個聲音打斷。

「到了。」

哪裡？

頓住步伐，看著眼前熟悉的街景，這才發現已經來到我該轉彎的地方，可是……我望向站在離我只有幾步之遙的姜恒，他是怎麼知道的？

「其實我們已經走在妳後面很多次了。」佟海光拍拍我的頭，笑著解釋，「因爲覺得突然打招呼很怪，就沒叫住妳，我們可不是跟蹤狂哦。」

「誰知道你是不是暗戀我很久？」

「我對妳一直都是明戀啊，日荷。」佟海光說完，故意拉著我的手放到他的胸前壓著，掌心感覺到了振動，害我嚇得手一縮。

我的臉頰熱了起來，不敢對上佟海光的眼睛，這一移開視線，好巧不巧和姜恒四目相接，他的目光仍然清冷，不曉得爲什麼，這讓我臉上的溫度更加沸騰……

「時間不早了，快點回家啦！」我推著佟海光，讓他往姜恒的身邊走去，佟海光也不推拖，直接跳上姜恒的腳踏車後座。

「日荷，再見！」

他還是沒忘記這一句。

收集學生意見的後續工作進行得很順利。在班上同學的幫助下，我們得到了許多想法和靈感，經過審慎的考量與討論後，暫時規劃出幾項可行的議題。

差不多也是從這個時候開始，我和佟海光、姜恒三人一同結伴回家，似乎已經成了一種默契，可怕的是，我好像也眞的習慣了和他們同行。

「喂，說眞的，姜恒爲什麼每天都要來找你一起回家啊？」我好奇地問著那位喝完牛奶後躺在階梯上曬太陽，揚言要快速合成維生素D的幼稚鬼，「他看起來……」

「獨來獨往，像個獨行俠？」佟海光懶洋洋地接話。

「嗯。」也像一隻離群索居的狼。

「別看姜恒那副模樣，其實他很會照顧人。」佟海光一手遮在眼睛上抵禦刺眼的陽光，嘴角勾起笑容，「他以前的夢想是當小兒科醫生呢。」

「小孩子不被嚇壞才怪。」想起姜恒那張幾乎面無表情的臉，我忍不住嘟囔。

直到現在，我好像沒見過姜恒臉上出現其他表情，說好聽一點叫做酷，說不好聽點，大概就是大家所說的面癱了吧？而且他總是默默牽著腳踏車走在前面，從來不曾參與過我和佟海光的對話。

我不認爲他是害羞，比較像是刻意與我們拉開距離。熱臉貼冷屁股的感覺並不好受，所以除非必要，我當然不會自找麻煩去主動和他攀談。

「說到夢想……」佟海光坐起身，瞇著有些畏光的眼睛看向我，「日荷，我好像沒問過，妳大學的第一志願是哪裡？」

聞言，我愣了半晌。

這不是第一次有人問起這個問題。自從升上高二以後，不管是親朋好友，或者是街坊鄰居，總是會在遇到我的時候順口提問，我永遠能以一套敷衍的官方標準回答，配上禮貌微笑，不痛不癢地帶過。

然而，面對佟海光，我好像沒辦法說出那樣的答案。

「……我不知道。」

他挑眉，似是對於我的回答感到訝異。

我只能苦笑。

一陣溫潤的風吹來，我們之間沒了話語，我不曉得該怎麼解釋我的「不知道」，有太多情緒我不想要宣洩在佟海光身上，那些是我早就決定接受、並且不要有所埋怨的現實。

如果事情已經無法改變，再多抱怨也沒有任何幫助，不是嗎？

抬手看了看錶，午休時間已經接近尾聲，雖然我們的勞動服務又只做了一半，還是得到學務處交差蓋章。

「時間差不——你手上那是什麼？」

我不敢相信地看著佟海光意態悠閒地把玩手上的菸盒。我當然知道那是香菸，我的問句不過是想要他否定我的想法，隨便什麼都好，說它是巧克力我也信了。

可惜，事與願違。

佟海光敲了敲菸盒，從裡頭抽出一根雪白的香菸，他想遞給我，我不肯接過，於是他只好留在自己的手上，拿著，幸好只是拿著。

要是他敢拿出打火機點菸，我馬上跟他絕交。

「你抽菸？」我問。

「曾經。」

「所以，現在不抽了？」我無法想像他所謂的曾經是多久以前，對我來說，未成年抽菸這件事，與其說沒辦法接受，倒不如說是不敢置信——不敢相信會發生在自己的朋友身上。

佟海光沒有回答我的問題，他讓香菸在指上玩轉，斂下目光，我只看得見他若有所思的側臉，在陽光的照射下，我看見的是他被陰影切割的那一邊。

「日荷，妳知道和別人拉近距離最快速的方法是什麼嗎？」佟海光忽然側過頭看著我問，見我搖頭，他的唇角揚起似有若無的笑意，「分享祕密……或者該說，分享彼此的黑暗面。」

祕密。

黑暗面。

這兩個字眼打在我的心上，轟隆一聲，我不知該做何反應。

「你……」

「我曾經很迷惘，當時我選擇了很糟糕的方式逃避，抽菸、喝酒……還有許多我不被允許做的事。」佟海光的視線落向了手中的菸，「我擅自以爲這是一種反抗，以爲這樣能讓我好過一點，矛盾的是，我知道這是錯的，卻阻止不了自己繼續。」

他停頓了一下，緩緩地吐出一口氣。

「祕密終究是藏不住的。我第一次看見我媽氣成那樣，她衝過來搶走我手上的菸，狠狠甩了我一巴掌……很痛，眞的很痛，」佟海光說著說著，笑了笑，卻充滿苦澀，「我沒哭，我媽哭了。從那之後，我什麼都戒了。」

「可是，那你還——」

「算是一種習慣吧。」佟海光將菸盒遞給我，這次我沒有拒絕，接了過來。「隨時帶在身上，提醒我別忘記當初的事，還有……妳知道嗎？其實這是我抽的第一盒菸，我從來就沒有抽完過。」

聞言，我打開菸盒，發現加上佟海光手上那根，菸盒裡面只剩下三根香菸，而且近看才發現，看似雪白的菸紙其實早已泛黃。

我想，我是相信他的。

「爲什麼告訴我這些？」回學務處的路上，我問走在身旁的他。

「是啊，爲什麼？」佟海光再次笑了笑，大手一攬勾住我的肩膀，「我怎麼看著日荷妳就想把祕密全部說出來呢？要是妳昭告天下的話，我的學生會長會不會選不上了呢？妳說說，這下該怎麼辦才好？」

我無奈地瞥向那張離我不到十公分的臉，「是你自己哇啦哇啦說出來的，誰知道要怎麼辦？」

「不然……」他沉吟了一下。

「什麼？」

佟海光鬆開攬著我的手，肩上霎時消失的重量讓我有些恍惚，我轉頭想尋求他未完的下文，不偏不倚對上他的目光。

「拿妳的祕密來跟我交換吧？」

「祕——」我忽地止住。

原來如此。

當我看見他眸底不言而喻的思緒，我明白他話中所指的是我剛才說不出口的答案，有關我的志願、我的夢想、我沒辦法告訴別人的煩惱。

這些微不足道的小事，就是，我的祕密。

我始終沒有告訴佟海光我的祕密。

放學後，一如往常，洪蘋和曾仰宗因為補習班的例行考試較早離開，佟海光被班導抓去傳授政見發表會的祕訣，不曉得什麼時候才會回來，於是我們約好直接在校門口見。

天色已暗，雖然點亮了路燈，然而相較於白日人來人往的熱鬧，安靜無人的校園顯得有些可怕。走在寂靜的路上，我不自覺地想起以前看過的恐怖片，附近沒有半個人影，卻總覺得有道視線正躲在暗處緊盯著我，莫名的存在感宛如芒刺在背。

不敢轉頭，我的腳步越來越快，偏偏恐懼隨著步伐加深，到了最後，我幾乎是小跑步著衝向校門口。

我倉惶的舉動大概嚇到了等在校門口的姜恒，第一次看見他的表情出現變化，微微瞠大的眼睛透出了驚訝與警戒，他旋即丟下腳踏車、大步朝我走來。

「妳怎麼了？」

「我……」有點喘，我緩過呼吸才又說：「沒事。」

姜恒謹慎地朝陰暗的校園裡張望，確定眞的沒有任何異常狀況後，他的肩膀似乎放鬆了些，當他再次看向我時，面色已經恢復如常。

「海光呢？」姜恒淡淡地問。

「老師找他，可能會晚一點。」

「嗯。」他頷首，沒再多問。

這一段插曲並沒有成爲我們展開談話的契機，站在掛著燙金校名大字的圍牆前面，我們一左一右各據一方，明明等著同一個人，卻是明確地劃分出楚河漢界。

說眞的，我很難說自己到底認不認識姜恒這個人。

雖然習慣了一起回家，可是我和他說過的話用一隻手就數得出來，姜恒的背影大概是我最熟悉的他，其餘的，全是一片空白。

我側首看向幾步之外的姜恒，他穿著乾淨的短袖制服，手腕上沒有手錶、沒有護腕，身上沒有多餘的飾品。他等待的姿勢從沒變過，半倚著牆，雙手環胸，不玩手機，也沒看書，姜恒只是默默地站著。

對我來說，他是佟海光的好朋友，僅此而已。不曉得是不是因爲他的寡言，或是因爲他的表情總是不帶情緒，我不清楚自己是不是眞的想和姜恒打好關係……

「那個，你覺得海光會當選嗎？學生會長。」不管如何，我終究還是主動開啓了話題，算是一次禮貌性的談天。

聽見我的問句，姜恒轉頭看向我，他眨眼的速度似乎很慢，我總覺得他盯著我的時間異常地久，久到我都懷疑自己是不是問了一個怪問題。

幸好，他終於還是回答了。

「我不是你們學校的學生，無從評論。」

姜恒的回答聽在我耳裡像是一記軟釘子，我並沒有預料會得到這樣的答案。

「嗯，說的也……」

「但我不希望他選上。」

有那麼一瞬間，我以爲我聽錯了。

可是，我沒有聽錯。

姜恒直視著我，宛如深潭的眼睛在路燈的光線下更顯深沉，「你們所做的這些，不過是浪費時間而已。」

浪費時間？

我愣怔地望著他，幾乎不敢相信身爲佟海光好友的他會說出這樣的話……佟海光知道嗎？知道姜恒其實是這麼想的嗎？

「你是認眞的？」

「難道妳不這麼認爲？」姜恒反問，眼睛眨都沒眨一下。

「我……」

「說眞的，我覺得很蠢。」他說。

這是我第一次聽到姜恒說這麼多話，也是我第一次希望他就此閉嘴。

「選上了如何、沒選上又怎樣？充其量不過是自我滿足，更何況，海光根本不適合——」

我其實可以不理會姜恒說的那些自以爲是的評論，牙一咬忍過就算了，不需要和他當面衝突。我以爲我可以這樣做，我以爲。

姜恒三兩下點燃我心頭的怒火，我根本按捺不住亟欲與他爭論的衝動。

「你憑什麼這麼說！」我氣得打斷他的話，瞪向他半點波瀾不起的目光，「你根本就不懂，不懂海光爲什麼想要參選，不懂他爲此付出了多大的心力，不懂我們究竟做了什麼……」

他不知道，洪蘋爲了收集大家的意見幾乎跑遍了每一個班級，她是個那麼嫌麻煩的人，卻還是仔細看過字條上的每字每句，只怕錯失任何需要關注的建議。

他不知道，曾仰宗爲了瞭解社團的運作，他自願參與所有的社團活動，包括體育社團的魔鬼訓練，每天累得不成人樣，上課還得苦撐著不打瞌睡，最後整理出一份改進清單。

他不知道，我除了必須顧好老師交代的事項、班上的瑣碎事務，選舉中任何大大小小、一切需要統整的事項全部都是我負責的範圍。

姜恒不知道這些，是因爲他從未見過我們爲了做好份內工作而忙碌不停的模樣，這就算了，我可以理解，可是，海光呢？

姜恒難道不知道，這一、兩個星期以來，海光改掉了過去遲到的習慣，每天提早到校，只爲了和我們一起在校門口宣傳？他和洪蘋討論政見、和仰宗一起參加社團活動，還得應付班導突如其來的戰前指導……

我不懂，姜恒難道不是最應該知道的人嗎？

「憑什麼說我們是浪費時間？」我的臉頰早已氣得發燙，不願讓氣勢弱下，我瞪視著依然面不改色的姜恒，不甘心的情緒湧了上來，眼前變得模糊。

幹麼想哭？我才不想哭。

「什麼都不懂的人，是妳才對。」

姜恒的眼神很冷，我還沒來得及想明白他的話，下個瞬間，我毫無預警地被拉進一個溫暖的懷抱。

「你們兩個，別爲我吵架啊，」佟海光帶笑的嗓音從頭頂傳來，我忽然覺得很委屈，鼻頭更酸了，他的大手輕輕拍著我的背，「……我會心疼的。」

我好想大罵佟海光交了姜恒這什麼爛朋友，識人不清，一點都沒有看人的眼光，害我氣得說了一大串不知所云的話，說完還只得到姜恒半分不動的表情。我眞的很氣，氣姜恒不值得佟海光的友情。

「那些話，姜恒都跟我說過了。」

什麼……我抬頭看向佟海光，他對著我露出微笑。

「他講話就是那樣，很直、很傷人，卻有他的道理，」佟海光好像是在替姜恒替向我解釋，我卻更加無法理解，然而，他只是再次拍拍我的背，柔聲安撫，「我沒事，別氣了。」

怎麼可能沒事？

怎麼可能不氣？

可是，就在我離開佟海光懷抱的同時，不經意看見他們兩個目光交會，我突然明白了什麼，就算我再怎麼爲佟海光感到不值，就算我再怎麼討厭姜恒……

我與他們之間，終究隔著一道無法跨越的牆。

外人無從干涉。

選舉活動進入尾聲，政見發表會將於明天舉行，沒有其他的事情需要準備，也就代表不用繼續留校。不過，我們四人已經習慣在放學後聚在教室角落，不著邊際地閒聊，感受喧鬧的校園逐漸變得寧靜。

那天放學發生的事，我和洪蘋提了一些，她難得沒說什麼，只是提醒我每個人都有祕密，即使是朋友也不一定能完全知曉。

「也是。」關於這點，我不是不能理解。

她點點頭，停了一下才又說：「別想太多。如果佟海光不肯說，硬要追問也沒什麼意思，不是嗎？我們看著辦吧。」

是啊，也只能如此了吧？

我看向有椅子不坐、偏偏要坐在桌上的佟海光，他和曾仰宗你一言、我一語地嘻笑打鬧著，這時候的他看起來就像個普通的高中男生，可是有時候……例如，他說他抽過菸的那次，我又覺得佟海光並不如我所想的樂觀開朗。

「我曾經很迷惘過……」

「我，想被記得。」

佟海光說過的話浮現在我的腦海。我不曉得他過去經歷過什麼事，只是單純地覺得悲傷、痛苦、茫然……種種詞彙不該出現在笑得如此燦爛的佟海光身上，太不搭了，我沒辦法想像。

「欸，」曾仰宗興奮地拍桌，一雙眼亮晶晶的，忽然想到什麼似地說：「如果我們當選，要不要出去玩？慶功宴啊！」

「贊成！」洪蘋第一個出聲，她不懷好意的目光落到曾仰宗身上，「我們去洋蔥家玩個三天兩夜，睡他的、用他的，還要吃、垮、他！」

「蘋果洋蔥，居然這麼早就自行宣布當選了啊？沒想到你們對我這麼有信心，我好感動哦。」佟海光故意提起衣角拭淚。

「少把我們的名字講得跟新研發的農產品似的。」洪蘋嗤之以鼻，又撇撇嘴，「而且，不是我對你有信心，是你的對手都太弱，不贏沒道理。」

「再不濟的話，我們阿光的男色還是可以騙到不少選票吧！」曾仰宗友愛地撫摸佟海光的臉頰，「不曉得能不能靠你要到幾個學姊學妹的電話？」

佟海光撥開曾仰宗的手，朝著我的方向使了眼色，「別亂來，我怕我們家日荷吃醋，她家開釀醋廠的耶，醋勁可大了，我會怕怕。」

嗤，誰啊？

「我管你們跟幾個學姊學妹要電話。」我沒好氣地翻了個大白眼，「不要勞煩我充當經紀人擋一堆情書、小禮物，不收還會被詛咒，這樣我就很謝天謝地了。」

記得上次在校門口，一群小學妹大概是約好了一起壯膽，明明人數眾多，卻硬要擠到佟海光身邊合照，人行道的寬度就這麼寬，擠著擠著，一群人差點擠到馬路上給車撞，教官氣得不准我們繼續在校門口宣傳拜票。

轉移陣地的結果卻是「追光族」行徑越來越誇張，不只是早上，就連中午吃飯時間都會有人慕名而來，常跟佟海光一起出入的我，自然成了女生們眼中最好傳遞禮物的管道。

「妳幹麼推辭？收了禮物我們一起吃也很好啊，又沒什麼損失。」洪蘋說到吃就沒理性，我習慣了。

「她是爲我好啦，對吧？」佟海光倒挺識相，「日荷擔心我不擅長拒絕別人，以後人情債、風流債還不完就慘了，哦？」

「知道就好。」

雖說佟海光的女性票源似乎還算穩固，但這次一共有五位候選人，其他人的實力其實不像洪蘋宣稱的弱到不行，有幾個也是學校裡的風雲人物，佟海光會不會順利當選還很難說，一切都得看明天的政見發表會才能下定論。

値得慶幸的是，政見發表會和投票日在同一天，上午結束政見發表，下午直接投票，爲我們省去了不少等待結果揭曉的煎熬。

「時間差不多了，我和小蘋果還要去補習班，你們待會回家小心。」曾仰宗半邊肩膀上掛著要賴不想上課的洪蘋，他吃力地移動腳步，不忘抬手和我們道別，「還有，阿光早點睡，你黑眼圈都跑出來了。」

經曾仰宗這麼一說，我轉頭看了佟海光，黑眼圈的確很明顯，暗沉疲倦地掛在眼下。見到我仔細打量著他的臉，佟海光笑了笑，故意伸手摀住我的眼睛。

「不給妳看。」

我不耐煩地拿開他的掌心，再次認眞檢視他的臉，看起來是有點疲憊，但應該沒什麼大礙，不過……我忽然發現不對勁，拉起他的手輕輕碰觸我的臉頰，確定那不是因爲我的手腳冰冷而導致的錯覺。

「你發燒了？」

佟海光沒有否認，「一點點而已，不要緊。」

「要不要緊不是你說了算。」我背起書包，順便連他的一起拎在手上，「姜恒快來了吧？今天不一起走了，你和他先回去。」

「日荷，我沒事。」

「醉的人都說自己沒醉，有病的人怎麼會說自己有病？」我推開他想拿回書包的手，逕自走出教室，「走吧，別跟我討價還價。」

到了校門口，姜恒已經等在那邊，還是一樣面無表情。

「他發燒了。」我說，順便將佟海光的書包交給他。

姜恒銳利的目光移到了佟海光漸漸泛著暈紅的臉上，伸手按了按佟海光的額頭確認過溫度後，姜恒的臉色更差了，他不發一語地坐上腳踏車，佟海光像個孩子似的，不用別人催促，乖乖坐上後座。

「明天——」我才開口，就見姜恒冰冷的視線掃過來，凍得我不敢再往下說，不過這次，我並沒有覺得生氣。

姜恒是對的，現在不該說明天的事。

「日荷，再見。」

佟海光看起來精神還可以，我不想自己嚇自己，只是心裡縈繞的那股不安卻讓人耿耿於懷，目送他們的背影消失在路的盡頭，我才終於邁開步伐回家。

晚上我傳了訊息給佟海光，他沒有回應。

直到隔天早上，已經很久沒有遲到的他遲遲沒有到校，一節課、兩節課過去，眼看政見發表會即將開始，等到的卻是班導宣布佟海光臨時請假的消息。

不得已之下，只好由曾仰宗代替上場。

「日荷，妳知道嗎？我和佟海光演練過很多次政見發表，」站在舞台邊，洪蘋低聲對我說：「洋蔥的表現很好，幾乎稱得上完美，可是……」

「可是？」我看著台上侃侃而談的曾仰宗，心裡其實是很佩服他臨時上場卻能表現得如此穩健，「有什麼不對嗎？」

「領袖魅力，佟海光強得太多了。」

洪蘋說，我們可能會輸。

或許是不甘心的心態作祟，我對投票結果仍抱持著一絲希望。

儘管我很清楚，選舉不可能單純選賢與能，政見再好、願景再美，永遠抵不過候選人令人折服的言談舉止，短短十五分鐘的演說，必須讓台下擁有投票權的人願意將手中的那一票交付於你，那是多麼不容易的事……

上課鐘已經敲響，打掃時間結束，我還逗留在停車場的垃圾子車附近，四周一個人也沒有，安靜得只剩下風吹落樹葉的聲響。

我從口袋裡拿出手機，按下了屬於他的號碼。

「喂？」

「……日荷。」手機另一端傳來佟海光病懨懨的嗓音。

「燒還沒退？」我問，一邊蹲下身子，一手玩起了路旁的雜草。

「燒得我腦袋都快壞了。」他笑，卻差點連肺都咳了出來，「抱歉，我今天……讓你們很困擾吧？對不起。」

我搖頭，明知道他看不見。

「你想知道結果嗎？」我又問。

「當然。」

「輸了喔，我們。」我們，是我們一起輸的，我在心裡想著，嘴上卻說著今日的結果，「總票數排第二，當選的是五班籃球隊、說要請藝人來開聖誕晚會那個。」

「是嗎？」佟海光低低地笑了，聲音沉得讓人覺得不捨，「等我好了，回學校得去恭喜他才行，還有那些我們找到的可以改進的部分……」

「不是該喊重新驗票？」拔起草，我想我還是有些不甘。

「比起笑著稱讚自己的敵人，再次承認自己的失敗才是最痛苦的事呢，日荷。」他說，話筒裡傳來窸窣的雜音，「……你們會怪我嗎？」

怪他什麼？怪他沒當選？還是怪他幹麼生病？

我唯一在意的是他能不能快點康復。

「我說過了，有沒有選上是你家的事，我們才不管這些。」我刻意加重了語氣，「頂多是不能去曾仰宗家吃垮他而已。」

他笑了，卻還是顯得很無力。

我們各持手機，有好一陣子沒人說話，任憑時間一分一秒過去，我不停地拔著地上的草發愣，其實我們都在等對方帶領自己離開這樣的沉默。

「海光，你記得上次我們說的祕密嗎？」半晌，我有些猶豫地開口，聽見他應了聲，我停頓了一會兒，才又繼續往下說：「爲了避免你懷疑我洩漏祕密害你落選，我拿我的祕密跟你交換吧。」

那端遲疑了半秒，「眞的？」

「嗯。」說不清是什麼樣的衝動讓我突然想說出口，深吸了口氣，「你之前問我，我的第一志願是哪裡，我沒辦法回答，那是因爲我眞的不知道，關於未來就讀的大學系所，我沒有選擇權。」

一切取決於分數。

沒有選系不選校的資格，只有越高越好的成績。

「你猜得沒錯，我學過畫，學了將近十年，我一直以爲我會朝這條路走，畢竟我很喜歡畫圖，從來沒想過放棄。」我像是自言自語一般對著手機說個不停，偶爾能聽見佟海光輕咳的聲音，「不過，我後來才明白，原來放不放棄，不是我說了算。」

升上國中以後，向來很支持我畫圖的媽媽不再讓我到畫室上課，甚至還替我報名了一堆補習課程，希望我能專心以課業爲重。儘管錯愕，可是我能怎麼辦？我選擇乖乖聽話。

然而，卻也開始不聽話。

爲了繼續學畫，我不僅欺騙了媽媽，同時我也欺騙了畫室老師。我告訴他，媽媽改變主意讓我繼續學畫，事實上，學費是我用壓歲錢墊繳的，另一方面，我還拜託補習班的帶班老師讓我固定翹掉每周兩堂的國文課。可是，這麼做的我快樂嗎？

答案是否定的。

「我永遠都在擔心東窗事發，我不曉得要是媽媽發現了會怎麼樣。這種提心吊膽的日子過了兩年，我終究還是屈服了。」想起那段每次拿起畫筆總是害怕得不停轉頭察看的日子，我的心口依然隱隱作痛，「我知道媽媽有她的苦衷，我們家……算是學業至上的家族吧，這種事讓她壓力很大。」

外人或許很難想像，每次逢年過節，親戚們隨口一句「這次段考考第幾名」之類的問題，都會在無形中成爲媽媽的壓力，前五名是理所當然，再往後的名次全都不應該——更別說是升高中、大學的重要考試了。

「期待」這個詞，對我來說，是用美好的話語包裝而成的「壓力」。

「我只有考上喊得出名號的國立大學，而且必得是未來職場上搶手的熱門科系，才能堵住親戚們口無遮攔的話語。」我不自覺地苦笑，「畫畫這種塡不飽肚子、絕對會餓死在馬路邊的夢想，永遠只能當成無法實現的白日夢，不能妄想。」

所以，我沒有所謂的第一志願，沒有所謂的夢想。

我想，我已經快要習慣這樣的生活了，因爲已經快要習慣，也就不會覺得遺憾。

儘管還是會突然覺得痛苦、覺得空虛，但其實我比誰都還要清楚，最讓我覺得難過的，不是父母親戚擅自的期待，不是被迫走上不愛的道路，而是面對這些強勢的壓力，輕易放棄掙扎、不敢說出怨言的自己……

我不敢想像，在未來的某天，我會是怎樣的一個人？會不會在那個時候，就連我都忘了自己原本的模樣？

我不知道。

我只能閉上眼睛，不敢繼續想下去。

Chapter 3

現在的我，明明沒有不幸福，為什麼還是會覺得不滿足？
我，是不是很貪心呢？

學生會長選舉已經過去了大半個月，原本緊湊忙碌的生活變得頗有餘裕，尤其是我，終於不用被各種海報文宣截止期限追著跑。只不過，美中不足的是，有些後遺症尚未消失在時間的洪流裡……

比方說，佟海光的美男計。

「海、光、學、長！」每當前去音樂教室上課，經過一年級的教學樓時，這一聲齊心協力、伴隨著銀鈴笑聲的招呼儼然成了一種慣例。

「又來了！」洪蘋大翻白眼，她轉頭看向三樓，一群學妹對著我們的方向指指點點，「佟海光，小學妹們正在等你和她們揮揮手呢。」

佟海光沒搭理她，反倒搭起我的肩膀，後頭整齊劃一的抽氣聲完美地讓我差點想大喊Bravo，但我沒有，我只是似笑非笑地看著那隻手臂的主人。

「幹麼?想害我變成草人紮針的主角嗎?」

「哈哈哈，別這樣嘛，人帥又不是故意的，我就算想讓洋蔥帥一下也無能爲力啊。」佟海光居然把一旁的曾仰宗拖下水，瞧瞧，他臉色都垮了，「而且，妳早就是主角了。」

「我？」我蹙眉不解。

「日荷妳不知道嗎？妳是阿光傳說中的女朋友，漂亮、溫柔、聰明、賢慧，還有……」曾仰宗扳著手指細數一長串和我不相干的詞彙，「聽說已經有一群廣大的目擊證人確定你們眞的在交往。」

眞的？

如果是眞的，爲什麼連我自己都不知道？

「妳才眞該聽聽路人腦補的幕後故事！」洪蘋跟著八卦，我不太排斥八卦，偏偏主角是我本人，我變得很難接受。「聽說是妳拚命倒追佟海光，每天做便當、送水、準備課本、幫忙背書包，甚至故意耍心機不讓其他女生的禮物交到佟海光手中。」

除了不讓女生的禮物交到佟海光手中這點我承認以外，其他的……好吧，書包的確背過一次，因爲佟海光發燒！我總不能讓病人自個兒背書包吧？撇除這兩點，其他的我可是一件也沒做過。

就連我自己的午餐都是合作社販賣的餐點，怎麼可能會幫佟海光做便當？

嘆口氣，我轉頭看向我的「男朋友」，他目光異常有愛地望著我，我們之間的距離近得幾乎連呼吸的氣息都能落在彼此臉上。

他故意勾起唇微笑，「怎麼？重新愛上我了嗎？」

「只是覺得命苦。」說完，我扭開佟海光的懷抱，洪蘋和曾仰宗忽地迸發大笑，我也偷偷笑了笑，率先走上前往音樂教室的樓梯。

不久，佟海光的腳步聲追了上來，趕在三樓轉角之前拉住我，眉毛垂成兩道可憐兮兮的弧度，充滿情緒的眼睛隱隱含淚。

「日荷……」

這是哪招？我狐疑地望著他眸中可疑的光芒。

「妳不要生氣，我會改。」佟海光懇切地捉緊我的手腕，偏偏他說得越真誠，我越覺得莫名其妙。

「改什——」

「妳不要管別人怎麼說，是我先喜歡妳的！是我！」佟海光眼眶中的淚水終於滑落，我一臉錯愕地愣在當場。

倏地，他噗哧一聲，哈哈大笑。

同一時間，我們的背後跟著冒出不能遏止的歡笑聲，我急忙回身，發現洪蘋和曾仰宗笑倒在樓梯間，手裡還緊握著手機不放……

手機。

「日、日荷不要搶我的蘋果……」曾仰宗不肯放手，我死命地想要摘下他手中的「蘋果」，看看他們到底做了什麼好事。

果然，我回放幾秒前才錄製好的影片，長度很短，大概不到三十秒，影片開頭便是佟海光急急忙忙拉住我的畫面——他們三個人再看一次還是笑得東倒西歪，太無聊了吧？高中生。

「錄這幹麼？」我沒有刪掉影片，好好地將手機送回主人手上。

「放到學校網站證明妳的清白啊！」洪蘋跑來勾住我的手，洪蘋不愧是洪蘋，一張臉笑得宛如一顆紅通通的紅蘋果，「證明我們家溫柔賢淑、充滿少女矜持的日荷才沒有倒追。」

「我怎麼覺得澄清的點好像有點偏差？」頭上忽然出現烏鴉飛過，我沒辦法跟他們待在同一個頻道。

「好玩而已嘛。」佟海光跑來我的另一邊，邊走邊說：「反正這種謠言不痛不癢，日子照過，我們自己知道眞實情況就好，對吧？」

也是。

這種謠言的確造成不了多大困擾，要是洪蘋他們沒告訴我，我可能一輩子也不會知道自己成了八卦話題的女主角。

抵達三樓的音樂教室前，必須先經過充滿油畫味道的美術教室。每次走過，我都會忍不住放慢腳步，瞥向教室裡未完成的作品、布滿顏料的地板，偷偷回想從前拿著畫筆在畫布上揮灑的時光。

「等等！沈日荷、沈日荷——」

「老師？」我疑惑地看向來人。

只見美術老師從教室跑出來，手上好像還拿著什麼……不知爲何，我忽然有種想要轉身逃跑的衝動，一股莫名的預感掐住我的心口不放。

「嚇到妳了吧？抱歉、抱歉，其實我一直想要找妳，但每次都忘記，正好看到妳經過就跑出來了。」年近五十的美術老師緩著呼吸，不忘順手整理自己漂亮的捲髮，「我看過妳的資料，妳以前參加過幾次美展，對不對？」

老師的音量不大，剛好能讓附近的人全都聽見，包括洪蘋、包括曾仰宗，當然，佟海光也聽見了。瞬間，他們的視線集中到我身上，我不知道他們是用什麼眼光看我的，我很不安，一時之間，腦袋一片空白。

「……我們先進教室吧。」我聽見佟海光的聲音這麼說道。

不得不說，我很感激。

「從國小三年級一直到國中一年級為止，每年都有參加。」找回了思緒，我平靜地回答美術老師的問題，「可是，我已經沒有再繼續畫圖了。」

「為什麼？」她驚訝地瞠大雙眼，身子往前傾向我，「老師看過妳的作品，我覺得妳畫得很好、很有想法，為什麼不再繼續？」

這一句簡單的為什麼，再次劃破我好不容易癒合的傷口，不管有多少人稱讚我的作品，都沒辦法構成我繼續學畫的理由，聽了，只是難受罷了。

「家人希望我以課業為重。」於是，我輕描淡寫地帶過。

「是嗎？」美術老師似是理解地點點頭，但她仍將手上的一張紙遞給我，「不過老師還是請妳考慮一下，我們學校西畫類還少一件參賽作品，如果可以的話，老師希望妳能參加。」

「可是我已經……」

「孩子，我知道妳在擔心什麼，老師告訴妳，有些事雖然會生疏，可是妳永遠不用擔心自己會忘記。」說完，她拍拍我的肩膀，走回美術教室。

是嗎？

握緊美展的宣傳單，我獨自陷入沉思。

當天放學後，我們四人習慣性地留在教室聊天，我簡單提到了與美術老師的那場談話和邀約，只是提到而已，我沒有詢問其他人的意見。

因為答案只有一個，就是拒絕。

「嗯，日荷妳看起來就是很會畫畫的樣子。」曾仰宗聽完，煞有其事地點點頭，「很像古代琴棋書畫樣樣精通的才女。」

我笑了笑，想起畫室老師也曾經對我說過一樣的話。然而我擅長的其實是油畫、水彩，水墨我始終沒辦法畫得很好，這點一直讓老師覺得很可惜，老是宣稱看我畫圖有種莫名的違和感。

「雖然這麼說有馬後炮的嫌疑，不過我早就覺得我們班教室布置的層次太高，不得第一名實在說不過去。」洪蘋先是看著後方的布告欄，說完才又轉頭看向我，「參加過這麼多次比賽，每次的成績都很好嗎？」

「三次優等，兩次特優。」

聽見眾人的驚呼，我想起以前爸媽同樣會為我的得獎感到驕傲，曾幾何時，繪畫竟變成了他們口中浪費時間、沒有意義的活動。

我不願再去深究。

「所以，妳會參加嗎？」佟海光的聲音從手機那端傳來，「這是很好的機會，我不希望妳錯過。」

「我知道，可是……」

「日荷，在『想要』面前，所有的『可是』都不該存在。」佟海光輕聲說著不知從哪聽來的話語，試圖勸我，「別想太多，妳只管做自己想要做的事不就好了嗎？」

你不懂。

我在心底否定他說的話，卻沒有出聲反駁。

我有很多事情需要考慮，學生會選舉結束後，期中考緊接而來，我原本以為我有足夠的時間準備，沒想到美術老師竟突然給了我這樣一個機會，我不可能不心動，儘管如此，我沒辦法衝動。

結束通話之前，我只答應佟海光我會考慮。

躺在床上，仰望著布滿天花板的夜光星星，我還記得小時候爸爸親手貼上一顆又一顆的星星，只爲了送給我一整片美好星空，那時候的我覺得自己是世界上最幸福的小孩……

然而，現在的我，明明沒有不幸福，爲什麼還是會覺得不滿足？

我，是不是很貪心呢？

曾仰宗拍的那部影片莫名其妙地在網路上紅了起來。不只別班的人紛紛跑來我們班朝聖，甚至連班上同學都跑來問我是不是眞的和佟海光在一起？

除了我以外，其他三人都覺得這件事很有趣。

我實在笑不出來，因爲只有我被班導抓去問話。可是，不曉得爲什麼，總覺得班導在聽完那只是惡作劇影片之後，臉上的表情似乎出現了一點點……失望？

呃，我還是別亂想了。

打掃時間結束後，天空突然下起大雨，轟隆隆的雷聲不絕於耳，一道閃電甚至打在學校中庭，一時之間尖叫聲四起，聽起來跟恐怖片沒什麼兩樣。

「姜恒還會來嗎？」趁著空檔，我問隔壁正在趕週記的佟海光。

不知道是欠了幾篇，佟海光手上的筆沒停過，頭也不抬地回應，「會啊，他全年無休，風雨無阻，有我的地方就有他。」

我還是覺得姜恒跟佟海光之間的關係很妙，似乎不是青梅竹馬，或者說玩伴這麼簡單，畢竟一般人會每天特地到朋友的學校接他放學嗎？這麼一想，姜恒大概是有什麼把柄落在佟海光手上吧。

誇張。

當我們走出校門，一如佟海光所言，姜恒果然已經在校門口等他。姜恒牽著腳踏車，身上穿著便利商店賣的透明雨衣，目光直直地朝著我們的方向而來。

奇怪的是，我覺得他在看我。

自從上次吵架以後，我和姜恒之間的關係降得比冰點還低，我早就已經打消和他成爲朋友的念頭，我們最多只能是「朋友的朋友」這樣不遠不近的關係。

「下雨我們就分開走吧，不然不方便。」我撐高雨傘讓佟海光換上雨衣，目光不小心和姜恒撞上，不管自不自然，我很快移開視線。

「也是……」佟海光話還沒說完，另一道聲音跟著響起。

「沒關係，一起走。」

我和佟海光同時看向姜恒，他不給我們反應的時間，逕自牽著腳踏車邁開步伐，儘管困惑，我們也只能跟上。

佟海光穿著雨衣，我撐著雨傘，並肩前行時，沒辦法像以前那樣靠近，隔著約莫一個人身的距離，我們一邊踩著水、一邊聊些有的沒的話題，繞啊繞地，最後還是回到了美展的事情上。

「我大概不會參加吧。」雨傘遮住了前方的姜恒大半個身軀，我只能看見他的皮鞋每走一步就濺起了一次水花……我故意不看佟海光。

「爲什麼？」佟海光問。

「期中考快到了，我沒時間。」這是實話，我不敢再經歷像上次數學考試那樣的驚恐，面對整張考卷完全不知從何下手的感覺太可怕，一次就好，我沒辦法再有第二次。

尤其，這是期中考，不是隨堂測驗，我的成績會被列入計算，成績單會排上名次寄到家裡，我不能不重視。

「妳眞的覺得期中考比較重要？」佟海光不解，他一直很想說服我，「明明這是一個可以向家人證明妳能力的機會，說不定他們會改變主意，而且，如果得獎也可以加分啊，爲什麼不試試看？」

「這不是試不試的問題……」

「那不然是什麼問題？」他問，語氣加重了些，「如果妳還想畫，就應該把握這次的比賽，不然，妳永遠都只會是說說而已。」

「話不是這樣說，我家裡的狀況你又不是不知道——」我急著反駁，換來的卻是佟海光不以爲然的神情，這讓我更不曉得該如何爲自己辯護，「反正，我有我的考量，你……」

「是藉口吧？」他直接打斷我還沒說完的話，我錯愕地啞口無言，任憑佟海光繼續說下去，「因爲妳會害怕，怕要是輸了，就沒辦法拿家人當妳不敢繼續畫圖的藉口，妳只是在找一個理由不去冒險。」

「我——」

「海光，夠了。」姜恒不知何時停下了腳步，眉間微蹙，轉頭看著我和佟海光，「日荷是對的，你沒有權力左右她的選擇。」

姜恒的聲音帶著一種天生的清冷，就連明明是站在我這邊，看向我的目光還是一樣沒有溫度。

時間彷彿靜止在這一刻。

我不知道姜恒在想什麼，也不知道佟海光在想什麼，他們互相凝視著對方的眼神不是我所能理解的，是試探？是詢問？或者是挑釁？

好像只剩下雨水落在地上的一陣陣漣漪，提醒著我們世界還在運轉。

「不關你的事吧？」過了許久，佟海光望著姜恒，低聲說道。

姜恒不為所動，眸光更沉，「那又關你什麼事？」

「我只是希望日荷能夠把握她的機會！」佟海光激動地往前踏了一步，腳下激起飛濺的水花，「不是每個人都這麼幸運，更不是每個人都能夠擁有重新開始的契機，與其後悔，為什麼不放手一試？」

他看著姜恒，話卻是對著我說。

我何嘗不懂？

可是，真的有這麼簡單嗎？沒人可以保證我參賽就一定能夠得獎，沒人可以保證我的期中考不會因此受到影響，沒人可以保證最後家人會支持我的選擇……然而，不管做了什麼決定，所有的後果都得由我自己承擔。

我。

不是佟海光，是我。

「你以為你是為她好？別自欺欺人了，海光。」姜恒的語氣並不嚴厲，卻硬生生地刺進骨裡，「你只是在逼她，逼她照著你的話做。」

「我沒——」

「那妳呢？」姜恒沒有理會佟海光，他將目光轉向我，冷著聲音問：「妳想參加嗎？妳的想法是什麼？說啊，告訴他啊。」

面對姜恒咄咄逼人的質問，我呆住了。

「我……我不——」

「算了。」佟海光制止了我的回答。

當我轉頭看向佟海光，我才知道他的視線一直都落在姜恒身上，幾乎是瞪視，佟海光瞪著姜恒，身子明顯地繃緊，似乎無法理解姜恒的作爲。

這是我第一次看見這樣的佟海光。

「隨便你們。」說完，佟海光轉身便走。

望著佟海光的背影越走越遠，我愣在原地，不知所措地看向姜恒。他只是看著我，表情並沒有因爲佟海光的離開而改變，連一點慌亂、生氣的樣子都沒有……

姜恒。

我不知道該怎麼定義這個人。

「你……」

「回家小心。」他說。

不等我回答，姜恒兀自踩上腳踏車離去。

眼前盡是一片茫茫的雨幕，我很難看得清這個世界，唯一清晰的畫面，是姜恒逐漸遠去的身影。然而，我心裡眞正在意的，卻是佟海光今天忘了對我說的，那一句再見。

翌日，佟海光久違地遲到了。

整個上午，我無法安心上課，目光不停地逗留在他的座位，動不動就想回頭看看教室後門有沒有出現他的蹤影，就是覺得心慌、就是覺得特別緊張，我很擔心佟海光會用什麼樣的態度對我。

我們那樣算吵架嗎？

「妳去哪？」洪蘋看著我從座位上站起來，她嘴邊啣著一根紅色吸管。

「美術教室。」

吸管掉了。

「等等，妳去美術教室幹麼？」洪蘋捉住我的手，眨了眨眼，「日荷，妳……不會是要答應美術老師吧？期中考怎麼辦？妳不是告訴我妳不會參加嗎？」

「期中考我會兼顧，妳不用擔心。」

「我不是擔——不對，我怎麼可能不擔心？」洪蘋也跟著站起來，張開雙手，擋在走道上不讓我離開，「我沒忘記之前數學考試的事，那時候妳差點把我嚇死，現在事情有可能重演，妳要我不擔心？」

洪蘋用力地搖了搖頭，眼神憂慮。

「我說了我會……」

「怎麼兼顧？這兩件事都要花時間準備，妳要怎麼兼顧？」洪蘋不等我說完，又補了一句。

這些事不能等之後再說嗎？

洪蘋的攔阻激起了我的煩躁，面對她的關心，我只感覺到不耐，緊抿著唇，不肯回答她的質問。

為什麼每個人都要逼我？佟海光也是、洪蘋也是……每個人都說是為了我好，我懂、我明白，可是我終究沒辦法滿足每個人的想法，好像我不管做什麼都不對！

「日荷……」洪蘋想繼續說服我。

但是，我眞的不想聽。

「等我回來再說。」

不顧洪蘋的阻擋，我逕自走出教室。

清冽的空氣迎面而來，鬧烘烘的思緒總算安靜下來，就連適才的煩悶也被澆熄了似的，來得快、去得也快，走沒幾步，我已經後悔自己剛剛對待洪蘋的態度。

「沈日荷？」美術老師驚喜的表情十分顯而易見，她放下手邊整理畫具的工作，愉悅地朝我走來，「妳是來跟我報告好消息的嗎？」

「報告。」

見我點頭，美術老師笑得更開心。

「太好了！」她拉著我到畫架前面，興奮地拍拍椅子，「如果妳需要的話，這個位子老師保留給妳，不管是放學，還是妳有空的時候都可以來。啊，可是我要提醒妳，截止日期已經快到了，所以……妳可以嗎？」

說眞的，先前看到美展宣傳單上的作品繳交期限，我有一瞬間懷疑美術老師是在整我，她貴人多忘事的程度可能超乎我的想像，不過，若是加緊趕工，倒也不算是不可能的任務。

「我會盡量。」我說。

美術老師簡單說明了幾項注意事項，包括畫布、顏料的提供等等，至於作品主題，她則是希望由我自己發揮，她不會干涉太多。交代完細節，老師便急匆匆地趕著上課去了。

其實我也該回教室上課，只是怎麼樣都移不開腳步。

坐到椅子上，我看著空無一物的畫架，想像各色顏料抹上空白畫布的筆觸，想起一年多來沒握過的畫筆……這一段時間，除了鉛筆素描以外，我已經沒再畫過任何作品，說不緊張忐忑，絕對是騙人的。

可是，我還是想畫。

不是爲了得獎，也不是爲了證明什麼……不對，我必須承認，這些全部都是原因，我沒那麼與世無爭，既然參賽了，我的確是想贏沒錯。

很想。

閉上眼睛，無人的教室安靜得能夠聽見遠處的嬉鬧聲，感受著曾經習以爲常的顏料氣味，其實我心底很清楚，或許，還有另外一個原因……

「日荷？」

熟悉的聲音響起，我回過頭，看見一抹瘦高的身影站在門口，擋住了室外的光線，逆著光，我看不清他的表情，只能聽見他有點喘的呼吸聲，大概是因爲爬了兩層樓梯的緣故。

佟海光走進教室，「妳……」

「我參加了哦，美展。」不等他開口，我說。

他一愣，笑了，在我的預料之內。

「眞的？」

「嗯，眞的。」我也笑了。

佟海光坐到我身邊，似乎想起昨天的事，後知後覺地尷尬著。隨意問了幾個不相干的問題後，他像是忽然對畫架產生了極大興趣一般，不停地玩著畫架上的螺絲，有好一陣子不出聲。

「喂，幹麼不講話？」我推了推他。

「我正在小小的懺悔。」

懺悔？

「什麼意思？」

「昨天，對不起。」佟海光說完，側頭看向我，「我太激動了，不該把自己的想法強硬地灌輸到妳身上，姜恒說得沒錯，不管妳想不想參加，我都不能替妳做決定。」

「可是，我現在參加了……」

「所以我很開心。」他又笑，沒有隱藏任何情緒，「不過洪蘋好像有點生氣，她在教室氣得不肯說話，洋蔥還在安撫她。日荷，妳應該不是因爲我說了那些話才改變主意的吧？」

「我不能說不是。」我據實以答。聞言，佟海光嘴角的笑意收斂了一些，看他這樣，我沒好氣地補上一句：「但怎麼可能完全是爲了你啊，別臭美了好嗎！」

「不然——」

「以後我放學要留下來畫圖，你可別想留我一個人偷跑。」

「蛤？」佟海光愣住，像是好不容易將我說的話輸入腦袋、解碼完畢後，才恍然大悟似地點了點頭，「如果妳不介意我在的話，當然好。」

得到他的允諾，我裝作無意地帶開了這個話題。老實說，我是故意不讓佟海光追問下去的。

看著他笑得開懷的側臉，我不曉得該如何向他說明這份情緒，對於眞正促使我參加比賽的原因，我可以騙他說不全是爲他，但我自己清楚……

的確，佟海光絕對占了大部分的因素。

我不想讓他覺得，我是一個膽小的人，儘管我可能就是個膽小鬼，可我不想被他發現，我希望佟海光能夠覺得——

我是一個像他一樣的人。

佟海光笑著揉亂了我的長髮，他半逆著光的臉龐很是好看，一時之間，我有些失神。佟海光可能永遠不會知道我參賽的原因竟是如此膚淺、而且懦弱，我不過是想留住他這樣的笑容，希望他永遠不會對我失望……

這樣的理由，我說不出口。

接下來的日子，我們四人的放學聚會順理成章地改到美術教室。洪蘋剛開始還叨叨念念，嫌顏料氣味不好聞、嫌走樓梯累得要死，罵歸罵，又怕我沒時間複習功課，每天依然拿著課本、講義來陪我。

「下一題，有一學生在實驗室中，將十五克的冰醋酸，十二克的丙醇，以及少量的濃硫酸加在燒瓶中共熱……」

「我在畫圖，不要問這種題目！」我差點沒丟筆抗議。

「哎喲，沒看過學生考試可以選題目的。」洪蘋嗤了聲，還是順著我的心意換了下個問題，「不然……好啦，這題。某芳香烴化合物分子式爲——」

耳邊聽著洪蘋的提問，手上的筆沒有停過。底稿已經完成，原先我以爲自己會毫無頭緒，得花很多時間思考主題、花很多時間去琢磨該畫什麼。

但事實上，完全相反。

當我看著空白的畫布，腦海一下子就浮現出畫面。

說眞的，如果可以選擇的話，我不想畫那一幕畫面，可是它始終揮之不去，好像我不畫出來就不肯離開一樣煩人。參考過網路上前幾屆的得獎作品，絕大多數都是靜物的呈現，這樣看來，我的主題或許並不討喜。

跟他一樣。

「小蘋果，該走嘍。」曾仰宗喚了聲，手上已經掛著他和洪蘋的書包，有些焦急地催促，「別拖了，快點，公車要來了。」

「好啦！日荷拜拜、佟海光拜拜，」洪蘋一邊往門口挪動腳步，一邊朝我們揮手，不忘和曾仰宗鬥嘴，「大少爺幹麼不叫司機來接？陪我坐公車很委屈哦！」

「不委屈、不委屈，我背著妳跑都不委屈……」

很快地，隨著他們漸行漸遠，鬥嘴的聲音越來越小，不過幾秒就完全聽不見了，只剩下我一筆又一筆的塗抹，慢慢地塡滿寧靜的氛圍。

佟海光坐到我身邊，沒說話，只是安靜地看著。

我亦然。

他專注的凝視並沒有阻礙我的動作，我照著自己的步調，爲四十號畫布填上想像中的色彩。一向捨不得冷場的佟海光似乎知道我現在最需要的是什麼，他陪伴著我，也給我一個不被打擾的空間。

直到遠方的腳步聲近了，寧靜自然也就被打破了。

「你來啦。」佟海光笑著招呼走進美術教室的姜恒，姜恒依然面無表情，隨意找了一個距離我們不遠不近的位子坐下。

沒錯，留下來畫圖的這幾天，不只洪蘋、曾仰宗義氣相挺，甚至還多了一個姜恒……我到底該感激呢？還是該無視他的存在？

想了好幾天，我還是沒有答案。

我只在姜恒踏進教室、與他對上目光的時候，無言地輕輕頷首，當作招呼，也當作是友好的表現。仔細想想，除了吵架，我和他好像從未有過一次正常的交談。

佟海光走到姜恒旁邊，儘管聽見交談聲，不過他們很有禮貌地放輕了音量，我根本聽不清楚談話內容，只知道佟海光呵呵哈哈、笑得很開心……

跟姜恒聊天，怎麼會開心？

不懂。

超級不懂。

「妳——」

姜恒的聲音忽然在我耳邊響起，我嚇得整個人抖了好大一下，腦袋頓時當機，完全不曉得他說了些什麼，只看到他宛如平靜深潭的雙眼。

「蛤？」佟海光呢？這時候他跑去哪兒了！

姜恒無言地看著我，隨即重複了一次問題。

「我說，妳的主題是什麼？」姜恒的目光落到畫布上，「爲什麼他身上出現了街道？這是什麼意思？」

「呃……背影，就是……」

我到底在緊張什麼？用力閉了閉眼，我逼自己忘記剛才的糗態，好好冷靜下來，不過是姜恒而已……

「嗯？」他挑眉。

可惡。

「主題……如果沒有更好的想法，」好不容易穩住情緒，我不著痕跡地呼出一口氣，說道：「我應該會取作〈寂寞〉。」

「寂寞？」

我輕輕應了聲，放下畫筆，用手指著占據畫布絕大部分的男孩，他的背影容納了秋天的街景，行人、落葉、微雨……他看似擁有一切，卻也什麼都沒有——其中的光與影，是我在這幅畫中必須要展現的技巧與情緒。

姜恒似乎明白，又好像只是裝懂。只見他歪著頭認眞地端詳，這樣的姜恒少了距離感，多了點親和的傻勁。

不過，姑且不管他參透到哪個程度，我都沒有辦法告訴姜恒，畫中的男孩就是他本人。

「妳怎麼會突然改變主意？」

「什麼？」猛地回神，我不自覺地躲開他的視線，故作隨意地回應：「就只是……後來想想，錯過這次的機會很可惜，所以……」

「考試呢？」

「盡力而爲。」說完，我抓起畫筆丟入工具箱，突兀地結束話題。

沒多看一眼姜恒的表情，我迅速爲畫布蓋上布巾，正當我準備收拾顏料時，發現姜恒的手按在顏料盒上不放，沒有多想，我下意識地抓住盒角想要拿回，沒想到卻換來他力道更大的壓制。

僵持不過幾秒，我抬頭，對上姜恒深沉的目光。

他要我給他一個答案。

不是敷衍，而是一個眞正的答案。

說眞的，我不明白，姜恒究竟從我身上看見了什麼？他怎麼會知道我在說謊？爲什麼我總是覺得他看透了我所有的心虛？

其實，我很清楚自己的能耐。

想要兼顧考試、美展，對我來說並不容易。

我不聰明，無法一心二用，至今爲止，我所有的獎項、成績，全是我埋頭努力而來。我只是一隻普通的鴨子，沒人知道我在水面下的腳是多麼努力地划動，可悲的是，儘管已經竭盡全力，我也不是那些優雅美麗的天鵝。

我羨慕那些會玩又會念書的人，我不是，我沒辦法，我做不到。

可是，我告訴自己、告訴洪蘋、告訴佟海光「我可以」……我假裝自己可以，卻說服不了自己我眞的可以。

「妳做好覺悟了？」姜恒問我，他的手仍不願離開顏料盒，緊緊地壓著。

我一怔，斂下目光，「……還在掙扎。」

明明是如此沒頭沒腦的問句與答案，我聽懂了，姜恒也明白了……除了他，從來沒人看穿我費盡心力的僞裝。

或許在他的眼中，我所做的一切都如此笨拙。

這幾日來，我一有空就來美術教室趕圖，回到家裡，我不敢忘記念書，總是撐到眼皮快要闔起才上床休息。

我不知道自己這樣的努力能不能換來美好的結局，我眞的不知道。

或許，我眞該做好覺悟也說不定。

姜恒嘆了口氣，他鬆開了壓在顏料盒上的手，不等我反應過來，他拿起顏料盒，逕自走到教室另一邊，把顏料盒收進櫃子裡，彷彿宣告我們的談話到此結束。

我很清楚姜恒爲我留了餘地，往後的日子他也沒再提起，好像這段談話只是我某天午睡夢見的場景。

而我依然日復一日，假裝自己依然游刃有餘。

提交美展作品後，沒過幾天，期中考隨之而來。出乎意料的是，這三天的考試，反倒是這段時間以來，我身心最爲放鬆的時候。

「欸，我現在覺得閱讀測驗第三題我應該要選C。」曾仰宗咬了口飯糰，想了想又說：「可是A好像比較符合……」

「吃飯時間！」洪蘋大叫，狠狠地瞪他一眼。

「幹麼？吃飯時間不能聊考試哦？」曾仰宗被罵得莫名其妙，「是聽過不可以聊不衛生的話題啦，什麼大——」

「喂喂喂，吃飯時間。」這次換佟海光出聲制止。

一連兩次發言受阻，曾仰宗覺得委屈，目光可憐兮兮地輪流掃視我們，好像全天下都對不起他似的，埋頭啃著飯糰，不再出聲。

我和洪蘋對看一眼，她聳聳肩，用眼神告訴我不要理他。

既然人家青梅竹馬都這麼說了，我當然不便干涉，畢竟「曾仰宗的事，全歸洪蘋管」，這可是我們之間奉行的準則。

「考得如何？」又是眾人皆睡的午休，佟海光整理完最後一項回收，坐在後走廊的地板上吹著涼爽的秋風，狀似隨意地問起。

「怎樣？午休就可以聊了嗎？」我睨他一眼，跟著坐下，目光拋向無人走過的校園，「曾仰宗知道又要哭哭了。」

「他哭是因爲他是洋蔥好嗎？」佟海光的笑話好冷，他自己捧場笑了兩聲，識相地換了另一個話題，「欸，美術老師上次不是說，妳的作品已經選入決賽？」

「嗯。」

「不開心嗎？」他問，伸手勾攏我亂飛的長髮。

順著他的動作，我看向佟海光帶著疑惑的雙眼。他的眼睛，是很淺的咖啡色，像是前陣子有人送給我們家的上好茶湯，有著琥珀般的清澈。

「怎麼可能不開心呢？」我說，一點說服力也沒有。

「還沒跟家人說?」

聽見佟海光這麼問，我只是笑。

「相信我，不說比較好。」

凝視著透光的樹葉，我想起了昨夜的晚餐，想起媽媽意有所指地告訴我，大伯家的二堂姊考了全系第一名的消息。所以呢?我眞想反問媽媽，妳也想要我考第一名嗎?妳爲什麼不乾脆直接說出口?

那麼，我呢?我還不是只敢在心中與媽媽爭鋒相對。半斤八兩。

「日荷，」佟海光拉著我起身，走進教室之前，他一手扶在我的背上，傳來一股穩穩的、令人安心的力道，「不管如何，還有我陪著妳。」

側過頭，我看著他，得到佟海光的一抹淺笑。

那一瞬間，我有點想哭。

「幹麼這樣……」可我不能哭，所以我撐起笑，「我沒事啊，一切都好，沒有什麼需要擔心的，好嗎?」

是嗎?他的眼神這麼問。

我選擇忽略。

回到座位上，我從椅子底下拿出課本，準備下午最後一科的地理考試，不管是歐洲氣候，還是農業政策，這些半個地球遠的知識，我必須背得比當地人還要熟悉……爲什麼?

我不知道。

鐘聲響起，老師踏進教室，發下手中的考卷。

「妳做好覺悟了嗎？」

畫下第一題答案的同時，姜恒的聲音忽然出現在腦海中。筆尖一頓，意識到自己亂了方寸，連忙甩開不必要的雜念，逼自己專心在考卷上，繼續作答。

或許吧。

連續三天的考試、六個科目、五十分鐘的作答時間、不停從腦袋裡抽出的記憶……正確答案永遠只有一個，分數奠定於交卷的霎那，而這一霎那，決定了我們這段時間的努力是不是得到了回報。

這場賭注，我早已血本無歸。

Chapter 4

我很氣她不知從何時開始，變成了另一個我不認識的人。

風暴來得比我想像得還要快上一些。

只有一些而已，差不了幾天，所以我並不算驚訝。當我看見媽媽坐在客廳沙發上等門的時候，我真的一點也不驚訝。

反手關上門，我回到房間放下書包，重新來到客廳，坐進媽媽對面的位子，整個過程悄無聲息，她的目光緊緊跟隨，我的一舉一動全納入她的眼中。

媽媽不發一語，我也不會輕舉妄動。

當然，這不代表我沒有發現桌上的成績單，它就這麼擺在那裡，空無一物的桌上只有它的存在。

黑色的桌面，白色的成績單，對比鮮明。

客廳裡異常安靜，我可以聽見隔壁住戶開門問了句還有沒有東西要買，我可以聽見樓下的車子解開中控鎖的警示音，我也可以聽見媽媽的呼吸聲，很沉。

大概是因爲寂靜讓人不自覺地失神，我想起前幾天中午，班導把成績單貼在黑板上，全班隨即一湧而上的畫面。

還記得那時的我正坐在座位上和佟海光聊天，他無聊地玩著橡皮擦屑，揉成一小團後，再往呼呼大睡的曾仰宗背上丟。

「我要看他什麼時候才會醒來。」他笑說，手上累積了充分的彈藥。

「無聊。」我跟著笑，心思卻飛到了黑板前。我很猶豫，想看又不敢看，總覺得在還沒親眼見到結果之前，一切都還有改變的機會，「……你不去看成績嗎？」

「過幾天不就會寄到家裡了嗎？而且……」佟海光下巴意有所指地往某個方向一努，「就算不想知道，還是會有人來通風報信呀，妳看！」

只見洪蘋興沖沖地跑了過來，眉開眼笑，紅撲撲的臉蛋宣告她得到了好消息，見狀，我的心卻是一緊，用力吞了口口水，想要嚥下堵在喉頭的硬塊。

我很緊張。

「Guess what?」她有點興奮，藏不住笑意。

佟海光聳肩，懶洋洋的目光朝她一瞥，「What?」

「我是第一名哦！哈哈，太爽了！快點恭喜我！」洪蘋邊說邊大力拍打佟海光的背，他很捧場地唱起了〈Congratulations〉，兩人嘻嘻哈哈地鬧成一團，甚至手牽手轉起圈圈。

我看著他們笑，卻覺得有些抽離。

好不容易兩個人轉到都累了，氣喘吁吁地停下嬉鬧，佟海光拿起水瓶灌了一大口水，洪蘋癱坐到我前面的空位，沒有注意到我偷偷躲開她的目光。

「日荷，妳考得也不錯耶。」她的愉悅未減，我還來不及阻止，她便興高采烈地高聲宣布：「鏘鏘！第十名！」

「第十名？」這個孰悉的聲音帶著怒氣與不解。

我飄遠的思緒突地被拉了回來，好像被誰忽然切換了頻道，沒有歡顏笑語、沒有玩樂嘻笑，回過神，我還是待在一片死寂的客廳，媽媽和洪蘋明明說出了相同的三個字，隱含的情緒卻截然不同。

緩緩地抬起頭，媽媽臉色繃緊，眼底全是難以諒解，她雙手放在膝上，緊緊握拳，好像正隱忍著什麼……我只是看著媽媽，等她開口說話。

面對我們之間的僵局，媽媽不比我願意保持沉默，打從她拆開成績單的封口開始，她大概已經想好了千百個問題等著我回家。

「妳有什麼話想說？」

「什麼？」我愣住，不懂她的意思。

「爲什麼退步這麼多？」媽媽不動聲色，語氣持平，接連丟出幾個問句，「這次題目有很難嗎？粗心大意嗎？還是妳身體不舒服？」

我搖頭，湧上一股罪惡感。

有一部分的我正在思考，我是不是該道歉？要是我先道歉的話，媽媽可能就不會那麼生氣，她或許只會要我下次加油就好……可是，爲了什麼呢？因爲我考了「第十名」？

對比從其他人口中聽見的恭喜，我忽然覺得媽媽剛剛那些問題刺耳得令我想笑。

我以爲我不吭聲，可以換來一些讓媽媽冷靜的時間，可惜，我錯了，我的沉默在她眼裡是種反抗，成爲點燃這場對峙的火苗。

「說話！」猛地，她用力拍桌。

「……我不知道要說什麼。」

砰。

又一次，她的手又一次重重打在桌面，發出極爲巨大的聲響。

「什麼叫做不知道！」她厲聲斥責，所有的壓抑似乎都因爲我的回話而被激發，「妳說謊！妳不要以爲妳做什麼事我都不知道！」

正當我蹙起眉，甚至連話都還沒想好怎麼問時，媽媽從背後取出了另一個信封，狠狠地甩到桌上。

美展頒獎典禮邀請函。

瞬間，我全身發冷。

「學生美展？」媽媽的聲音彷彿從很遠的地方傳來，她不敢置信地搖了搖頭，「妳眞的讓我很失望，就爲了參加這種東西而浪費時間。沈日荷，妳什麼時候變成這個樣子？」

這種東西。

這個樣子。

我茫然地望向媽媽，想看清楚我在她眼中究竟變成了什麼樣子……又或者該說，對她而言，我到底「應該」是什麼樣子？

「妳說要留校，我有過問嗎？我沒阻止妳，因爲我以爲妳是和朋友一起念書，結果呢？妳濫用了我的信任！」媽媽氣紅了眼，音量越來越大，「妳說不想補習，我逼過妳嗎？從小到大，哪一次我不是跟妳溝通、跟妳協調，我費盡心思爲妳好，妳卻用欺騙來回報我？我很心寒，妳知道嗎？沈日荷，我很心寒。」

加重了語氣，最後四個字像是打木樁似的，一字一字往我心裡撞擊。奇怪的是，我不會痛，我只聽見空洞的迴盪聲響起。

的確，我很少被爸媽逼著做我不想做的事，因爲他們說認眞念書、循規蹈矩這叫「本分」，是我應該做的事情，既然是本分，那我就沒有選擇的餘地，自然也沒有所謂的逼迫……我懂，所以我從未反抗，乖乖地、認份地做一個爸媽心中、親戚眼中的好孩子。

然而我並不明白，為什麼我做我真正想做的事就是媽媽口中的浪費時間？

懦弱的我沒有勇氣開口爭辯，只是聽著媽媽不停地破口大罵……

該說是「罵」嗎？我以為我聽見了媽媽的「控訴」——她控訴我欺騙，控訴我踐踏她的心意，控訴我的失敗，讓她不曉得該怎麼和別人解釋我的考試失常……

控訴我不夠好，讓她丟臉。

「妳知不知道昨天姑姑才打電話過來，問妳這次成績如何？妳真以為她是關心嗎？」媽媽激動地對著我咆哮：「沈日荷，妳要我拿什麼臉回奶奶家，面對那些隨時等著嘲笑我們的親戚！」

話，停在這裡。

媽媽紅著眼眶，肩膀因為呼吸急促而上下起伏，甚至有些顫抖。我沒辦法猜測她在想什麼，明明眼神是看著我的，卻好像透過了我，看見了其他別的東西……不知為何，這讓我的心狠狠地扭緊。

「妳以前不是好好的嗎？妳從來沒讓我擔心過，不是嗎？」媽媽的語氣稍微和緩了些，「為什麼會變成這樣？最近——不對，升上高二之後，我就覺得妳變得不太一樣……」

原本我打算保持沉默，一如剛才的三十分鐘，可是，當我發現媽媽的推論慢慢導向某個結果時，我開始害怕，比起任何時候都還要害怕。

「妳是不是交到壞朋——」

「不關他們的事！」我大叫，沒來由的恐懼讓我陷入歇斯底里，「妳少裝作這一切全是為了我好！妳根本就不懂我的心情！」

「妳說什麼？」

「你們大人開口閉口成績，說什麼是爲了我們的未來著想，說到底，還不是把小孩子當作炫耀的工具！爲什麼我們永遠都要和別人比較？你們總是說你們很開明，卻從來不想了解我們眞正喜歡的事情是什麼，不是嗎？」我阻止不了自己，只能聽任自己不斷地宣洩藏在內心的怒氣，「我是人，不是妳的傀儡！這是我的人生！」

幾近大吼地說完一長串話後，我才驚覺這是自己第一次頂嘴，也是第一次看見媽媽臉上露出那種表情，那種表情陌生到令我覺得恐慌。

不到半分鐘的沉默，彷彿成了沿續幾個世紀的僵持。

我以爲這次的爭吵將以冷戰作爲結果，暫時告一段落，沒想到媽媽忽然走向廚房，拿了黑色的大垃圾袋往我房間走去。

「媽？媽，妳要幹麼……」我的聲音忍不住顫抖，慌亂地拉住她的手臂，卻被狠狠甩開，眼睜睜看著她走進我的房間。

緊接著，我聽見重物落入袋中的聲響，一次又一次……我不敢走近，更不敢看，光是猜想，我就知道是什麼東西被當作垃圾丟棄——畫具、獎盃、獎狀、作品……

不知道過了多久，媽媽面無表情地提著垃圾袋從我房裡走出來，我怔怔地望著她，無法理解爲什麼曾經讓她引以爲傲的獎盃全成了沒有價值的垃圾？對媽媽來說，難道這些眞的沒有意義嗎？

「媽，不要……」我追上正準備走出家門的媽媽，再次試圖拖住她的步伐，「媽……拜託，不要把它們丟掉。」

她不理我，逕自走到丟棄垃圾的通道口，不顧我再怎麼阻止、道歉、示弱，媽媽還是拉開鐵門，將她手上那袋象徵我童年的「垃圾」推進深不見底的通道。

然後，她看向呆站在一旁的我，冷冷地笑了。

「妳的人生？別說笑了，妳以爲妳現在能讀這麼好的高中、有這麼好的成績是因爲誰？要不是我和妳爸——」

「……我恨妳。」

她止住話，瞪大雙眼，「……妳說什麼？」

「我說我恨妳！」

下一刻，我憤而掉頭離去，儘管身後傳來媽媽暴怒的大喊，我也沒有一絲想要止步的念頭。推開逃生出口厚重的大門，我的腳步聲在樓梯間瘋狂地迴盪，感覺不到自己激動的喘息，我只是拚命地往下跑。

不停地跑。

就算我根本不曉得自己該何去何從。

我停不下步伐，跑著跑著，一幕幕回憶浮上心頭，說不清是因爲回憶、還是因爲急速奔跑所造成的疼痛，彷彿有什麼東西正緊緊壓迫著胸口，痛得我好想放聲尖叫。

我還記得爸媽第一次帶我到畫室的情景，第一次參加比賽、第一次得到獎狀、第一次站在台上領獎、第一次看見爸媽因我感到光榮……

畫面一轉，我看見另一些回憶的畫面。

我忘了大伯伯問了我什麼，只記得媽媽的臉色變得很難看；三叔叔驕傲地說他家的小孩不可以考九十分以下，差一分打一下；姑姑最愛的話題是拿我與同年紀的表妹相比較，看看到底誰比較聰明……

當我仔細回想起過去的一點一滴，我才發現我的生活並不是一夕改變，宛如溫水煮青蛙的過程，我漸漸變成了另外一個樣子。

我學會乖巧順從。

我學會隱藏情緒。

我學會用成績討大人歡心。

我學會不要讓爸媽在親戚面前丟失顏面。

眼淚滑過臉頰，我嘗到了苦澀的鹹味，席捲而來的無力感促使我停下腳步，喘著、抽咽著，用盡全力感受那股撕裂胸口的劇痛，不管周遭路人的異樣眼光，我蹲在便利商店門口，嚎啕大哭。

這段期間，有個好心的大姊姊遞來面紙，還有路過的阿伯要我想開一點，我都聽見了，卻只能拚命地哭泣著，沒辦法對他們的善意做出任何回應，等我好不容易冷靜下來，已經不曉得過了多久以後了。

我跌跌撞撞地站起身，眼眶微微泛疼，站在便利商店的燈光下，我低頭打量自己，身上還穿著來不及換下的制服，沒有錢包，就連手機都忘在書包裡。

無所適從的恐慌取代了剛痛哭完的茫然，我慌亂地摸索著制服口袋，什麼都沒有……只有一枚小小的銀色五元硬幣。

「海光？」緊握著公共電話的話筒，聽見那端接起了來電，我用哽咽的聲音硬是喊出他的名字，那一瞬間，我察覺自己竟是如此脆弱。

他停頓了半秒，才說：「日荷？妳怎麼——」

明知道不是哭泣的時候，可我控制不了，聽到佟海光熟悉的聲音，止住的淚腺又開始氾濫，他嚇壞了，不停地追問我發生什麼事。終於，在額度用罄的前幾秒鐘，他問出了我的所在位置，柔聲吩咐我乖乖待在原地不要亂跑。

假裝沒看見店員好奇的視線，我默默坐到臨窗的座位，看著路上的行人走過，沒了手機能夠查看時間，等待變得漫長，以至於每次自動門開啓，我都會忍不住轉頭，希望看見那個熟悉的身影朝我走來。

結果，來的人居然是——我不曉得該怎麼形容我的驚訝，心跳頓時停了好幾拍，我甚至在看見他的那一刻閃開了目光。

姜恒爲什麼會……他來了。

「嗯。」姜恒來到我旁邊，發出一個不算招呼的聲音。

「……海光呢？」

姜恒沒有回答，自顧自地拉開椅子就座，好像他和我只是恰好在某個便利商店巧遇的陌生人，他就這樣安靜了好一會兒。

反倒是我，坐立難安。

「那個……姜恒，海光他——」終於，我忍不住囁嚅地開口。

「妳會餓嗎？」姜恒忽地轉頭問我，我當下愣住，見狀，他不等我回覆，直接起身走到關東煮櫃臺前挑選起來，挑到一半，還問我吃不吃米血糕……

結完帳，姜恒端著兩碗冒著蒸騰熱氣的關東煮回來，將其中一碗放到我的桌前，不忘遞給我筷子和醬料。

「先吃吧。」他說，一邊拆開筷子包裝。

我想，我是眞的餓了。

熱呼呼的湯一入口，我馬上忘記姜恒帶來的尷尬，只顧著埋頭吃關東煮，當然，姜恒也是，他很快地掃光碗裡的食物，再次起身買了兩瓶飲料。

吃完喝完以後，我們依然各自坐在椅子上發呆。

「姜恒，海光他……」思索半晌，我還是想問：「爲什麼不是海光來找我？他……家裡有什麼事嗎？」

「算是吧。」

「喔。」既然是這樣，我也不好意思多問。

只是，現在的事態發展跟我先前預想的相差太多，雖說我很感謝姜恒代替海光來找我，但是我總不能……總不能主動向姜恒挖心掏肺吧？

我們的關係沒那麼好。

「吵架了？」回過神，我聽見姜恒問了一句。

我一怔，事已至此，我想我不需要假裝沒事，或是說謊搪塞離家的原因，便點了點頭，算是交代。

「沒考好？」

「第十名算是沒考好嗎？」我問他，卻連自己都想苦笑，「有時候，我好像沒辦法抓住世人的標準。」

姜恒始終沒有回答第十名究竟是好或不好。

其實我也明白，生在我們家，別人的想法根本無關緊要，不管其他人的標準爲何，我就是必須遵守我家的規則。

我只是多少有些不平衡罷了。

安靜半晌，這回輪到我打破沉默。

「你是不是原本就不贊成我參加美展？」想起那次雨天的爭執，我看向姜恒，「可是……為什麼？難道你早就知道我兼顧不了嗎？」

「我不知道。而且，我沒有贊不贊成的資格，我說過，那是妳的選擇。」他一如既往地冷靜自持，「不過換作是我，我不會參加。」

「怎麼說？」

姜恒沒接話，定定地看著我，這讓我有點尷尬，以為他是不想回答才會這樣，正準備扯開話題，他忽然接下問句，道出另一種觀點。

「我不認為非得現在做不可。」姜恒說話的語氣還是一樣清冷，「如果妳真的想做這件事，認為這件事值得去做，那麼它絕對也值得等待。」

「但如果後悔了怎麼辦？」我忍不住脫口問道，眉頭緊蹙，「……我是說，如果因為我沒有參加，導致日後回想起來，覺得要是當初如何如何，或許現在一切就會不一樣了？」

「所有的選擇不就是這樣？」姜恒反問，他的目光很直接地投了過來，「再說，妳的後悔是建立在什麼之上？沒有繼續畫圖？還是選擇了不同的科系職業？我不知道這場比賽有沒有重要到足以影響妳往後的人生，但如果只是因為選擇不參賽就對妳的未來造成阻礙，那麼畫圖對於妳的重要性也不過如此。」

「反正你就是覺得現在應該專心念書，興趣擺到一邊，其他無關考試的事都先別管，對吧？」不曉得為什麼，我有點生氣。

「若就現實面來說，沒錯。」

「你——」我還能說什麼？跟他爭、跟他吵嗎？一時之間，我沒辦法說出任何反駁的話，只能在瞥見姜恒不知道是代表疑問還是挑釁的挑眉動作時，狼狽地躲開他的注視。

其實我知道姜恒說得沒錯，但我也不想認同他說得全是對的……明明這世界上就是有現在不做就會後悔的事。的確，我並不知道參不參加這次的美展，是否會改變我日後的生活，然而在那個當下，我覺得我如果不去做，就必定會後悔。

事實證明，參加美展這個決定確實影響到我的生活，和媽媽吵架、被迫攤牌，甚至離家出走……原本直線前行的人生道路，第一次出現了分岔點。

「日——」姜恒正想開口。

「姜恒，爲什麼你不會暫時假裝站在我這邊呢？」忽然，我抬頭看他，正好捕捉到他的眼底出現了一點驚慌。

只有一點點而已，而且姜恒很快就把那一點點也藏起來，「……什麼？」

「沒事。」我搖頭笑了，將視線落到窗外，「只是覺得你這個人眞的一點也不拐彎抹角，想說什麼就說什麼。」

奇怪的是，我發現我並不討厭他這樣。

姜恒的話不好聽，因爲他不在乎聽的人是誰，總是很直接地表達自己的想法，立場不同聽了當然覺得刺耳，可是，現在回想起來，姜恒從未逼我接受他的看法。

對於他，我似乎有了另一層認識。

「日荷。」

「嗯？」我沒多想便轉過頭。

「如果我說的話讓妳覺得不舒服，我道歉。」姜恒望著我，態度非常眞摯，「我沒有不好的意思，我只是——」

「我知道。」還沒等他說完，我就搶先說了。

「什麼？」

看著姜恒疑惑地蹙眉，我終於能分辨他過於認眞的表情不是在生氣。每次見到姜恒，我都莫名感到緊張，可是，他好像並不像我以爲的那麼嚴肅……

「海光說過，你很會照顧人。我本來不懂他的意思，因爲你講話實在……」我停了停，試圖找一個比較好聽的字眼，「很直接……好啦，其實有點白目。」

他又挑眉，嗯，這次大概是願聞其詳的意思。

「我只是在想，或許你說得沒錯，我這次眞的太衝動、也太固執了，明知道有可能會搞砸考試，卻還是執意參加比賽。不過，說眞的，我沒有後悔。」望進他沉靜的眼底，我緩緩說道：「我好像終於明白自己眞正想要的是什麼，而不再只是乖乖聽從大人的安排，變成一個連自己是誰都忘記的人。」

「所以？」

我搖了搖頭，繼續把話說完，「可是，事情演變成這樣已經超出我的預期，我想我暫時會專心在課業上吧。」

姜恒聽完，沒有對我的決定發表意見，他只是深深地看了我一眼，不發一語。

我們就這樣坐在便利商店耗了幾個小時，偶爾交談幾句，活絡一下太過冷清的場子。其實我知道，姜恒是在陪我，他沒有催促，默默地等我開口說要回家。

接近九點半，姜恒陪著我回到了社區。

「欸。」上樓之前，姜恒叫住我。

「怎麼了？」

他停好腳踏車，走到我面前，掌心一攤，只見他的手機安穩地放在手上，我還沒反應過來，姜恒又將手朝我推近了些。

「輸入一下號碼。」他說，仍舊面無表情。

「什麼？噢……」拿過手機，我按下十個數字，再還給姜恒。

手機螢幕的光映在姜恒的臉上，他很快地在手機上輸入其餘資訊，抬頭，見我還站在原地盯著他瞧，他的臉上浮現出一絲困惑。

「幹麼不上樓？」

「蛤？」我、我已經可以走了嗎？我有些狼狽地朝著姜恒揮了揮手，「那……再見。」

「再見。」他也回了句，卻沒有揮手。

也是，揮手道別好像不是他的作風。

我走進大廳，按下電梯按鈕，看著顯示樓層的數字一層一層往下跳，等到電梯門開啓，沒有多想，直接走進空無一人的電梯。

電梯門闔上之前，我的目光無意間落向大廳的落地窗外，那一抹熟悉的身影依舊站在中庭，姜恒看著我，緩緩抬起了手……

不知爲何，我忽然有些迷茫。

來不及想清這份迷茫從何而來，六樓一到，電梯門一開，這份莫名的感覺馬上被緊張取代，被拋到不起眼的角落。

站在家門口，我不曉得家裡現在會是什麼情況，會不會有一場更大的風暴正在等待著我？不管再怎麼猶豫不安，我還是得摁下門鈴，面對我終將面對的一切。

開門的不是媽媽，這讓我鬆了一口氣。

爸爸沒多說什麼，就讓我進了家門，客廳裡只有政論名嘴在電視上七嘴八舌的議論聲。

我看向爸爸，他一邊用眼神示意我，媽媽正在房間休息，一邊口頭叮嚀我早點洗澡睡覺，有什麼話過幾天再說。

我很清楚這是爸媽最多的讓步。

因此，當我回到房間，看見那包黑色的大垃圾袋不知被誰放在床邊時，我不能控制地眼眶一熱……

至於是爲了什麼，就連我自己也說不明白。

那日之後，我和媽媽之間的關係變了。

儘管我們還是會交談，會一起吃飯，還會一起在客廳看電視，可我們彼此心知肚明，一切都和以前不一樣了。

我們刻意繞開敏感話題，聊天充滿許多不能碰觸的關鍵字，甚至只要電視節目出現親子教育的橋段，都會導致我們之間的氣氛瞬間凝結，最後，我和媽媽能夠交流的話題只剩下日常生活的簡短對話。即便這次期末考我拿下第二名，這樣的成績也無法讓我和媽媽重新拉近距離。

於是，寒假就在如此晦暗的氣氛中來到。

「畫得眞好。」

「謝謝。」

寧靜的國美館一隅，佟海光和我站在〈寂寞〉前面，靜靜地待了好一陣子。明明出自我的手筆，照理來說應該再熟悉不過，可是，或許是換了角度，純粹以一個旁觀者的身分觀看這幅畫作，看著看著，我竟然覺得陌生。

〈寂寞〉獲得優等的獎項，比起我，美術老師好像才是最開心的那個人。

仰頭看著畫中灑落在街道上的光影，想起自己當初想要表現的情感，經過這一、兩個月的時間，有些感覺已經與當時不太一樣，與其說是改變，不如說是改觀比較貼切，比方說，對於姜恒的認知。

「日荷，妳畫的是姜恒吧？」

聞言，我嚇了一跳，不敢置信地望著他。

我不曉得佟海光是怎麼發現的，我以爲不會有人看出來……無法控制驚訝的情緒，我慌亂地再次看向畫作，確定自己沒有畫出太多姜恒的臉。

「拜託，我看他的背影看了幾年？怎麼可能認不出來？」佟海光大笑，手臂習慣地勾住我的肩膀，「再說，妳未免太小看自己的描繪能力。」

「我會畫他是因爲——」我慌了。

一時語塞，思緒亂成一團，只能僵硬地瞪著佟海光瞧，感覺自己的內心世界被誰不小心窺見似的，雖然不是什麼虧心事，卻也覺得害羞。

幸好，眞的幸好，佟海光沒有爲難我，他只是笑了笑，沒再繼續追問。

他帶著我離開了〈寂寞〉。

我們隨意在館內參觀，看完學生美展，又到其他展區見識眞正藝術家的作品，看懂了多少不重要，我們不過是想悠閒地消磨假日的午後。

只要一想到再過幾天，等爸爸放了年假，便得舉家回奶奶家度過春節假期，各種回憶宛如連鎖效應般湧現，心情不由得複雜起來。

說眞的，不是討厭。

可是，絕對稱不上喜歡。

「眞不想回去。」嘆了口氣，我拿起吸管玩弄著杯中一顆顆漂浮的冰塊，不停地想把它們壓進水底，我當然知道，那是不可能的……

如同我的希望。

「別這樣，難得可以和親戚聚在一起，一年一次，忍過就算了嘛。」佟海光笑著安撫我，眼神溜溜一轉，笑容帶上調皮的意味，「要不然，妳要不要考慮把我外帶回去？」

「蛤？」

「出租男友啊！」他一派理所當然，假仙地擺了個pose，對著我挑了挑眉，「怎麼樣，要不要考慮一下？物美價廉，把我帶回去的話，妳肯定不會無聊。」

雖然知道他在開玩笑，我還是忍不住賞他一記白眼，而且……我認眞地看著佟海光，非常誠懇地搖了搖頭。

「相信我，你不會想跟我回去的。」眞心不騙。

我以為佟海光會笑著打趣我，可是沒有。

聞言，佟海光收斂起臉上的笑容，變得有些嚴肅，他垂下視線，木然地攪動飲料，心裡不知道在想些什麼，自顧自地陷入沉默，就這樣好一陣子沒有說話。

我不解地望著佟海光，不懂他忽然的情緒低落所為何來，心裡冒出了一堆問號。

正當我打算提問的時候，佟海光抬起頭，直直地望著我。

「日荷，妳會怪我嗎？」

「怪你什……你是指，我跟我媽吵架的事？」我猛然理解了他的意思，忍不住疑惑地蹙眉，「可是，這完全不關你的事啊，眞的，是我自己沒考好，怪不了別人。」

「是我鼓勵妳參加……」

「那又怎樣？決定參加的是我，眞的跟你無關。」

我有點急了，我眞的很意外佟海光會這麼想，這件事從頭到尾，我都沒有把事情的起因歸咎於他身上，一次也沒有。

他搖搖頭，堅持己見，「當初我明知道妳家裡的狀況，還故意拿話激妳，說妳只是找藉口不去參賽——」

「佟海光！」我氣得打斷他，不讓佟海光繼續把我的過錯扛到自己身上，「我做的決定，我自己承擔。你鼓勵我參加美展沒錯，可你又沒有鼓勵我跟我媽吵架，也沒有鼓勵我離家出走，我到底要怪你什麼？」

瞪著他看似平靜的臉龐，我感覺到自己的臉頰火熱地發燙。

舉杯喝下一大口水，我轉頭看向窗外，想讓情緒冷靜下來。我不想再聽佟海光說出任何想要延攬責任的話語，他不需要、更不適合這樣，我討厭他露出那種不屬於他的愧疚。

眞的，不關他的事。

「更何況……」我緩緩地開口，試著整理心中的感受，「更何況，要不是你，我可能再也不會拿起畫筆。」

不是場面話，我是眞心這麼認爲。

時間總是過得飛快，總是過得悄無聲息，今天準備考試，明天正式上場，考完這一場，又得準備下一場更大的考試……然後上了大學、再來就是出社會……一晃眼，世事早已全非。

即便曾經是最愛的事物，終有一天也會因爲長久的疏離而改變。

「姜恒說，妳那天哭得很慘。」沉默了許久，佟海光低聲說道，依然堅持著不屬於他的歉疚，眉宇間困擾的結依然存在，「我害怕是因爲我的關係，我不喜歡……妳因爲我難過。」

「眞的不是……」我搖頭，再次解釋。

如果能讓他安心、不再自責，我願意重複解釋好幾百次——或許，我和他一樣，我也不喜歡佟海光爲我感到難過。

無奈的是，我們的氣氛並沒有因爲我的保證而變好。

若是在平常時候，佟海光應該很快就會恢復原本的開朗，繼續開開心心地和我打鬧鬥嘴，但今天不一樣，他一路安靜到臨別之際。

站在路口，佟海光儘管嘴角噙著笑意，看在我眼裡其實那只是勉強。我很想問他到底是怎麼了？可是，不知道爲什麼，話到了嘴邊卻怎樣也問不出口。

最終，我還是只能默默地看著他抬起手，向我道別。

「日荷，再見。」

「……再見。」我說。

什麼也沒問。

我只說了再見。

奶奶家是一棟位在市郊的獨棟透天厝，除了我們一家住在市區，大部分的親戚都住在奶奶家附近，因此每逢年節，也只有我們家會大包小包地扛著行李回來暫住。

話雖如此，那些親戚們三不五無時便會頻繁出現在奶奶家，幾乎也跟住在同一個屋簷下沒兩樣了。

認眞回想起來，小時候的我，其實是很喜歡回奶奶家的，有吃有玩，還有很多堂、表兄弟姊妹可以一起結伴騎腳踏車大冒險……那個時候，奶奶家對我來說就是天堂，我根本不想回家，只想永遠待在這裡不走。

大概是小學二年級那年吧，我終於聽懂了大人口中的「關心」並不是單純的問候，看似和樂融融、圍坐沙發上的談天說地，其實藏著多少明槍暗箭，某次還曾經不小心撞見小姑姑拿著補習班考卷大聲斥責表妹的場面。

當時的滿心震懾，如今早就習以爲常。

「日荷，聽妳媽媽說，這次期末考妳考了第二名是嗎？」大伯狀似關心地詢問，見我點頭，揚起了和藹可親的笑容，「很棒、很棒，這樣才對嘛，妳要多學學大堂姊，她現在在美國念書念得可好了！啊，不過妳現在才高二，高三會怎樣還很難說，喔？」

不需要任何一句附和，大伯伯自顧自地說著，說完還遞給我一記意味深長的眼神，笑呵呵地離開。

說眞的，我沒什麼感覺。

目光重新回到手機螢幕，點開尚未閱讀的新訊息，不過就是一則醫療報導的網址連結而已，卻害得毫無防備的我噗哧笑了出來。

「研究發現，談論他人八卦有助增強自尊心。」彷彿看見他面無表情地說道，姜恒的訊息送來了他特有的關心方式。

除了屬於我和佟海光、洪蘋、曾仰宗在通訊軟體裡的四人群組老是話題不斷、整天拚命叮咚響以外，自從放寒假起，我和姜恒的聯絡竟奇蹟似地沒有斷過一天。

只不過，姜恒就是姜恒。

若是和他抱怨些什麼，永遠別期待他給予安慰，或是同仇敵愾地陪罵，當然他也不會自以爲是地給予建議。姜恒總在幾分鐘後傳來一些奇怪的冷資訊，有時候甚至只是條網址連結，連句附加話語都沒有，好像是要我換個角度想想，別老是生氣，

其實，剛開始不免覺得有點討厭，總想著姜恒是不是在暗示我很小心眼，後來不曉得爲什麼，竟開始覺得有趣起來，不得不說，這幾日靠著他的訊息，我的心情好轉許多。

「這樣看來，他們爆棚的自信心應該有不少我的貢獻才是。」我回傳。

「施比受更有福。恭喜，福氣滿滿。」

……可惡。

我絕對不要跟他說我又笑了。

要不是此時廚房裡傳來開飯的呼喚，我還想繼續和他瞎扯下去。

「我先去吃飯，拜。」

姜恒很快地讀取訊息，確認他沒再繼續回應，我才甘願收起手機，呼出一口氣，做好每天例行的心理準備，起身走到飯廳。

奇怪的是，眾人入座許久，有話都說到快沒話，依然不見小姑姑和表妹兩人出現，眼看飯菜都快涼了，大伯終於受不了漫長的等待，吩咐堂弟去喚人，她們才一臉不悅地從二樓下來。

這頓飯便在這樣詭異的氣氛中展開。

席間談話還算正常，大人們相互寒暄，聊些國際新聞、房市股價，總之就是一些不著邊際的話題，盡量維持某種程度的熱絡，讓用餐氣氛不至於陷入難堪的冷場。

沒人敢問面色不愠的小姑姑和表妹發生了什麼事，這或許是我們家族間的默契，就怕一旦問了，燃燒的戰火便會蔓延到自己身上……明明是家人，卻連一句關心也無法直接表達。

表妹坐在我隔壁，飯沒吃幾口，菜只挾眼前那盤，甚至故意用力地把碗筷擱在桌上，擺明心裡不痛快，眾人的目光幾次短暫停留在她身上，最後終是又默默移開。

我看不過去，挾了表妹喜歡的蒜頭大蝦放到她的碗中。

「多吃點。」

她手上一頓，停下胡亂撥動飯粒的筷子，轉頭看我，一句謝謝正要說出口，她的媽媽、也就是我的小姑姑迅雷不及掩耳地大聲搶白。

「妳怎麼不多學學人家日荷？」

表妹臉色一白，「……妳非得現在說這些不可嗎？」

無視眾人在場，小姑姑哼地嗤笑，目光冷冷地掃向表妹，「怎麼？怕丟臉是嗎？人家沒補習、沒請家教都考得比妳好，這不叫丟臉？我告訴妳，妳考這種爛成績，最丟臉的是我！花那麼多錢在妳身上，根本就是浪費，還說想要學舞？拜託，別笑死人了！」

「好了，別——」

大伯還沒不及說話，表妹使勁把碗朝地上一砸，哐啷一聲，震驚了所有人。

空氣似乎瞬間凝結，異常安靜，彷彿是誰爲這一刻按下了暫停鍵。

沒人出聲。

我怔怔地看著地上碎裂的碗，白色的碎片好似一朵形狀破碎的花……不知爲何，這讓我想起了自己，想起了那天和媽媽爭吵的自己，我忽然很想看看媽媽現在的表情，她會不會也和我想起了同樣的事？

抬頭，卻見小姑姑不知何時來到我和表妹的座位旁邊，表情狠戾地舉高了手，不知哪來的勇氣，我一把推開表妹。

那一巴掌，直接落在我的側臉。

伴隨著悶痛而來的，是眾人的驚呼聲。

「日荷！」

「怎麼打人呢？」

「好好的一頓飯……」

是啊，好好的一頓飯。

我們永遠都得假裝這樣的事情不存在，好好地維持住我們的這一頓飯……每個人似乎都想趕快收拾眼前的混亂，卻沒有人可以控制住局面。

表妹緊張地扶著我，不停地問我還好嗎？

沒事，也不怎麼痛。

我搖搖頭，假裝被打中的地方沒有感覺。

媽媽蹲在陷入歇斯底里的小姑姑旁邊，好像是在溫言安撫她的情緒，這舉動挺正常的，不是嗎？可是，當我眞正聽清了媽媽正在說什麼的時候——

我笑了。

「小孩子沒考好也沒關係啊，下次再努力就好了嘛……」媽媽說，她的手輕輕地拍在姑姑的手背上，柔聲安慰，「何苦爲了這種事生氣呢？」

是啊，何苦呢？

我不記得最後是誰拯救了這個夜晚，可能是因爲我沒在飯桌上待到最後的關係，我眞的不記得了，我不知道這頓晚餐最後是怎麼結束的。

我只記得我推開表妹的攙扶，邁開步伐，一步、一步，我可以感覺到眾人的視線集中到我身上，隨著我的腳步，周圍逐漸沒了聲音，所有人都在等著我的下一步。

然後，我站定在媽媽面前，居高臨下地看著她。

媽媽面色僵硬地用眼神警告我別把事情搞得更糟，然而，什麼是更糟？我假裝不懂……說眞的，事後回想起來，我並不能爲我的行爲找到合適的理由，說不定，說不定我只是生氣而已。

氣媽媽明明心裡覺得高興，卻還是假裝感同身受的樣子，氣她好像忘了我們前陣子的爭執，氣她不再用同樣的體貼安慰我……

還有，氣她不知從何時開始，變成了另一個我不認識的人。

「虛僞。」

用所有人都聽得見的音量，我對著媽媽這麼說。接下來我究竟還說了什麼、發生了什麼事、其他人的反應是什麼，我統統沒了印象……腦海中最後的記憶畫面停在媽媽的臉龐。

我永遠忘不了媽媽當時的表情。

震驚。

憤怒。

同時，混合了悲傷……

Chapter 5

我必須承認，我很不習慣只有一個人的回家路。

媽媽和我的關係陷入前所未有的苦戰。

不像之前還能裝作若無其事，維持表面上的和平，如今我們除了必要的談話，就連正眼也很難對上一眼，家中的氣氛僵得難以想像，我的活動範圍幾乎只剩下自己的房間，一出房門，便會感覺空氣裡的供氧量急速下降，難受得無法呼吸。

我並不希望這樣的情況持續下去，拖得越久，我和媽媽越難回復到原本的關係，可是，我更不希望我們的僵局必須因爲我的屈服才得以破冰。

明知道是我錯了，我卻怎麼樣也不願意承認自己的錯誤。

新學期眨眼來到，高二下，我們開始習慣老師的恐嚇與威脅——恐嚇我們再不認眞念書就考不上好學校，威脅我們沒有好學校就沒有好未來，最後還不忘來點鞭子與糖果的利誘……

「考上大學以後，你想幹麼就幹麼、沒人管你！University，由你玩四年！懂嗎？」教授英文的班導堂堂下了結論，用力地點頭，「好，打起精神，我們來看下一題……佟海光，快點坐好。」

轉頭一看，不曉得這星期第幾次遲到的佟海光坐進自己的座位，他看起來很累，眼下的黑眼圈重到讓人很想問他昨晚到底幹什麼去了？

不是沒問過，但他不肯回答。

我沒事。

他總用這三個字來搪塞每一次的關心。

「你看起來糟透了。」我寫了張紙條丟到佟海光桌上，忍不住蹙眉。

佟海光拆開看完，側頭朝我一笑，回了一句，「我也覺得。」

「所以？你要不要緊？」我又寫。

原以為這次會得到不一樣的回應，沒想到佟海光連筆都沒動，他只是將紙條壓到課本底下，用唇語再次告訴我：「我沒事。」

誰會相信？

可是他不說，我能怎麼辦？問了好幾百次都得不到答案，問久了也覺得自己煩人。雖然這麼想，我還是不願放棄，轉而改問姜恒，他更狠，每則訊息都是已讀不回。

想不到其他辦法，即使我滿心懷疑，還是只能相信佟海光所謂的「沒事」，相信他很快就會恢復正常……

簡單記下文法的重點，我再次轉過頭，佟海光已經趴在桌上睡得深沉。

他這一睡，睡到了體育課不得不離開教室的時候才醒來。

「我想再睡一下。」清醒不到半小時，佟海光揉揉眼睛，躺倒在司令台上就想睡去，「下課要叫我喔，不要偷偷把我丟在這裡。」

「你會害怕嗎？擔心的話，我可以掛『失物招領』的牌子在你身上。」洪蘋放下餅乾，眼睛眨也不眨地提議，「你不僅可以睡到爽，我們也不用叫醒你，只要等善心人士送你回來就好，一舉數得！」

「蘋果姊姊，我只是想睡覺，不是失智好嗎？」佟海光懶洋洋地回答，聲音已經滿是睡意，「而且像我這麼優質的遺失物，被侵占的機率太高了，地球好可怕的……」

說著，他睡眼惺忪地坐起身，左右張望了一下，取走曾仰宗的外套隨便捲了捲、放到我的腿上，正當大家全都一臉莫名其妙的時候，佟海光忽然躺了下來——

「這樣你們就休想丟下我了，晚安。」佟海光說完，滿足地睡去。

留下烏鴉滿天飛的我們，面面相覷。

佟海光不是小憩一會兒的淺眠，他是真的睡得很沉，不過片刻，微弱的鼾聲傳來，我低頭觀察他的睡顏，輕輕拂開他額前被陽光染淺的瀏海，看見他臉上的疲憊，像是好幾天沒睡好似的，累積出令人擔憂的暗沉。

洪蘋他們不像我那麼擔心，只猜測佟海光可能最近在忙別的事，可能家裡有什麼事，不方便說出口，要我別想太多。

「你們真的這樣覺得？」我放輕聲音，不想吵醒熟睡的他。

「不然呢？佟海光不也說沒事，日荷妳太容易緊張了吧。」洪蘋遞給我一片餅乾，我搖頭拒絕，她隨後話鋒一轉，「倒是妳，不是聽說妳媽開始幫你找補習班了嗎？進展如何？」

「不知道。好像聽別人說家教比較好，所以又在猶豫了吧？」我聳聳肩，不是很清楚，畢竟這件事的消息來源不是別的，正是我經過客廳時不小心偷聽來的，想來就覺得諷刺。

「家教！」她咋舌，瞪大一雙圓眼，「妳媽真的爲了逼妳念書，花錢不手軟耶……我以爲只有洋蔥家會做這種事。」

「小姐，我跟妳同一間補習班，妳說這話不覺得有失公允？」曾仰宗表情無奈，接著又說：「不過，如果日荷妳家經濟許可的話，我覺得家教還滿不錯的，至少不會的地方可以馬上得到解答，上課也不會很制式。」

「既然這樣，仰宗你怎麼不請家教？」我問。

「我喜歡跟大家在一起，一個人念書多孤單啊。」曾仰宗笑了笑，「雖然補習班有很多我不喜歡的地方，但看到別人認眞的樣子，還有同學們一起朝著目標努力的感覺，都比自己一個人窩在家埋頭念書要好得多了。」

「我倒是不想補習。」洪蘋翻了個大白眼，「如果我可以不用補習就考第一名的話，我才不要去補習班人擠人！你們男生的汗臭味有夠臭的，居然還敢買臭豆腐進來吃，想逼死誰啊！」

「妳上次買鹽酥雞才欠揍。」

「你少來，我記得我可是有分你吃的喔……」

聽著他們倆你一言、我一語的鬥嘴，我漸漸拼湊出記憶中補習班的樣貌，其實談起對於補習班的印象，說不上好或壞，我已經忘得差不多了。

那時候的我，滿腦子都在擔心逃課的事情會被媽媽發現，雖然坐在補習班聽講，心裡卻非常不安，時常心不在焉，朋友也沒交到幾個。唯一稱得上清晰的回憶，大概只有老師很愛講冷笑話這件事而已。

「日荷妳要是決定上補習班，佟海光說不定也會跟來。」

洪蘋此話一出，我不解地看向她，「怎麼說？」

「廢話，當然是擔心妳被其他男生追走啊！不然別校的男生又不知道妳已經名花有主。」洪蘋丟給我一記鄙夷的眼神，接著三八地架起拐子撞了撞身旁的曾仰宗，「洋蔥，怎麼樣，我說得很有道理吧？」

他竟然沒有猶豫地點頭，兩人甚至對看一眼，同時送我一抹心照不宣的笑容。

我差點沒暈倒。

「等等，你們覺得我和佟海光……」摀住頭，我忽然不曉得該怎麼說才好，「不是，我跟他……我們沒有在一起啊！」

「我知道你們沒有交往啊。」洪蘋頷首，我不敢相信地看著她，她態度輕鬆地繼續往下說：「可是，任誰都看得出來你們……有鬼。」

妳後面才跟了兩隻鬼！

我知道我和佟海光之間的流言蜚語從未少過，尤其曾仰宗拍的那支影片更爲校園八卦添增了不少談資，但不就是鬧著玩的嗎？我一向沒放在心上，以爲清者自清，大家久了就會明白。

可說眞的，要是連每天都在一起的洪蘋和曾仰宗都這樣認爲，那……我不曉得還有誰會相信我和佟海光之間的清白，想到這裡，我忍不住嘆了口氣。

「你們爲什麼會這麼誤解……」

「日荷，」曾仰宗打斷我的話，「妳要不要先看一下妳的腿上躺著何許人也？否則，妳這話說出來實在太沒說服力了。」

我頓時啞口無言。

看著腿上睡得安穩香甜的佟海光，我直到這個時候才正視到這些親密的行爲，旁人看在眼裡的確會引起誤會，不管再怎麼熟，我好像都不該和佟海光少了該有的界線，只是我沒想到連洪蘋他們也……

天哪，我眞想馬上搖醒腿上那位仁兄！

當佟海光聽到這件事的時候，已經是放學後了。走在向晚的路上，我簡單描述了整起事件經過，沒想到他的反應竟是不滿地向我抗議。

「妳幹麼急著跟我撇清關係？」

我瞪向佟海光，順便掄起拳揍他，「因爲我們的關係就是很、清！」

大概是睡飽了有差，恢復精神的佟海光一把抓住我在空中亂揮的手，反手一拉，我整個人被他禁錮在懷中。

他仗著身高優勢，故意用下巴抵著我的頭，「妳幹麼這麼認眞？我們自己知道就好，隨便別人去說呀。」

「我才不管別人怎麼說，可是洪蘋他們又不是別人，要是、要是……」我一時想不到更好的例子，眼神捕捉到前方的身影，直接脫口而出，「要是姜恒誤會了呢？他誤會的話，你總會想要澄清了吧？」

聽見自己的名字，姜恒轉過身，見著我們兩個奇怪的姿勢，他的臉色平靜得一如往常，不論是眉毛、還是嘴角動也沒動，果然是很姜恒的反應。

佟海光停頓了一會兒沒說話，我猜他可能笑了吧？總之，他放開了環住我的雙手，失去他給的支撐力量，我還有幾分不習慣。

我抬頭看向佟海光，我還在等著他回答會不會想要向姜恒澄清誤會。

佟海光笑了笑，伸手拍拍我的頭。

「沒事。」

「我眞的很討厭你說沒事。」我沒好氣地推開他，繼續往前走。

佟海光很快跟了上來。

不過也就這樣而已。

後來的路程，我們沒再繼續聊天，雖是並肩而行，卻只是默默地走著，似曾相識的安靜讓我不自覺回想起美術館那時的情景，我還是沒有問他那天是怎麼了，如同現在。

我想應該沒事的。

不久，來到我必須轉彎的那個路口，佟海光和我才終於停下腳步，相視一笑。

「好啦，我要回家了。」我看著他疲憊不減的臉龐，忍不住叮嚀幾句，「海光，記得早點睡，明天不要再遲……」

「日荷。」

「怎麼了嗎？」聽他突然喊我，我直覺地問。

「我沒事。我是說，我眞的沒事，妳不用太擔心我，一切都好的……沒事。」佟海光淺淺地笑著，「眞的，相信我。」

我盯著他瞧，無法忽略心裡突兀的不安。

儘管如此，佟海光好看的笑容依舊，我找不到任何破綻，更看不出其中端倪，只好悻悻然地點頭。

「至於，妳問我的問題……」佟海光看向等在不遠處的姜恒，他側對著我們，沒有察覺我們的目光，「……他懂我，不會誤會。」

所以，沒有澄清的必要。

佟海光低聲說完，我望著他的側臉，夕陽染上他半掩的眼睫，看起來很寂寞，好像有很多話、很多心事無法訴說的……那種寂寞。這讓我忍不住遲疑，不曉得是否該說些什麼。

半晌，佟海光轉頭對上我的視線，重新泛起笑意。

「日荷，再見。」

還來不及和佟海光道別，他已經邁開步伐。

他走近姜恒，兩人交談了幾句，佟海光笑得很燦爛，一手往姜恒的肩上拍去，接著跳上腳踏車後座，姜恒側過臉又說了幾句話，隨即平穩地踩下踏板。

不知道是不是累了，只見佟海光的額頭抵上前方姜恒的背，像是休息一樣地靠著。

他們兩人還是一樣很親近，我不管再怎麼向前，都無法觸及的那種親近，有時候，我會突然想著，我是不是不該和他們一起回家？

我的存在之於他們，好像，有點多餘。

朝著日落的方向，看著他們的背影化成一個小小的黑點，漸漸消失在路的盡頭，我才終於收回視線，轉身回家。

我一直覺得佟海光有什麼祕密瞞著我們，或者說，瞞著我——畢竟洪蘋他們並不這麼想，她煞有其事地爲我把了把脈，宣稱我只是感官神經出了問題，要不就是變得太過敏感、要不就是短路秀逗……

到頭來，只有我一個人覺得佟海光有點奇怪。

踏進健康中心，我和護士阿姨打了聲招呼，小心翼翼地走到後頭的休息區，幾面綠色的簾幕遮擋住來此休息的同學，眼睛一掃，我很快發現窗邊的床位下，有雙熟悉的深藍色運動鞋。

悄聲拉開簾幕，佟海光睡得正香。

坐到床沿，看著酣然入夢的佟海光，猶豫著到底該不該喚醒他，雖說這是我來此的目的，可是總覺得打擾他如此舒服的睡眠，好像會遭到什麼報應似的……

嘆了口氣，我決定放棄。

反正現在還是午休時間，既然不急著回去，叫醒他也沒什麼意義，更何況他睡都睡了，多睡一會兒也好，省得他到時上課又懶洋洋地喊累。

趁著空檔，我拿出手機點開剛才收到的訊息。

「A。」只有一個英文字母。

儘管知道這是問題的答案，我仍然因爲他過度精簡的回答而忍不住笑了，手指迅速地在觸控鍵盤上移動，送出回覆。

「爲什麼？解釋一下。」

「用訊息不好說。」那方很快地回傳。

他似乎沒在午睡。

我思索了一會兒，決定換個話題，「你不睡覺？」

「不想睡。」

我看著螢幕上那三個字，想像他此時獨坐在一片汪洋睡海之中的畫面，再看了看床上背對著我、睡到不知今夕是何年的另一位大男孩……明明是好朋友，怎麼兩個人相差這麼多呢？

「妳呢？」或許是等不到我的回答，姜恒反問一句。

我在……

「妳在幹麼？」

背後忽然傳來聲音，嚇得我差點把手機丟出去。

急忙轉過頭，只見佟海光半坐起身，眼睛直勾勾地往我的手機螢幕看，不知為何，當他再次開口的時候，臉色明顯沉了下來。

「姜恒？」

「啊？嗯……」我慌亂地關掉螢幕，說不清自己為何會覺得心虛，「我、我只是問他數學題目而已，沒有……」

「你們什麼時候變得這麼要好？」

一怔，我頓時無語。

沒錯過佟海光話裡的諷刺，我的心頭湧上一股莫名其妙的惱怒，他到底忽然在耍什麼脾氣？我不想吵架，盡量冷靜地迎向佟海光陰沉不定的臉，試著想和他釐清其中的誤會。

「只是有不懂的題目請他幫忙解答，隨口聊了幾句罷了。」

「是嗎？」佟海光冷淡地瞥了我一眼，擺明不信。

「你有話就直說，不要——」

「借過。」

我話才說到一半，佟海光推開我，力道不大，卻足以讓我閉上嘴，愣在原地，眼睜睜地看著他逕自下床，穿好鞋後走出休息區。

我聽見他和護士阿姨道別，也聽見他步出門口的腳步聲。

而我，被他留在這裡。

獨自走在回教室的路上，刻意放慢腳步，比起生氣，我想，我是困惑……我不是佟海光，我不知道他在想什麼，儘管我很努力地想要理解，可不管是最近他的疲憊、或是剛才那樣的反常，我都難以理解。

因為他什麼都不說，我什麼都不知道。

「日荷，廁所！」甫踏進教室，洪蘋就把我拖往隔壁的廁所。

通常洪蘋拉著我來廁所也不是為了上廁所，多半都只是進來洗洗手、對著鏡子整理服裝儀容，順便聊一些在教室裡不好說的事情。

例如，我和佟海光。

「吵架了？」她梳著頭髮，從鏡中觀察我的表情，「剛才佟海光回來的時候，擺著一張臉，跟妳現在差不多臭，我就覺得奇怪，跑去健康中心睡大覺的人沒道理是這種表情啊……果然，跟妳一定有關係。」

「我才懶得管他。」

「少來，到底發生什麼事？」洪蘋湊近，故意小小聲地問我。

「誰知道，那個來吧？」亂發脾氣，不是生理期是什麼？我沒好氣地看向那位把半個身子趴在我身上的女人，「很重耶。」

「不要瞞著我，快說。」

「我真的不、知、道。」加重語氣說完，我看著鏡中的洪蘋努起了嘴又想說些什麼，我只好再補上一句，「反正他要不是那個來，就是起床要王子脾氣，勸妳最好別再問下去了，不然換我跟妳生氣。」

洪蘋一聽，識相地乖乖閉上嘴巴。

後來的幾節課，佟海光故意不看向我這邊，他可以照常和曾仰宗、洪蘋，還有其他同學說話，也可以在教室到處走動嬉鬧，就是不願意停下腳步、甚至停住目光看我一眼。

我不明白。

可是這讓我很火大。

仔細回想，我不過就是和姜恒聊了幾句，而且不是面對面，只是單純的文字訊息，難道這也要經過他的同意？蹙起眉，我忍不住咬住筆蓋，想不透佟海光究竟是哪裡出了問題？

沒辦法和長了刺的他共處，我和曾仰宗互換了打掃工作，藉此躲過二十分鐘的尷尬時刻。

最後一堂課的情況跟之前差不多，佟海光的世界彷彿不需要我的存在。

由於我和佟海光之間的明顯不對勁，以往放學後的固定聚會，也在洪蘋、曾仰宗兩人說了補習班要大掃除之類的騙人藉口中取消。

佟海光留在教室等姜恆，我當然不會自討沒趣。

默默跟上離校的人潮，身旁盡是三五成群的同學，聽著他們玩鬧的嘻笑聲，我忽然想起自己已經很久、很久沒在這個時間離開學校……或許我必須承認，我很不習慣只有一個人的回家路。

想著想著，走出校門時，一道熟悉的嗓音冒了出來。

「日荷？」

「……姜恒？」我愣住，他不是應該還在路上嗎？眼看姜恒的出起引起了某些人的注意，我拉著他到一旁說話，「你今天怎麼提早到了？海光知道嗎？」

姜恒低頭看了看被我抓住的手臂，再抬頭看了看我，雖然他沒說什麼，卻害得我有些尷尬地收回手。

不曉得是不是我的錯覺，姜恒似乎笑了。

微乎其微的笑意。

「今天不用上第八節，所以先來了，」說完，他的目光往我身後尋找了下，有些不解地問：「你們沒一起走？」

看著姜恒難得露出困惑的樣子，我實在很想向他解釋，偏偏最感到莫名其妙的人應該是我才對，不論是前因還是後果都無法說明，所以我也只能搖頭。

「他應該快出來了吧。」我勉強撐起笑容，避免讓姜恒看出不對勁，「如果沒其他事情，我先走了。」

姜恒正欲開口，我急忙掠過他身邊，滿腦子只想趕快離開，一個下午的凌遲已經夠了，我不想再和佟海光打照面，繼續拉長我們不明所以的戰線。

可是……

人生總是會在你萬般不願的時候出現那一個「可是」，讓你咬牙切齒的那一個「可是」……我想，我今天就是很衰吧？

「日荷。」

聽見佟海光的聲音，我無法當作沒聽見，心不甘情不願地轉過頭，儘管他臉上還是沒什麼笑意，但感覺得出來，他身上那些專門針對我的尖刺已經消失。

我默不作聲，等他繼續往下說。

「一起走，好嗎？」

憑什麼？我很想這麼問。

但我沒有。

走在一如既往的回家路上，姜恒或許是察覺了我和佟海光的氣氛過於沉默，不似以往，他第一次走在我們身邊，甚至試圖想要做爲我們之間的緩衝。

我深知姜恒的好意，也很感謝他願意違背自己的個性，主動站出來調解氣氛……問題是，我眞心覺得他簡直是哪壺不開提哪壺。

「妳問我的那題數學，現在已經懂了嗎？」姜恒一開口便是那道疑似冷戰導火線的數學題目，聞言，我下意識地偷瞟佟海光的反應。

他好像沒發現，只是安靜地走著。

「大概吧。」我斟酌用詞，不想直接說我還是不大理解那些套來套去的公式，「要是換了問法，我可能又會亂掉。」

「妳文科很好？」

姜恒天外飛來一問，我直覺地點頭。

說眞的，相較於總是逼得我得埋首苦讀的理科，我的文科準備時間幾乎是零，尤其是國文，考前不翻開課本都沒關係。至於數學，它是我的罩門，更是我的天敵，我合理懷疑我和它沒有和解的那天。

但是，姜恒卻像上次那樣，給了我另一個方向。

「妳不能用文科的方式去理解數學。」他說，聲調依然清冷，「不要以爲記得就好，只會背公式根本沒辦法應付考試，要確實弄懂基本定義，基礎打好，才能眞正運用在計算上。」

「喔。」我聽得模模糊糊，只覺得姜恒好認眞。

「喔？」

沒想到他居然不放過我。

「好啦，我以後會認眞上第一單元，不會自以爲背完公式，整張考卷就全部會寫。」我沒好氣地對著他說，態度堅定，只差沒立誓，「這樣可以了吧？姜先生。」

「很好。」姜恒笑說。

笑，說。

這次不是我的錯覺，他眞的笑了。

我有點嚇到，急著轉頭想和誰分享這難得的大消息。只不過，當我一對上佟海光的目光，心裡那半是驚喜、半是雀躍的情緒，刷地一聲，滅了。

佟海光可能沒有生氣，我不知道，反正我猜不透……他剛才的眼神很難懂，彷彿藏了千萬種複雜，那一瞬間，不知爲何，我忽然覺得很悲傷。

可是，爲什麼？

佟海光不說，我永遠不會知道。

不知不覺間，又來到了我該和他們分開的路口，與以往不同的是，姜恒不再站在遠處，而是與佟海光一起站在我的面前，這並不會讓我覺得奇怪，事實上，我很喜歡這樣的改變。

在我和姜恒除了吵架、沒別的話可說的那段日子，我很沒良心地希望姜恒離得越遠越好。只不過，自從他代替佟海光來便利商店接我，讓我們之間降到冰點的關係開始回溫之後，每次走在回家的路上，看著他的背影，不知怎地，竟有種說不出的難受。

直到這一刻，我才明白，原來能夠像現在這樣，看著對方，好好地說出一句再見，是件多麼令人滿足的事。

「再見。」看著他們，我說。

姜恒點了點頭，「再見。」

「……再見。」佟海光低聲說道。

這回我沒有像上次那樣目送他們的背影消失在路的盡頭，我旋即轉身往家的方向走去。等我意識到有一陣急促的步伐朝我靠近時，來人已經喊出了我的名字。

「日荷！」

「海光？」我瞠大眼，驚訝地看著他出現在我面前，半彎著腰，喘著大氣，「你幹麼？你們不是走了嗎？」

「我、我有話……還沒跟妳說……」佟海光還在喘，我急著要他先別講話，過了好一會兒，他終於直起腰，臉色依然不是很好。

「你還好嗎？」我慌亂地問，什麼困惑、生氣都不見了，見佟海光一臉慘白，我只剩下擔心，「要不要坐下來休息？」

他搖頭，用力閉了閉眼，「日荷，對不起。」

「……什麼？」沒預料到會聽見他的道歉，我一時傻住。

「今天……其實不只今天，還有很多很多……對不起。」佟海光又說了一次，他望著我，神情緊張，卻很真摯，「我明知道妳很擔心，可是我卻……妳可以等我嗎？等我把思緒整理好，到時候……」

他會告訴我的。

我看見他的眼神這麼說。

「看你們兩個恢復正常眞好。」洪蘋陪我去學務處的時候，忽然有些感慨，「現在想想，當初誰也沒料到我們幾個會湊在一起。」

「是啊，」我一邊笑著回應，一邊在領取通知單的確認欄上簽名，「當時妳還希望我不要管佟海光的閒事，記得嗎？」

洪蘋撇撇嘴，「要是重來一次，我還是會阻止妳。」

「反正我永遠都不會聽妳的。」

「欠揍。」

回教室的路上，我們不著邊際地閒聊，從過去聊到現在，後來不曉得是誰先提起的，那個虛幻又茫然的名詞再次來到話題之中，每次提到它，不知怎地，我們都會變得有些謹慎。

也就是，所謂的未來。

「不覺得這個詞，科幻感很重嗎？」洪蘋問我。

「還好，只是覺得很遙遠。」我抱著一疊通知單，想了想後又說：「說穿了，明天也是未來，下一秒也是未來，爲什麼我們都把未來想得很遠、很遠，好像它眞的是那麼遙不可及？」

「因爲目標吧？」

「目標？」我不是很懂。

洪蘋抬手勾攏垂落在頰邊的長瀏海，「嗯，我們現在的目標不都是考上大學嗎？這是我們目前所冀望的未來，然而要到明年一月才能迎來考試，更別提得再等上一個月才會揭曉結果……聽起來，不覺得還要很久嗎？」

的確，雖然老師總是著急地告誡我們時間一下子就過了，再不認眞準備考試便會來不及，可是，日期明擺著還很遙遠，根本無法感受到大考將近的眞實感。

「對了，日荷妳生日幾號？」洪蘋突然問。

我沒多想，直接答了，「十月十五。」

「我是十二月三號。」她不曉得在盤算什麼，喃喃叨念著：「洋蔥是九月十九的樣子……不知道佟海光生日幾號？」

「我沒問過，可是……」我好奇地看著洪蘋，只見她的臉頰興奮地泛起紅暈，「怎麼了嗎？突然問大家的生日幹麼？」

「我只是在想，如果覺得未來很遙遠，那我們幹麼不自己把它拉近一點，這樣不就好了嗎？」

什麼意思？

我搖搖頭，「不懂。」

「感覺問題，okay？」洪蘋勾住我的手臂，仔細地爲我解釋，「有句話說『快樂的時光總是過得特別快』，學測這種光聽名字就令人覺得痛苦的東西，不可能拉近我們與未來的距離，既然如此，不如就用我們的十八歲吧？」

簡單來說，就是設定一個值得期待的目標，讓「未來」感覺起來不再那麼遙遠，不再覺得我們似乎怎樣都碰不著它的邊角。

我聽著洪蘋的說明，心思不自覺地飄遠。

十八歲。

對十七歲的我們來說，十八歲是一個分水嶺，不只是未成年、成年的差距，它其實代表了許多我們對未來的幻想……不論是考駕照、看限制級電影也好，合法進出夜店、喝酒狂歡也罷，那些原本不被允許做的事情，只要年滿十八，似乎都可以是理所當然的日常。

不知道是好是壞，總之，有點期待就是了。

「所以，你的十八歲是什麼時候？」打掃時間，我整理完一般垃圾，朝旁邊忙著整理資源回收的佟海光順口問了句，「只差不知道你的生日是不是在學測之前了。」

佟海光抬起頭，故意不告訴我，「祕密。」

「嗳，幹麼這樣？」綁好垃圾袋，我走到他身邊幫忙，順便查看哪些需要先送去資源回收室集中處理，「看來今天只要丟一般垃圾和紙類就好，比較輕鬆。」

爲了節省時間，我們把垃圾袋放入紙類回收的籃子內，我和佟海光一人提著籃子的一邊扣環，前往垃圾子車以及資源回收室。

我沒忘記佟海光還沒告訴我他的生日，走到一半，我再次問起。

「生日沒什麼好保密的吧？快說。」

他好笑地看著我，「這麼想知道？」

「當然。」

再說，若是以後想要準備生日禮物什麼的，早點知道總是比較方便嘛，朋友之間不知道彼此的生日也挺不尋常的。

「那妳先告訴我，妳滿十八歲後第一件事想做什麼？」

第一件事……被他這麼突然一問，我有些懵了，心裡沒個答案。儘管期待十八歲生日的到來，可是我並沒有特別想要做什麼事的念頭，不管是騎機車、還是其他有的沒的，我好像只是單純地期待而已。

見我不說話，佟海光倒是笑了。

「八月九日。」

「蛤？」猛然回過神，我沒聽清楚。

「我的生日啊，八月九日。」他好心地爲我複述一遍，有點惋惜地說：「不是在學測前耶，怎麼辦？好像搞砸了妳們的計畫。」

「哪有什麼搞砸？」我白他一眼，不喜歡聽他這麼說，「反正不過就是一種概念實驗罷了，我也可以改成期待你的生日呀，這樣更好，感覺起來學測一下子就過了。」

「不然，等我生日的時候，我騎車載妳出去玩，好不好？」

「好啊，怎麼不好？」我一口答應，迎上佟海光帶笑的眼睛，心情跟著好了起來，興致勃勃地提議，「到時候你負責騎車載我，我負責請你吃蛋糕、吃大餐，放心，絕對不會讓你虧到的。」

佟海光大笑，揚言要吃垮我這個放大話的孩子。

說著說著，不一會兒便來到垃圾場，丟完一般垃圾，我們再次抬起紙類回收的大籃子，走到隔壁的資源回收室。

一到門口，只見幾名男生倏地停下了交談，目光直接投向我們。就算不看他們，也能感覺到他們的視線緊緊跟隨，我們前腳才踏進堆放紙類的角落，後頭立刻響起幾聲故意要喊給我們聽的調侃話語。

「好爽哦！」

「談戀愛談到這裡來，不曉得——」話停在這裡，他們哄堂大笑得令人不悅。面對如此明顯的惡意，我和佟海光對看一眼，決定趕快做完工作走人。沒想到，等我們整理好回收，才踏出角落，就見他們一行人宛如街頭混混似的擋在資源回收室的鐵捲門前。

很扯。

「欸，說眞的，」其中一個男生輕浮的眼神在我們身上來回打量，「你們兩個到底有沒有在一起啊？說一下嘛，全校都在傳耶。」

聞言，海光看似不以爲意地笑了。

只有我發現他往前踏了半步，不著痕跡地擋在我身前。

「爲什麼想知道？」佟海光淡淡地問。

「也沒有爲什麼啊，幹麼這麼小氣不給別人八卦哦？」最右邊的男生站了出來，手指不安分地戳著海光的肩膀，「還是其實你們兩個早就——」

他回過頭，和其他男生擠眉弄眼，整間回收室頓時充滿他們噁心的笑聲……我拉了拉海光的袖子，示意他趕快離開。

「沒其他事的話，我們先走了。」

說完，海光主動牽起我的手，正要走出回收室，下一刻，卻又被那一眾人圍堵在門口動彈不得。

本來不害怕的，現在我有點緊張了。

「你們到底想要什麼答案？」不打算繼續僵持，佟海光收起笑，手上稍微用了點力，有些強悍的力道反而讓我安下心來，「我們沒有交往，可以嗎？」

「騙人！」

「都牽手了怎麼會沒在一起？」

「賣假！」

若是心底早有定論，又何必硬要別人給出一個答案？如果答案不是你們想聽到的，你們就認定那是欺騙，騙人的到底是誰？你們到底憑什麼如此對待他人？

要不是海光扯住我，我眞的差點衝上前罵人。

他靜靜地看著眼前那幾名找碴的同學，笑了。

「你們想聽實話？」海光問道，笑意不達眼底。

「當然啊，不然，誰要聽廢話？」他們同聲大笑，笑點眞不是普通的低，大概跟智商差不了多少，我連嘴角都沒扯動一下。

「那好，我們眞的沒有在一起。」

海光說完，幾聲難聽的髒話跟著響起，他沒有被這些影響分毫，噙著一抹好整以暇的笑意，等所有人的注意力重新回到他身上之後，再次緩緩開口。

「我喜歡日荷，滿意了？」

猛然一拉，海光帶著我離開了回收室。等我回過神來，我們早已離停車場很遠，問題是，這條路並非通往教室，而是……抬頭看了看隨風飄揚的國旗，操場到了。

老實說，對於海光適才宛如告白的話語，我很清楚那只是爲了脫身的權宜之計，我沒有覺得心慌，也不打算放在心上，只不過……上課鐘聲早在幾分鐘前響過，屈膝坐在草地上，我推了推身旁已經躺了好一陣子、躺得輕鬆自在的大男孩，想知道他到底什麼時候才願意回教室。

「喂，不想回去嗎？這堂是你最喜歡的英文課哦。」

回應我的，只有初夏的涼風。

眼看時間一點一滴過去，雖然隱約覺得不安，可其實我也沒有想要回去上課的念頭，看著佟海光閉目假寐的樣子，我……

不管了。

嘆口氣，我跟著躺下。

陽光暖洋洋地灑落，鼻間聞見綠草潮濕的味道，雙手交疊在腹部之上，厚實的土地彷彿變成了一種支撐，穩穩地撐住了剛才有些慌亂、有些浮躁的心情，漸漸地，就連呼吸的頻率也轉趨平緩。

不自覺地閉上眼睛，看見黃色、橘色、紅色……以及，很多很多我說不出具體名字的顏色在眼前交錯，然後，形成了光線——

光。

當我閉上眼睛，還是能看見光。

「日荷，妳有想過天堂會是什麼樣子嗎？」

「什麼？」

睜開眼，陽光刺目得讓我不得不再次瞇起眼睛，幾乎和閉著沒有兩樣，看不清事物，只能靠著聽覺，聽見海光的聲音近在身旁。

「我說，天堂。」

天堂？

「應該很美吧？」他說。

側過頭，我終於能看見海光唇邊的淺笑。

他沒有看我，無懼光的刺眼，他平靜地仰望著藍天，「我希望很美。」

「……會吧。畢竟，是天堂啊。」

他笑出聲，或許是躺著的關係，也有可能是我們的距離如此靠近，我好像能聽見來自海光胸口的共鳴，轟隆隆地，隨著笑聲，傳進我的耳朵。

我看著他，著迷似地看著。

眼睛、鼻子、嘴巴……每個地方，任何一點小細節都沒有遺漏，就是那麼仔細地看著，心裡，卻是什麼都沒有想。

「那妳覺得，在天堂裡許下的願望是不是都會實現？」他又問。

我沒有說話，只是簡單地應了一聲。

不曉得是睡意還是其他原因，總覺得有種想要閉上眼睛的感覺襲來，不想、也不需要去抵抗那種感覺，我再度闔眼，靜靜地仰躺在草地上，忘卻了時間，更不在乎會被誰發現。

反正，有他在我身邊。

「日荷，」當我意識到有什麼東西擋住了光線，海光的嗓音隨之響起，「我……我有話想跟妳說。」

睜開眼睛，他半坐的身子掩去了刺眼的陽光，卻讓我看不清他逆著光的表情，不知爲何，我知道他接下來要說的話很重要，重要到我不敢去揣測，只能跟著坐起，看著海光抿掉笑意，等待他做好準備。

微風吹來，遠方傳來課文的複誦聲，最後一堂課的時間，只有我和海光占據了寬闊的操場，沒有人經過、沒有人打擾，只有我和他在這裡。

有那麼一瞬間，全世界彷彿只剩下我和他。

「日荷，關於我喜歡的人……」

我告訴妳，也只告訴妳。

只有妳知道。

Chapter 6

或許我們終究必須承認，有些事正在改變。

比方說，我們。

原來如此。

那日的畫面不停在我的腦海繚繞，不停、不停地重播。那是一種很奇怪的感覺，說不上來，不是驚訝，也不是哪一個形容詞可以貼切描述的，反覆思索，似乎過去有些不曾深思的困惑，終於得以在聽見答案的那一刻，恍然大悟……

既然如此，我不是應該感到輕鬆嗎？

爲什麼我……

我不知道原因，只覺得胸口很悶，像是被什麼給堵住似的，很悶。

「日荷！」

突然被推了一下，還沒來得及找回飛遠的思緒，就對上幾雙盯著我瞧的視線，洪蘋、曾仰宗，接著，餘光瞥見他的身影……當然，還有海光。

我沒有看向他，就是沒有。

前往合作社的路上，我假裝專心地和洪蘋聊天，同時假裝沒有注意到海光總是停留在我身上的目光。事實上，這幾天下來，我一直都這樣對待海光，無時無刻，我好像不曉得該怎麼和他說話了。

我討厭這樣的自己。

非常。

站在擺滿午餐熱食的架前，我沒有什麼食欲，甚至覺得有點噁心，受不了合作社擁擠的人潮，最後匆匆買了牛奶和麵包權充午餐。

直到午休結束，下午的課程正式開始，不舒服的感覺始終沒有消失，我一手支著頭勉強聽課，耳朵卻好像隔著一層牆壁般，只能聽見腦袋裡嗡嗡的響聲。

原本以爲能夠撐到放學回家，可我想我是高估了自己的能耐，連撐過一堂課都是折磨。好不容易等到下課，我沒和誰報備，逕自去到健康中心尋求幫助。

量完體溫，護理阿姨說是發燒。

「還有沒有其他地方不舒服？」見我搖頭，護理阿姨收起額溫槍，讓我在本子上寫下班級姓名，「那妳先到床上休息一下，現在家裡有人可以來接妳嗎？」

「一定要嗎？」想到媽媽，我多少有些抗拒。

「一定，我可不敢放病人單獨在路上亂跑。」護理阿姨領我去到休息區的床位，拍拍枕頭示意我躺好，「待會順便打個電話給班上同學，請他們幫妳整理書包拿過來。」

不過是生個病，我到底要麻煩多少人？

儘管再不甘願，睡著之前，我還是傳了訊息給洪蘋和媽媽。

不曉得睡了多久，等我再次醒來，腦袋昏沉的狀況已經好轉許多，健康中心仍舊維持一貫的安靜，窗外的走廊上杳無人聲，由此推測現在大概是上課時間。

抓過手機一看，果然，距離最後一堂課下課只剩下不到十五分鐘。

臉頰還在發燙，我忍不住將手腳伸出蓋得密實的被外透氣，不小心摸到額頭上的退熱貼布，腦海忽然竄出一些很無聊的想法，緩緩閉上了眼……要不是這時有人掀開簾幕，我又想昏沉睡去。

下意識以爲是護理阿姨進來巡床，我睜開眼睛，出乎意料之外地看見海光的身影出現在眼前。

「醒了？」他走近床沿。

我說不出話來，只能愣怔地看著海光動作熟練地爲我換上新的退熱貼布，額上一陣冰涼，他再次走出簾幕，不過幾秒的時間，又走了回來。

「你……怎麼在這裡？」終於，我找回自己的聲音。

「沒有啊。」海光笑了笑，坐到一旁的椅子上，「只是想陪陪妳，不希望妳睜開眼睛的時候身邊沒有人而已。」

半坐起身，我不敢直視他的臉龐，「又不是小孩子……」

「這跟年紀沒有關係，人只要生病，不是都會覺得很孤單嗎？」他伸手幫我調整背後的枕頭，「別想太多，病人什麼都不用管，只管依賴就好。」

依賴……嗎？

我不敢說自己忘了什麼叫做依賴，可是，當所有人都要求我們堅強、獨立的時候……或許眞是因爲生病的關係，聽見海光對我這麼說，脆弱的淚腺有些發酸。

「阿姨怎麼會讓你待在健康中心？」不敢沉溺在自憐的氛圍，我故作若無其事，硬是換了話題。

「我怎麼說也是青春的肉體，不說妳不知道，阿姨最愛我這款……」簾幕外突然響起幾聲乾咳，海光只差沒倒抽涼氣，趕緊識相地改口：「沒有啦，因爲我厚臉皮又愛耍賴，阿姨人這麼好，美麗大方又善解人意，當然捨不得趕我走嘍，哦？」

美麗大方那句特別鏗鏘有力，一語道畢，外頭總算沒了殺氣。

一個不經意的對視後，我們同時噗哧笑出聲，卻也在同一時間止住。

或許我們終究必須承認，有些事正在改變。

比方說，我們。

他看著我，我看著他，氣氛比起任何時候還要沉靜。

「日荷，別讓我後悔。」半晌，海光輕聲說道。

我看著他，喉嚨像是被什麼給梗著、緊縮著，說不出話來。

「這不是我想要的結果。」他又說。

也不是我想要的。

一切來得太過突然，就連我也沒想到自己知道了那件事後，竟會是這樣的反應……說不清心底那股複雜是從何而來，很悶、很酸，我甚至覺得作出這種反應的自己很可怕，因此更加不知如何是好。

我該怎麼辦？

面對我的沉默，海光選擇平靜以對。

「我不知道妳會不會接受。」他伸手拂開我頰邊的細髮，像往常一樣地看著我，「或許曾經期待過吧，可是當我告訴妳之後，我發現，我其實只是想告訴妳而已。」

「可是——」需要知道這件事的不是我，而是……

彷彿早已知曉我的疑問，他搖了搖頭。

不等我問為什麼，海光的眼神便告訴了我答案。他笑了，如此輕巧，沒有半分埋怨，卻坦然得令我無地自容。

「我不想改變我們之間的關係。」

這樣就好。

一直這樣下去就好。

海光說著，笑容始終噙在唇畔。

當我迎向他的注視，深藏在心底的那份糾結，似乎也因為他的微笑、他的坦誠，逐漸消失。

除了愧疚以外。

「海光，我——」

「沈同學，妳媽媽來嘍。」

護理阿姨掀開簾幕，打斷我本來想說出口的道歉。

瞥見媽媽站在外邊的身影，我不自覺地亂了手腳，急忙下床穿鞋、整理儀容，滿腦子只想趕快出去，不敢讓她等太久。

匆匆走出休息區，媽媽剛好簽完假單抬頭，臉色卻是忽地一沉，我不明所以，還來不及細想到底發生了什麼事，答案即刻揭曉。

「日荷。」

海光跟在後頭，手上提著被我遺忘的書包。

對上媽媽難以諒解的眼神，我起了一絲惱怒，卻在下一刻因為頓悟而感到無力……原來，不管我是不是眞的做了什麼惹她生氣的事，對她來說，那都不是重點，在她心中，我早已沒有信用。

不是因為生病的關係，我是眞的覺得好累。

「沈媽媽，我是——」海光正要自我介紹。

「走吧。」媽媽冷漠地丟下一句，也沒有等我的意思，直接轉身走出門外。

分不清是生氣、還是丟臉，我根本不敢看海光的表情。

「嘿。」

他拍拍我的肩膀，明明是很輕的力道，我的眼眶卻瞬間蓄滿了淚水。

「對不起……」

我已經不曉得我是為哪件事道歉，全部，所有的一切，沒有一件事情在我的掌握之中，我把所有事情弄得一團糟。

「妳沒有對不起我什麼，眞的。」海光用一種像是安撫孩子的語氣對我，輕輕地、穩穩地說著：「別想太多，回家記得乖乖吃藥、好好休息，如果覺得無聊就打給我，好嗎？」

我只是拚命點頭。

他笑出聲，伸手又拍了拍我的頭頂，「再見。」

再見。

怕被海光聽見我話中的哽咽，我不敢出聲，只敢在離開健康中心前匆匆一瞥，看見他一如往常地抬手向我道別，起伏的情緒才稍微安穩了些。

然而，平靜無法延續，轉瞬即逝。

坐在媽媽的車內，氣氛近乎凝結，或許是心理影響生理，忽冷忽熱的體感溫度也讓我覺得很不舒服，扭頭盯著窗外流逝的景色，我不想說話，不願說話，無話可說。

偏偏我懂媽媽，她不會甘心用沉默輕饒過我。
「他是誰？」她問。
「朋友。」我說。
氣溫似乎又下降了幾度。我不在乎，反正我說的是實話，信不信由她，我懶得多說什麼，也不想要因爲她莫名其妙的懷疑而——
「少給我亂搞男女關係。」
呼吸一滯，我抿緊唇，試著忍耐。
「妳想搞叛逆，很好，我管不了妳。」媽媽裝出一副淡然處之的模樣，好像自己有多灑脫，「但我希望妳還有腦袋，知道底限在哪，不要把自己弄臭了、搞髒了才哭著回家求我幫忙，像他那種人——」
「哪種人？什麼叫做那種人？」我轉身向她。
她也轉頭看了我一眼，眸中的輕蔑顯而易見，「專門帶壞別人的人，還能是哪種人？勸妳早點清醒，省得我還要幫妳收爛攤——」
「妳可不可以閉嘴！」她到底知不知道自己在說什麼？我發現自己沒想像得那麼生氣，只是覺得可笑，不想再繼續聽下去。
車內瞬間沒了聲音，只剩下廣播流瀉的音樂歡快地唱著，預想的大吼大罵並沒有出現，這很奇怪，但我懶得花心思猜測，側過頭，閉上眼睛。
回家的路程很短，不足以入睡，我幾乎是在車子停好的那一刻立即開門下車。我和媽媽不再交談，如果每一次開口都必定會吵架，那麼有何必要交談？我想，我和媽媽短時間內是不可能合好了。

尤其，當我回到房間後，看見擺在書桌上的那疊紙張，上頭詳細註記了補習班的注意事項、課表、行事曆的時候，徹底無語。

我不想把事情想得太糟，只是，當狀況接二連三地發生，我實在很難保持樂觀的態度。而且，不知道爲什麼，我始終問不出原因，海光缺席的日子變多了，我就連想要找他好好聊一聊都沒辦法。

生活頓時陷入泥沼，想要掙扎都覺得徒勞。

午休的回收工作結束後，我獨自坐在後走廊，望著手機螢幕上那些海光許久未讀的訊息發愣，一直一直看著，期待下一秒就會顯示已讀，期待他終於願意出現。

可是，他就是不在。

補習班的課程在前幾天開始，或許是下意識抗拒的關係，我很不習慣那樣的上課方式，不管是老師爲了提振大家精神的閒聊也好，還是同學們在休息時間的搭話也罷，面對這些，我心裡滿是抑制不住的煩躁，總是盼著快點下課。

嘆了口氣，目光拋向視線所能及的最遠處，感覺肩上似乎承載了許多沉甸甸的負擔，每當我好不容易卸下一些，新的壓力立刻緊接而來，壓得我快喘不過氣。

我沒有資格喊累。

就算咬碎了牙，在所有人面前，我依然必須是那個泰然自若的沈日荷。

此時，緊握手機的掌心忽然感受到震動，我以爲是海光，用最快的速度滑開螢幕，這才發現傳來訊息的不是他，而是另一個人。

「在嗎？」

僅僅兩個字，卻讓我停在螢幕上的手指無法動彈。

不是因爲他的問題困難到我沒辦法回答，而是……彷彿想擺脫什麼一樣，我倏地起身回到教室，假裝沒看過那則訊息，收起手機，重新拾起筆，試圖把注意力專注於課本上。

一行行的英文字句躍入眼中，沒看懂半句，心思全繞著書包深處的手機打轉……不行，用力握緊筆桿，我告訴自己不可以。

聽見手機收到訊息的提示震動再次傳來，我嚇了一跳，竭力穩住亂了節奏的心跳，盯著英文課文，將所有單字文法一股腦兒地塞進腦袋，只爲了躲避他的存在。

他。

姜恒。

「你在這裡……幹麼？」

晚上九點半，人潮洶湧的補習班門口，我愣怔地看著出現在眼前的他。

一時心慌，我像個笨蛋似的左右張望，只爲了確定姜恒定定看來的視線不是落在他人身上，腦海閃過中午他傳來的那則訊息，突然湧現的心虛讓我不知如何是好，有那麼一瞬間，我甚至很想掉頭狂奔。

不過，也只是想想罷了，我根本全身僵硬到動彈不得。

「嗯。」姜恒先出聲。

又來了，不算招呼的招呼。

「你……」

他好像知道我想問什麼似的，淡淡地說了句：「碰巧路過。」騙人。

緩過氣，我努力假裝幾秒前的不知所措只是一場幻覺，鎮定地對上姜恒的眼睛，試圖用遲來的冷靜挽回一點形象。

「你怎麼知道我在這？」我雖然跟海光說過補習的事，但是應該沒有告訴他補習班的地點在哪裡。

「妳的朋友，鳳梨，還有什麼大蒜說的。」

「是蘋果跟洋蔥。」看姜恒說得面不改色，我搞不清楚他是真的不知道還是在開玩笑，「……爲什麼他們會跟你說？」

「我問他們，他們告訴我。」

啊，是啊，多麼理所當然的答案。

「那——」

「走吧。」他說。

走去哪？

我的表情肯定露了餡，只見姜恒似笑非笑地說：「回家。」

什麼？

腦海中忽然閃過海光的臉龐，原本被姜恒拉著走的思緒頓時清明，或者其實是更混亂也說不定，我不知道……

「我自己回去就好，」話才說完，不敢細看姜恒的表情，我快步越過他身旁，「再見。」

其實，我並不確定自己究竟有沒有將再見說出口。

希望有。

補習班到公車站之間的路程不遠，剛下課的人潮卻很多，我走不了太快，偶爾才能找到人群中的間隙越位，偏偏姜恒一直牽著腳踏車跟在我身後，不知道是不是心理作用，總覺得大家的視線全都集中在我和他身上。

遇上等待紅燈的路口，我迫不得已停下腳步，行人號誌燈上的秒數過得很慢，後方腳踏車輪子轉動的聲音正在靠近，要不是前方車流快速，我眞有股衝動闖一次紅燈。

姜恒終於在我身旁站定。

「你不要跟著我！」我咬牙迸出這句話。

「沒記錯的話，我們是同一個方向。」他好整以暇。

可惡。

直盯著倒數號誌，只待綠燈的那一刻，我——眼睜睜地看著姜恒的車尾燈把我甩在後頭。

踏上馬路對面的人行磚道時，正好迎來他的視線。

我討厭自己眼尖，沒錯過姜恒臉上一閃而過的笑意，至於那是嘲笑、還是其他有的沒的笑，原諒我，我顧著懊惱都來不及了，哪有心思分析他到底是哪種笑？

「順路。」他說。

「這不是順不順路的問題，是——」我打住話，躲開他疑問似的挑眉，「反正，我自己會搭公車回家，不用麻煩。」

「那妳不介意我跟在旁邊吧？」

蛤？

我傻眼地瞪著姜恒，他哪時候變得這麼……該怎麼形容？死纏爛打？油腔滑調？還是很難笑的幽默？

可怕的是，明知道他根本不可能跟上公車的速度，我卻還是沒辦法下定決心對他丟下一句「隨便你」。

「如何？」姜恒笑了。

他……幹麼笑！不准笑！

這樣犯規！

忘了從第幾天晚上開始，我習慣在踏出補習班大門的時候，尋找姜恒的身影。

他通常會坐在右邊廣場的座椅上玩手機，還是一樣面無表情。好笑的是，或許是姜恒散發的冰冷氣場太過強烈，就算他身旁有著難得一遇的空位，似乎也沒有路人敢坐。

所以，每當我從鬱悶的課堂上解脫，看見的永遠是他靜靜地獨立於一片人潮洶湧之中，彷彿不在意所有喧擾，他明明什麼也沒做，卻是如此明確的存在。

這樣的人正在等著我……嗎？直到他抬頭發現我，我才邁步朝他走去。

「嗳。」我默默坐進他旁邊的空位。

他瞥了我一眼，「嗯？」

「你在幹麼？」

「聊天。」

「聊天？」姜恒會跟人聊天？我想，我是眞的很驚訝，才會在連自己都沒意識到的時候，脫口問出一句：「……跟誰？」

聞言，姜恒似笑非笑地看著我。

「幹麼？」

不自覺躲開他的視線，心裡不曉得爲什麼有點不是滋味，誰要跟姜恒聊天啊？奇怪，他那麼難聊，能跟他聊天的一定也是個怪人。

我沒有遷怒，我是就事論事。

眞的。

「妳想知道？」

「……沒有啊，又不關我的事。」

「給妳看。」他直接把手機遞過來，示意我接過去。

見他一副無所謂的樣子，我沒那麼好奇了，反倒猶豫起來，「不好吧？要是……算了！走了啦，回家了。」

其實我才不想這麼早回家，只是藉此掩飾心中的慌亂。自顧自地走了幾步，發現姜恒沒跟上來……應該說，他有跟上來，可是並不像以前一樣走在我身旁。

「姜——」

回頭，發現他居然又盯著手機，我突然覺得很生氣，至於是氣什麼？誰知道，我就是生氣不行嗎？

「……我今天搭公車。」悶悶地撂下話，當我正打算快步離開時，姜恒這才終於願意分神攔下我。

而且，還敢笑。

「去哪？」

「回家啊，去哪？我可沒那個資格打擾你聊天，喔，對了，」我話中的酸味酸得嗆人，我不管，只是劈哩啪啦地說著：「明天你不用來接我，後天也不用、大後天也是、大大後天、大大大後天……」

講到後來，我也不知道自己到底在說什麼了，直到姜恒的笑容越來越明顯，明顯到我不用仔細尋找他眉眼的變化、一般人也能看得出來的程度，我爆走的理智終於得以控制。

現在叫姜恒不准笑肯定來不及了，看來我只好把自己打昏，一口氣將前幾分鐘發生的事全部忘光光，才能繼續活在這個世界上……我不懂，爲什麼我向來保持良好的形象老是在姜恒面前毀壞得亂七八糟？

「妳看。」他笑著，又把手機遞給我。

我鬧彆扭，故意扭頭，「不要！」

姜恒拉住我，我還甩開，倒也不是真的很大力……誰叫他剛才都不理我，只顧著滑手機，雖說我沒有資格去管，可是……可是這樣很沒禮貌，不是嗎？我又沒叫他來接我，他不想來可以不要來啊！

想到這，我又被那股酸味給嗆到了。

「日荷。」

不甘願地對上他的眼睛，儘管含著笑意，姜恒的眼神依然有著我說不清的深遠，好像發生什麼事都不會動搖的淡然，或許是因爲如此，我沒來由的脾氣一下子被他所收服，平穩了下來。

「別鬧。」他笑。

說是笑，不過就是話裡多了點溫度。

偏偏我就是吃這招，沒有骨氣地任憑姜恒捉住我的手，把一支輕薄的黑色手機放在我的掌心上，沒有多餘的手機殼或裝飾，果然，姜恒就是姜恒。

「我不想看。」我悶聲。

「看清楚。」

基於一種不服輸的心理，我草草瞥過一眼，很快的一眼，幾乎沒看清楚，可當我收回視線，突然又覺得好像哪裡不太對勁。

「這不是……」我總算願意面對螢幕上的眞相，盯著那些字句，傻傻地低語：「所以你聊天的對象是……」

「妳。」他說。

「你幹麼不早說！害我——」我頓住，腦海又閃過另一個畫面，「可是你剛才走路的時候明明……」

姜恒沒說話，只是指了指螢幕上一句對方尚未讀取的訊息，時間顯示於十五分鐘前。

「愛生氣。」

「誰愛生氣！」我揍他。

後來，坐在姜恒腳踏車後座，我回想剛才發生的事，忍不住臉頰發燙，就連自己都覺得糗……而且，我其實很驚訝，我從沒在別人面前鬧過脾氣，卻在姜恒面前任性妄爲，甚至讓他出聲哄我。

突然有點想笑，因爲他說的那兩個字——別鬧。

我沒有把姜恒來接我的事情告訴任何人，沒告訴洪蘋、沒告訴仰宗，當然，我更不敢告訴海光……基於某種直覺，我知道姜恒也是。

這件事變成了我和姜恒之間的祕密。

「嗳，」不知是第幾次坐在姜恒的腳踏車後座，我和他之間的相處模式已經是可以很自然地拍拍他的手臂，任意指示他的行動，「旁邊停一下。」

姜恒沒多問，依著我停到路旁。

小小的烤地瓜攤位只有一盞燈泡做爲照明，後方是夜深人靜的國小校園，攤位擺在車水馬龍的路邊不甚顯眼，老闆見到我們起身招呼，我比出手勢要了兩顆。

木蓋子掀開的同時，熟透的地瓜香味順著騰騰熱氣冒了出來，迫不及待地伸手接過老闆遞來的紙袋，轉過身，把其中一顆地瓜分給姜恒。

「吃完再走好不好？」沒等他同意，我快步跑到附近的長椅就座，對半剝開黃澄澄的瓜肉，又是一陣煙霧瀰漫。

姜恒似笑非笑地坐到我身邊，「不急著回家？」

「哪次見過我急了？」一想到家中的冰冷氣氛，我悶著頭咬了一口香甜的地瓜，藉此忽略浮上心頭的無力感，「而且，我肚子餓了，不行嗎？」

幾天前，第二次段考的成績出爐，位居全年級第五的名次沒有爲我帶來比較輕鬆的日子，媽媽一口咬定這是補習的成果，我沒有置喙的餘地，她甚至還提高了對我的標準。

——既然可以第五，那拿個前三名應該也不難吧？

她好像是這樣說的，我忘了，不想記得太清楚……總之，就是這樣，一切都沒有改變，上課依舊、補習依舊、一大堆的考試依舊，還有，海光低迷的出席率也依舊。

「他到底在忙什麼？」側過頭，我看向早已解決完地瓜的姜恒，沒頭沒腦地問了他這麼一句。

可是姜恒懂，他總是知道我問的是什麼。

「家裡有事。」他答道，簡單明瞭。

我很想繼續追問，但是不行。

一旦有人用這類詞句回答你的時候，背後隱藏的含意通常是「別問了，那不是你可以知道的事」。所以不行，不管再怎麼好奇、再怎麼想要知道，都必須立刻止住不被需要的關心。

即使知道姜恒這麼回答沒有不好的意思，不過，那種被屏除在外、好像就連擔心都是種多餘的感覺並不好受，垂下頭，我捧著熱呼呼的地瓜發起呆來。

「嗳。」

忽然，姜恒輕推我的肩膀。

我抬眼瞧他，不明所以，「幹麼？」

「吃不完可以給我。」

什——來不及反應，只見姜恒迅雷不及掩耳地就想搶走我手中的地瓜，我直覺大叫，腦袋一片空白，只記得保護地瓜逃跑，聽見姜恒追來的腳步聲，我一邊加快步伐，一邊回頭警告他不要過來。

體育課老是打混的我很久沒有認眞跑步了，體力消耗得比想像中的還要快速，姜恒始終沒追上我，他是故意的，我一直被他突然出現在附近的身影嚇得尖叫亂竄。

「走開……啊——」原本想停下來，可是我沒辦法。

姜恒一接近，我就忍不住逃開，跑著跑著，我突然想起小時候在奶奶家玩的鬼抓人，或許是因爲那時候的想像力特別豐富，我老是覺得當鬼的人在當下眞的會變成鬼，每次見到他們朝我奔來，心跳總是嚇得差點停止。

只是現在的狀況有點不一樣，要不是我當人的意志還算堅定，否則我差點以爲自己是隻老鼠，而姜恒就是那隻逗著我玩的貓！

誰想得到姜恒會有這一面？我討厭他噙在眉眼間的笑意，他還是不要常常笑比較好，因爲那會讓我沒辦法思考，實在……可惡，太可惡了！

「地瓜……地瓜給你。」我嘴邊的肌肉都笑酸了，半彎著腰，「我放棄，我把它交給你，放過我……」

手撐著腰側，我喘著氣，笑過的弧度還殘留在頰邊，只不過姜恒沒有收下地瓜，他只是用他足以被稱爲「開心」的平淡表情望著我。

入夏的風吹進我們之間，我的呼吸平穩了、理智回歸了，時間久了，他還是維持著那樣的眼神看著我，我嚥了嚥口水，感覺自己的臉頰逐漸熱了起來，不是因爲跑步的關係，也不是因爲天氣，而是……

「呃，姜──」

「好了，回家。」

什麼？

見我愣住，姜恒伸手拉過我的手腕，或許是太過震驚，我忘了甩開，任由他一步步把我帶回原先停放腳踏車的地方。

地瓜攤老闆看到我們回來，臉上的笑容曖昧得讓我直想找個地洞鑽進去，臨走之前，他居然還用誠摯的神情祝我們幸福……算了，萍水相逢，不要在意就好了嘛，可是──

對於姜恒，我似乎沒辦法如此灑脫。

心底深處有種異樣漸漸泛開，起了漣漪，來不及阻止，也無法阻止，坐在腳踏車後座上，我只能怔怔地凝視著他穿著白襯衫的背影，靜待這份難以名狀的感覺消停。

眞的很想知道，姜恒之於我，究竟是什麼樣的存在？

就在我自以爲情緒已經恢復平靜的時候，裙中的口袋傳來震動，伴隨而來的是一股強烈的罪惡感，我不敢拿出手機，不敢看那是誰傳來的訊息，不，或許我是知道的……沒來由的預感伴隨著冷意，宛如藤蔓從腳底攀上跳得飛快的心臟。

彷彿一記當頭棒喝，思緒全亂了套。

我……我到底在幹麼？不該如此的，不是嗎？我明明知道姜恒他是……我不可以。

分不清我的腦海現在是一片空白或是一片混亂，我說不出話，沉默延續到以往習慣分開的路口，姜恒跟著我跳下了車。

第一次送我回家的時候，姜恒曾想送我到家樓下，我拒絕了，社區裡有太多鄰人的好奇視線，我不敢冒險，就怕有什麼閒言閒語傳到媽媽耳中，我已經沒有籌碼再消耗家中所剩無多的平靜。

「謝謝。」我說，卻不敢看他。

姜恒沒發現我的異狀，只聽他輕哼了聲，當作回應。

「那我先走了，再——」

「日荷。」

正要旋過的腳跟停了，時間也是。

這不是他第一次叫我的名字。

可是，當我回過頭，看見姜恒站在黑夜之下，燈光染上他的白色制服，明確分割出光與影，就好像〈寂寞〉，我畫的那幅〈寂寞〉，畫中的男孩就站在我的眼前。

「妳知道我爲什麼會去接妳嗎？」他問，如此平靜。

我不敢回答。

忘了自己離開之前到底說了什麼，我想，我很有可能什麼都沒說，就這麼慌亂地逃離現場……

直到隔天，我依然懦弱地不敢去解讀姜恒那個問題的答案。

海光今天來了學校，昨晚傳給我的訊息便是告知這件事。

他剪了頭髮，很好看，消息流傳的速度出乎意料地快，下課時間總是有人揪團路過來看看好久不見的「海光學長」，班上同學一不小心就會對上教室外面探頭探腦的目光，導致洪蘋一整天不停嗤之以鼻，白眼翻到後腦勺去了。

「當我們班動物園喔？」

「不是，」海光否認，一邊瞇起眼笑，一邊朝著窗外揮手，引起一陣小尖叫，「蘋果、洋蔥、荷花，我們是植物園。」

白痴。

這句話洪蘋替我講了。

由於海光近日頻繁的早退、缺席，我們已經很久沒像這樣聚在一起，花了很長一段時間幫他補齊錯過的趣事，講著、笑著，儘管今天一連考了好幾堂試都沒能影響我們的心情，頗有久別重逢的感人大團圓之感。

「果然還是學校好玩，」躺在滿是和煦陽光的階梯上，海光抬手遮住刺眼的光線，「不對，應該是說有你們比較好玩。」

我笑了笑，沒說什麼。

有時候，我會很想跟他聊聊天、講講話，什麼話題都好，如同上午的每一節下課；但有時候我會覺得安安靜靜也不要緊，如同現在，只要能夠待在一起就好。

總而言之，都是好。

好到讓我忘了昨晚的事。

「日荷。」

「……嗯？」回過神，我強裝鎮定，沒把不安表現在臉上。

海光沒有馬上接續話題，而是沉默了一會兒。

等待他開口的同時，微風捎來雨水的氣息，我仰起頭，只見另一方的天空積滿層層烏雲，彷彿正在預告一場大雨的來臨。

「妳記得我們之前在這裡聊過什麼嗎？」

我頷首，應了一聲。

怎麼可能忘得了？

交換祕密，大概是一生難得遇上一次的請求了。

那時不算熟的我們，說出口的每句話都會對彼此的關係造成影響，若是一句不合心意、對不上頻率，也許便只能是泛泛之交……如今回想起來，我依然訝異於他當時對我的坦承與信任。

「日荷，妳現在有祕密嗎？」他問，語氣輕得宛如現在吹起的風。

「我……」

我知道，他不是質問。

偏偏我心虛得不能自已，似曾相似的罪惡感一湧而上，說不出話，我身體僵直，喉嚨緊澀，不自在地略略別過視線。

任誰都可以從我的反應看出事有蹊蹺，更何況是海光，他……

他還是笑著的。

很淺，很淡。

彷彿一點也不在意，又或許是他早就看穿了我，早就知道問題的答案……怔怔地看著海光來到我的身前，伸手一把拉起慌亂莫名的我。

「沒事，隨口問問。」

他的手臂習慣性地勾上我的肩膀，感受到的重量明明一如以往，然而此時此刻，那竟成了我無法負擔的沉重，縱使我們相偕走著，距離卻比任何時候都來得遙遠。

回到教室，結束午休的鐘聲尚未響起，多數人還沉浸在睡夢中，我趴在桌上故意背對著海光的方向，睜著眼，難以成眠。

許久……

或者根本沒過幾分鐘，我不知道，也不重要，憑藉著一股衝動，我毅然決然地從書包拿出手機，找到屬於那個人的對話視窗，寫下一句話，不給自己猶豫或反悔的機會，直接按下確認鍵，傳送。

不到片刻，對方立即回了訊息。

我沒有看。

用力按下電源鍵，螢幕一片漆黑。

「什麼叫做不要聯絡？」

幾天後的晚上，姜恒出現在補習班門口。

他的表情還是那樣淡漠，沒有什麼明顯的變化，只是說話的語氣加重了些。這讓我想起我們半年前的第一次談話，也是第一次吵架……如果我說我很懷念，會不會很奇怪？

可要是我們再也沒有機會說話了呢？

即便是吵架的回憶，我想，我也會想念的。很想。

深呼吸，收起多餘的雜念，我看著他，用著最平淡的語氣說：「就像你看到的那樣，就是字面上的意思。」

姜恒蹙眉，疑惑之情溢於言表，「發生什麼事？」

我只是搖頭。

姜恒不擅長追問，我知道。

面對我的沉默，他束手無策，眉頭蹙得死緊，他只能看著我，試圖從我的表情找到事實的眞相。可是，怎麼可能呢？人的想法若是不透過言語，又怎麼可能傳達到對方心中呢？

「我先走了。」

「沈日荷！」他擋住我的去路。

抬起頭，對上他起了波瀾的眼睛，「……還有什麼事嗎？」

「妳……」

「姜恒，我不是要跟你討論，也沒有改變主意的打算。」我直視著他，一字一句說得清楚分明，「希望你可以尊重我的決定。」

「……那我呢？」

我沒有回答，而是直接掠過他的身邊。

走在人群之中，我的心情一直維持著某種程度的平靜，沒有任何起伏，卻也不敢回頭，儘管我很清楚姜恒不會跟過來，說穿了，我就是算準他不會爲難我。對於這樣的他，我連個像樣的藉口都給不起。

因爲我說不了謊，卻也沒辦法說出眞相。

於是，我只好沉默，也只能沉默。

「……嗯。」手機響了，我接起。

「妳就這樣走了？」

「不然呢？」我往後退到公車亭外，還是很冷靜，就連自己也非常意外的冷靜，「我說了，事情就是這樣，我們不要聯絡、不要見面，反正——」

我們也沒什麼關係，不是嗎？這句話，我藏在心底沒說出口。

姜恒不語，除了背景的吵雜聲響，我還能聽見他的呼吸，彷彿正在壓抑著什麼，也像是在思考著什麼……良久，我拿著手機沒聽見他再說出一句話，直到公車在遠方出現，我不得不開口結束這場僵持。

「姜恒，我——」

「回答我那個問題的答案。」他說。

「……什麼？」

「那天的答案，妳還沒告訴我。」

那一瞬間，他站在黑夜之下、宛如〈寂寞〉的畫面在腦海中一閃而過，心口倏地揪緊，我撇過頭，卻在對面的人行道上發現一抹熟悉的身影，姜恒。

「重要嗎？」看著他，我聽見自己說。

「回答我。」

抿緊唇，我說不出話來，望向隔著重重車流的他，適才的冷靜一點一點消失，我知道自己的眼眶正在泛紅，卻怎麼樣也移不開視線。

「沈日荷，我——」

那一刻，我突然意識到他即將說出口的話會是什麼。

「不准說！」

我大叫，所有的冷靜自持頓時消失不見，無視周遭投來的目光，只聽見自己破碎的聲音急著想要阻止，「拜託你，不要說……」

如果不說出口，我就能當作一切從沒發生，我可以說服自己這是一場夢、是錯覺，甚至承認我們之間不過是一次錯誤。我還能退回最初，還捨得回到最初，姜恒和我，不過就是朋友的朋友，不是嗎？

不能停在這裡就好嗎？

姜恒終究是順了我的心意。

公車窗外的街景映入眼簾，卻什麼都沒有眞的看進去，回憶一幕幕掠過心頭，我以爲我會掉淚，可是我沒有……這些畫面、這些快樂全是我偷來的，我有什麼資格哭泣？

無論我怎麼否認，心口的疼痛卻很眞實。

走在回家的路上，洪蘋正巧打電話給我，我刻意放慢腳步，聽著洪蘋問我的國文題目，一一爲她解答，卻始終忽略不了那個一直在我腦海中占據不走的身影。

「……洪蘋。」

「怎麼啦？」她大概正在抄寫答案，回得有點心不在焉。

我不是很在意，只是很想說說話。所以，就算已經回到社區，我依然坐在中庭花圃旁的長椅上，仰望天空，沒有搭乘電梯上樓回家。

「妳有喜歡的人嗎？」我問。

「什麼?」

「沒事。」我搖了搖頭。

手機那端沉默了好一會兒，不曉得是在思索或是怎地，洪蘋過了半晌才回答，「有也好、沒有也好，我現在的情況不適合想這些。」

洪蘋上次段考沒有考好，這對目標是第一志願的她無非是種壓力，深知她的辛苦，我不再用無聊的話題打擾她，只說了聲加油，草草結束通話。

也是。現在的我們是不該想這些的。

不知道在外頭待了多久，只記得我望著閃著紅光的飛機消失在天空邊角，然後，不知又過了多久，下雨了，一點一滴的雨水染深了中庭的地面，我還坐在原處，想著。

最後，在雨變得更大以前，我刪除了手機裡所有屬名爲「姜恒」的資料。

Chapter 7

我不是因為想哭而哭，我只是覺得很悲哀，
為了這樣的我，為了這樣的我們，為了所有回不去的曾經。

暑假開始不久，我們全家又回奶奶家住了幾天。

到了奶奶家我才發現，原來我的世界裡還是有個地方沒有改變，看著親戚們在各式話題裡穿插進自以爲不著痕跡的炫耀，他們不甘示弱的表情，讓我很想笑，大概我也眞的笑了吧，只是他們沒注意，全都顧著在嘴上奪勝。

這次回來，我拿到很多禮物，像是UCLA的運動衫、劍橋大學人社學院的木製徽章、東京大學的小型模型，以及在德國攻讀建築的堂哥送我的一小瓶柏林圍牆石塊。

看著這些遍布世界各地、學業成就非凡的哥哥姊姊們，我忽然覺得或許我們家的標準較高也無可厚非，可這想法才一出現，我又忍不住忿忿不平，爲什麼非得和哥哥姐姐們循著一樣的道路？非得就讀同樣出名的學校才算是成功、才配得到稱讚？

誰知道呢？

我還不是照著一樣的道路走過來了？甚至，還眞的依照媽媽的期望，期末考眞給了她一次全年級第一……看著媽媽聊天聊得興高采烈的光采模樣，或許這樣才是對的吧？

如果能夠用成績換來一點平靜，我想，我還能做到。

短暫休息過後，我重回補習班開始上課。

結束高二的課程，意味著學測即將逼近，複習的課程加重了，考試的壓力也是，不時能看見有人拿著題目著急地詢求正解，深怕錯過一題就差了一個級分。我不像他們這麼緊張，反倒有點異常冷靜，幾次的複習考都得到不錯的分數，這好像是我唯一能做得好的事。

畢竟除了成績以外，我不曉得自己還能掌握什麼。

同在附近補習的洪蘋、仰宗和我，幾乎每天都會相約共進午餐，我們隨便挑了間有位子的餐廳入座，很快點好餐點，特別要求飲料先上。

「熱死了。」

大聲嚷嚷著，洪蘋一下子喝了大半杯的涼飲，見狀，仰宗不認同地搖了搖頭，可能是太了解洪蘋個性的緣故，他倒也沒說什麼，只是意有所指地提醒我喝慢一點。

此舉果然引發洪蘋的嘟噥，不到片刻，兩人一如往常地鬥起嘴來，坐在他們對面就像是在看日本的夫妻漫才表演，可惜觀眾只有我一個人，要是海光在的話……

暑假過了快一個月，我還沒跟海光碰過面，只有偶爾透過訊息聯絡，最後一次見到他是在期末結業式那天的事了。

彷彿偷看到我腦海中的想法似的，洪蘋話鋒一轉，問我最近有沒有和海光碰面，見我搖頭，她倒沒有很驚訝。

「他就是那種放假等於失蹤的類型吧。」她嘆了口氣，「要不是我要補習，我也想不和所有人聯絡，躲在家裡睡大頭覺。噯，他有說過他想念哪間學校還是什麼科系嗎？」

聞言，我們全都安靜了下來。

尤其是我。

「好像眞的沒問過哦？」志願是商業科系的仰宗率先打破沉默，「仔細想想，其實我們很少特別聊這種話題不是嗎？」

洪蘋點頭稱是。

可是，眞的是如此嗎？我知道洪蘋鎖定的是第一志願，也知道仰宗選念商科的原因是爲了要繼承家業，那麼，海光呢？心裡一沉，我忽然發現我根本不如自己以爲的了解他。

綜合這陣子發生的種種，我和海光之間似乎永遠有著一道看不見的界線，每當我以爲我更接近了他一步、每當我以爲我更了解了他一點，海光永遠會在我不知道的時候拉開我們之間的距離。

就像是太陽一樣，可望而不可及。

海光。

在講義的空白頁上，我寫下他的名字，又一次，只是這回我沒爲他的名字畫上羽翼，不知道爲什麼，總覺得好像我畫了以後，他就會帶著翅膀離我離得更遠似的……明知這是沒來由的恐懼，我卻是怎麼也不敢畫下那一筆。

今天的課程結束後，走出補習班大門時，天色已暗，經過一段時間的訓練，我已經學會了如何在擁擠的人群中快速前進的技能，而且，習慣了不再轉頭尋找右邊廣場的身影。

唯一改不了的，是想起他的時候，忍不住酸澀的心情。

站在公車亭的角落，我不怕被別人看見我頓時泛紅的眼眶，距離公車抵達之前還有十分鐘，我有足夠的時間轉移情緒、調勻呼吸。

很快地，公車來了。

踩上階梯，感應卡片，坐進左邊第三個單人座，望著窗外熟悉得宛如印在腦海中的街景，跟昨天一模一樣的今天又將過去……待會回到家，吃飯、洗澡、念書、就寢，然後，又是個和今天毫無不同的明天。

當我吹著頭髮，滿屋子全是吹風機運作的嗡嗡聲時，我忽然覺得自己很悲哀，可是，那不過就是一瞬間的感覺而已，我也不是第一次這麼覺得，我習慣了那總是不問一聲便折騰得人死去活來的低落。

我的解決辦法通常是念書，轉移注意力會好過很多，只是不曉得爲什麼，這回我卻是取出書架上積塵的畫具。算了算，又是快要半年的時間沒有畫畫了，我打開素描鉛筆的鐵盒，石芯與木頭混合的味道迎面而來。

後來發生的事，就像是我原本就想好要這麼做似的流暢自然。

我在書櫃的角落找出泛黃的素描紙，因爲太捲還花了一點時間鋪平，用著只剩四分之一不到的紙膠帶在畫紙邊緣平整地貼了一圈，抽屜裡的那塊軟橡皮再度重見天日，待一切準備就緒，我坐在書桌前，看著空白的畫紙，正準備拿起2B鉛筆時，突然驚覺有個步驟被我遺忘——

走到房門口，我小心翼翼地鎖上門鎖，沒發出一點聲音。

接到海光來電的時候，我正和親戚們一起在餐廳吃飯慶祝父親節，今天的氣氛還算和睦，心情雖然不到非常開心，但也能排得上這陣子以來的快樂指數排行榜前幾名了。

「記得明天是什麼日子嗎？」他問，聲音聽起來很愉悅。

聞言，我一邊舀著合菜最後一道銀耳甜湯，一邊在心裡暗想，今天是父親節八月八號，明天不就是八月九——

「生日快樂！」我大喊，幾乎是立刻，海光大笑的聲音從話筒那方傳來，像是連鎖反應似的，我跟著大笑，無視媽媽沉下的臉色以及眾人好奇的視線，我一溜煙跑到餐廳外頭繼續和海光說話。

「所以呢？」我問，腦海全是一堆餐廳資訊跑呀跑地，「想好要怎麼慶祝了嗎？想吃什麼？明天星期日還是要補習，仰宗他們應該可以請假……」

「就我們兩個，好不好？」

可能是太久沒見到海光的關係，我沒問為什麼，很豪邁地一口答應。直到晚上回到家，畫著重拾畫筆以來的第六張素描時，有些疑問才突如其來地浮上心頭。

但也僅只於此，我的注意力很快回到素描上，再也沒想起這件事。

海光跟我約在我家附近的公車亭碰面，時間是早上九點。放眼望去，天空萬里無雲，這種跡象在夏天代表的意思就是很熱，非常熱，就算待在具有遮陽功用的公車亭裡，炎熱的溫度依然令人難以忍受。

倚著欄杆等了一陣，公車去了又來，海光都不在任何一輛公車上，約定的時間還沒到，我也沒想那麼多，只是玩著手機等待。

「嘿。」

聽見有人叫喚，我循聲轉頭，只見一名戴著全罩安全帽的機車騎士正對著我問：「小姐，等人嗎？」

呃，什麼東西啊？

頭上的烏鴉久違地飛過，默默退後一步，假裝沒聽見，視線繼續回到手機上，不敢再抬頭，這樣他應該就不會再來煩我了吧。

「喂。」

還不走？

我不耐煩地蹙眉，撥出海光的電話，巴望著他快點接起，好叫他趕快給我出現！而且就算他沒接我也會假裝他有接……

「哈囉。」

嗳？海光的聲音怎麼好像……

「妳到底什麼時候才會發現是我啊？」一旁的機車騎士提高了說話音量，不知爲何，居然跟我手機裡傳出的聲音相互重疊……不會吧？我猛然抬頭，機車騎士掀開安全帽的擋風鏡，那雙眼睛——

「佟海光！」

「所以我說，書念太多是會變笨的。」海光一手拿著另一頂安全帽遞給我，「快點上車，我們要遲到了。」

「遲到？我們要去……不對，你怎麼可以騎車？」我雙手抱著安全帽遲遲不敢戴上，總覺得……不該這麼做。

聞言，海光不慌不亂，反而揚起一抹挑釁的笑，「怎麼，怕啦？」

「也不是怕，只是……」

「沈日荷，距離我生日結束還有十五個小時，請問妳要考慮多久？」他眞的很故意，甚至扳起手指倒數，「不然這樣好了，給妳五秒鐘，五、四、三……」

「坐就坐！」誰怕誰！

幸好海光騎車的速度不快，否則我眞的快要緊張死了，老是忍不住哇哇大叫，還問他有沒有注意到過馬路的阿婆，全程死捏著他的衣襬像是在控制馬的韁繩一樣，只差沒有逼他立刻停車。

就在我好不容易願意相信他的騎車技術時，目的地似乎也到了，經過一段彎曲的下坡路，他熟練地在地下停車場找到空位停車。

「醫院？」我摘下安全帽，看他對著鏡子整理根本沒亂的短髮。

海光直起身，一手又往我的肩膀勾來，帶著我往不遠處的電梯走去，「對啊，想介紹一些人給妳認識。」

一些……人？

環視台下數以十計、眨巴眨巴望著我們的小眼睛們，要不是我知道海光的數學向來不錯，不然……這哪叫「一些」？分明就是很多！海光拉著我站在小小的舞台上，他笑得很自在，我滿臉尷尬，摸不清現在是什麼情況。

「海光哥哥，她是誰？」一名小朋友舉手發問。

好問題，我用眼神給小朋友一個讚，我也想知道我來這裡幹麼？

全場目光瞬間集中到海光身上，包括我的。

只見海光點了點頭，好整以暇地清清喉嚨。

「上次我不是跟你們說過，我認識一個很會畫畫的姊姊嗎？就是她！」他一手抵著我的背，一用力就把不知所措的我推上前，「小花姊姊！」

小花姊姊？我忽然覺得我頭上啵地一聲，長出了一朵粉紅色的小花。

等我終於釐清前因後果，已經是過了一個小時後的事了。窩在小孩尺寸的繽紛桌椅裡，我獨自拿著彩色筆在圖畫紙上隨意亂畫，海光周圍圍繞著滿滿的小朋友，我……唉。

聽說兒童病房不定期會舉辦一些小活動，就像今天一樣，大家一起聚在活動室畫畫、玩遊戲、吃點心，和樂融融的氣氛很是溫馨，除了我以外，大家都玩得很開心。

雖說海光找我來是想要教小朋友畫畫，可看這態勢，畫畫是其次，小朋友們其實只是想黏在「海光哥哥」身邊而已。

想著想著，我隨手畫了一朵向日葵。

「阿嬤有買過這種花來看我。」

什麼？

我嚇了一跳，霍地坐直身體，只見一個戴著帽子的小妹妹趴在桌上望著我，烏溜溜的眼睛裡有種早慧的成熟，一時之間，我竟不曉得該怎麼和她說話。

「是、是喔……妳喜歡嗎？」

她點頭，「我覺得很漂亮。」

「那……」

「小花姊姊可以教我畫畫嗎？」她取出圖畫紙放在桌上，小小的手掌染上五顏六色的顏料，「我不會畫畫。」

我沒有和小孩子相處的經驗，屏除剛開始的手足無措，畫畫的過程一直都很安靜，後來，或許是太過安靜了，反倒是那個小妹妹主動和我聊起天來。

從她的口中，我得知她叫小寧，生了一種很容易流鼻血的病。小寧很少見到爸爸，因爲他要賺錢很忙，但是她不寂寞，因爲媽媽和阿嬤每天都會到醫院陪她，雖然有時候很想爸爸，她不敢跟媽媽說……

「我會抱著兔兔哭，只有一下下而已，沒有很久。」小寧很專注，用著不熟練的線條模仿我畫的向日葵，「我不喜歡哭，可是還是會想哭。」

我的醫學知識並不充足，只能勉強猜測小寧所謂的「很容易流鼻血的病」，指的應該是白血病……放眼望去，活動室裡也有不少孩子像小寧一樣戴著帽子。

「小寧還想要畫什麼嗎？」眼看她的圖畫紙都快變成一大片向日葵花海，我試著詢問我唯一的學生，「妳喜歡什麼都可以喔。」

她放下筆，偏頭想了很久，「……海光哥哥？」

「海光？」我笑出來，這傢伙眞不愧是少女殺手，居然連年紀這麼小的孩子都難逃他的掌心。

「小花姊姊會畫海光哥哥嗎？」

「會呀，可是我一個人沒辦法畫。」我翻過圖畫紙，拉近椅子跟小寧靠在一起，「海光哥哥要我們兩個一起畫才會帥帥的！」

說是這麼說，我還是讓小寧包辦了大部分的圖畫，讓她盡情發揮想像力，腿要多長有多長，眼睛要多閃亮就有多閃亮，我們兩個邊畫邊笑、邊畫邊玩……畫到最後，我實在很懷疑海光在這些小女孩眼中到底長得有多夢幻，爲什麼看起來越來越不像現實世界裡的人了呢？

正當我爲了小寧不小心畫得特別突出的鼻子而大笑時，本尊出現了，身旁還跟著一大群好奇的小朋友。

「這是什麼？」海光湊過來，指著圖畫紙上腿特別長、眼睫毛特別分明，還留著刺蝟頭的「王子」問道：「賽亞人版的章魚哥嗎？」

「才不是！是海光哥哥啦！」小寧一把將圖畫紙搶回去，不給他看了。

海光瞬間歪了臉，「……難怪我覺得特別帥。」

大概是「宣傳」發揮了效果，其他小朋友紛紛開始拿著彩色筆、圖畫紙來找我學畫畫，本來我還不太習慣來自各方的提問，到處都是「小花姊姊」、「小花姊姊」的叫喚聲，最後卻不知不覺融入其中，和大家一起從紙上畫到手指、甚至是臉上，所有人都長出了五顏六色的小貓鬍鬚。

「累嗎？」海光遞給我一瓶綠茶。

「不會，很好玩。」想起結束大合照後，一群小朋友衝過來擁抱我的畫面，心裡暖暖的，「下次還想再來。」

「眞的？」

「嗯，我想再來看看小寧和其他小朋友。」我抿了口茶，「對了，你常常來嗎？總覺得大家都跟你很熟。」

「算是吧，有空就會來幫忙。兒童病房很多長期住院的孩子，他們跟人群的接觸不多，有時候連家人都不太常見到，如果能爲他們多辦一點有趣的活動，讓他們學習不同領域的事物，對他們來說是很好的經驗。」海光的眼神若有所思，「而且，妳不覺得看著孩子們的笑容，以及專心學習的模樣，就會有種……應該繼續努力下去的感覺嗎？」

「嗯，好像被他們鼓勵了對吧？」我點點頭，深有同感，「這麼說的話，其實是我們從孩子們身上學到了很多吧？」

除此之外，我意外地發現我挺喜歡教小朋友畫圖的。比起自己一個人窩在畫架前想著如何畫出更好的作品，我好像比較喜歡與孩子們一同分享學會畫出一朵小花的成就感。

我已經開始想念那些此起彼落的「小花姊姊」呼喚聲了。

「好了，該去下個地方了。」噹啷一聲，海光手中的杯子準確地投入垃圾桶。

「去哪？」這次我終於記得問了。

他回過頭，眨眼一笑，「祕密。」

嘗到空氣中鹹鹹的溼氣，我們來到海邊。

這裡並不是什麼祕藏景點，也不是我第一次來，爸媽曾經帶著當時讀幼稚園的我來玩，那時候知道這兒的人不多，近年來經由網路上的介紹與報導，讓這裡迅速翻紅，不少人攜家帶眷來此踏浪、觀夕。

儘管如此，遼闊的海邊依然顯得寧靜。

坐在堤防邊上，我們兩個懶散的「奧少年」完全沒有想下水遊玩的欲望，只是背靠著背，感受迎面而來的海風。

「來這幹麼？」我問著背後的他，「天氣這麼熱又不下水，依我們兩個實在不怎麼感性的個性，看夕陽好像也不是很適合呀。」

海光笑了，背部傳來悶悶的震動，「就只是想看看海而已，難得嘛。」

好吧，壽星最大，我也不好多說什麼，更何況我一來沒出到錢、二來沒出到力，就算被他帶來坐在海邊發呆也只能奉陪。

望著波光粼粼的海面，遠處傳來的笑鬧聲被海浪的浪濤聲給稀釋，我們就這樣背靠背、抵著彼此，好一陣子沒有說話，世界的轉動似乎慢了下來，有些事、有些人、有些畫面，隨著時間的沉靜一一在腦海中浮現……

我們的第一次見面、紙飛機抗爭事件、學生會選舉、放學後的四人聚會、畫〈寂寞〉的美術教室，除此之外，還有姜恒……

我不敢想起他。

尤其是距離海光這麼近的時候，我不能想起他……深呼吸，目光隨著飛向遠處的海鳥拋遠，思緒也跟著飄遠。

「日荷。」

「……嗯？」慢了半拍，我才回應。

「妳還是決定不念妳想要的科系嗎？」海光問，語氣不帶評斷，只是很和緩地問起，像是在談論一件日常小事。

我知道自己一碰到這個話題，全身的刺都會不自覺地豎起，就像是被踩到了痛處，總是急著想要找各式各樣的理由掩蓋傷口帶來的疼痛。可是，當我聽見海光平靜的聲音，我的反應總算不再激烈。

「海光，我不像你，」我望著拍打上岸的浪花，「我很膽小。」

對於未來，我很茫然。

不只是因爲我不能選擇自己想要的科系，更有一部分的原因是，我不曉得自己是不是眞的明白自己想要什麼。所以，我才會害怕去爭取、害怕去要求選擇的權力。

或許眞如先前海光說過的一樣，我根本只是害怕沒人爲我的失敗承擔責任。我不敢扛起失敗的風險，所以我把決定未來的權力交到別人手上，如此一來，就算往後覺得失意、覺得痛苦、覺得後悔，我永遠都能怪罪是別人害我變成這樣的。

只因爲我不夠勇敢。

也因爲如此，我沒辦法相信自己的選擇，更沒辦法相信自己的心，就算心裡認爲我是喜歡畫圖的、是能夠畫圖的，我還是會害怕這會不會只是一時的錯覺，等驀然回首，才發現自己後悔走上這條路？

夢想。

現實。

隨著必須做下決定的時間逼近，我更加覺得茫然無措，或許走上爸媽爲我鋪好的道路會比較安全、比較輕鬆，可是……

即使到了現在，我還是猶豫不決。

「總歸一句，我就是害怕後悔吧？」我的雙手擱在腿上，不安地交握著。

少了說話的聲音，周遭很快又恢復先前的寧靜，原以爲沉默會持續一段時間，沒想到不過幾分鐘，就聽見海光輕緩地開口。

「日荷，沒有一條路會是白走的，不管妳選擇什麼樣的道路，只要過得開心就好。」他說，帶著我無法明確形容的沉穩，「不論別人說什麼，或是妳日後賺了多少錢、滿足了誰的期待，那都不重要，最重要的是妳，妳必須過得快樂。」

海光告訴我，所謂的後悔，便是執著於無法追回的過去，不切實際地幻想著如果當初能怎麼樣，也許就能……因爲是幻想，所以所有的想像更加肆無忌憚，只是每當回歸現實，又會覺得加倍空虛，惡性循環反覆發生，永遠得不到紓解。

於是，不開心的人將會永遠活在後悔之中。

「我不會像以前那樣逼妳做出決定。不管妳最後選擇哪一條路，我唯一的希望就是妳能快樂，眞正的快樂。」

「就算我最後沒有走畫圖這條路也一樣？」我輕聲地問，難掩心中的忐忑，「你會不會對我很失望？」

不過半秒的等待，我的心臟卻跳得飛快，直到聽見他的答案，我才終於放下害怕，放心地紅了眼眶。

「我支持妳所有的決定。」

我很想轉過身擁抱他，卻不想讓我的淚水嚇到他，所以我低頭笑了，帶著眼淚，倚著海光的背，感覺到他的陪伴在我身後穩穩地支撐著，眼淚不苦，只有溫暖。

在那之後，我們偶爾沉默、偶爾聊天，直至夕陽緩緩西下，天色由漫天的燦爛橘紅漸漸深沉，路燈亮了，沿著堤防點亮了路的盡頭。我們還坐在原位，肩並著肩，望著夜晚無人的海邊，聽著浪濤放空。

「噯，那你呢？」

「嗯？」他隨口回應，「什麼意思？」

「前陣子，我跟洪蘋他們聊到你……」想起那次的談話，這下總算找到時機問他了，「你的志願是哪裡？怎麼都沒聽你說過？」

「哪裡都可以啊，我不挑。」海光想也不想，答得非常隨性。

看他這樣，我忍不住揍他一拳，「認真一點啦。」

「我很認眞啊。」他可憐兮兮地揉著痛處，「我沒有特別想去的學校，應該說我根本沒想過這件事……」

「爲什麼？」這對一個考生來說，並不尋常。

面對我的疑問，海光只是笑，既沒有表現出慌亂，也沒有特別想要解釋的意思，逕自遠眺著海面，然後，笑了。

「順其自然吧，」海光說，昏暗的光線隱約透出他的微笑，「明天的事誰也說不準，不是嗎？能夠過好今天就好，我只想著這個。」

我看向海光的側臉，不禁想著，不曉得海光自己知不知道當他說出這些話的時候，表情是多麼迷離、給人的感覺又是多麼遙遠……他希望我勇於追求未來，卻說他只在乎今日……爲什麼？我沒有追問他的矛盾。

「早知道應該在路上買個蛋糕的。」吁出一口氣，我隨意換了話題，還記得那次半開玩笑的承諾，沒有依約履行的我有點介意，「記得提醒我，改天補你一頓大餐。」

他笑，伸手揉亂我早已被海風吹亂得打結的頭髮，「幹麼在意？我又沒差。」

「你沒差，我有差。對了，你有帶打火機嗎？」我記得海光隨時都會帶在身上，當然，還有那包我很不喜歡的香菸。

聞言，海光從口袋裡拿出銀色的打火機交給我，順便告訴我怎麼使用。說來好笑，活了將近十八個年頭，我從來都沒用過打火機，幾次嘗試下來，拇指紅得快要破皮，火苗倒是一次都沒有成功迸出。

「妳別試了，我來就好。」

「等一下，再讓我試一次就好，」見海光伸手就想搶過打火機，我連忙用身體阻擋，不讓他有機可趁，「眞的，再一次！」

海光無奈放手，直言下一次要是再不成功，他就要把打火機丟到海裡，省得我用自己的拇指爲打火機開光。

可能是湊巧，也有可能是他的威嚇起了作用，我終於成功點燃火焰，而且我發現只要抓到訣竅，其實也沒那麼難，一連好幾次都順利成功，確定自己眞的學會使用打火機之後，我總算可以將心中所想付諸實現。

「來吧。」我舉起打火機，放到我們兩人中間。

海光一臉疑惑，「來什麼？」

「沒有蛋糕，沒有蠟燭，勉強用打火機湊合許願吧。」我講著講著也佩服起自己，「怎麼樣？我很有心吧？」

海光一愣，隨即放聲大笑。

這樣就夠了，我最喜歡的就是他的笑容，一直以來都是，耀眼，卻又令人覺得溫暖。

「眞虧妳想得出來。」他笑著，興致勃勃地湊近打火機，「好了，我準備好了，開始吧！」

心中倒數三秒，我按下拇指，橘紅色的火焰點亮周遭的昏暗，因爲海風而有些飄搖的火光，明亮不減地映著我們的臉龐，一時之間，原先有些興奮的氣氛變得寧靜。

「三個願望。」我一手掩住右方襲來的海風。

「好，第一個願望……」海光注視著火苗，眸中映出光芒，「我希望日荷、還有蘋果、洋蔥都可以考上理想的學校。」

「謝啦！」我有點感動，輕輕捶一下他的肩膀，接著又多捶了兩下，「順便幫洪蘋他們謝謝你。」

「不用謝，畢竟你們這些農產品很需要我的加持——」

「第二個願望！」不讓他說完，我命令海光繼續許願。

「奇怪，到底是我生日還妳生日？好啦，第二個願望……」海光嘟嚷幾句，很快地收斂起玩笑，重新眞摯地望著火光，「希望全家人身體健康，一直開開心心的，不要生病，不要……嗯，第二個願望就這樣。」

儘管注意到海光突兀的斷句，可是當下的我沒想太多，只是逕自要求他許下最後一個願望，並且提醒他可以不用說出來。

「許完願望就把火吹熄吧。」我說。

「在許第三個願望之前……」海光抬眼看向我，我沒注意到他的語氣沒了之前的輕快，「日荷，我可以問妳一個問題嗎？」

「什麼問題？快點，我手好——」

「妳喜歡姜恒嗎？」

有一瞬間，我聽不見任何聲音，只能怔怔地看著海光的眼睛，淺褐色的眼睛映著火光，用比任何時候都還要認眞的眼神凝視著我……然而，我卻連一句話也說不出來。

海光笑了，彷彿理解我的沉默所代表的涵義，他的目光離開了我，轉而看向大海，他什麼話也沒說，偏偏這讓我很難受。我寧願他罵我、討厭我，或是……我不知道，就是不要這麼理所當然地接受。

當他再次回過頭，唇邊已經重拾淺笑。

「海光……」

「重新點火吧。」他說，看了看不知何時熄滅的火苗。

腦中一片空白，只是照著他的話做，可也許是太過慌亂，不管我再怎麼嘗試，除了一閃而逝的火花，我看不見其他的光芒……最後，是海光握著我的手，重新點燃我們之間的一簇火光。

「我希望，沈日荷和姜恒能夠幸福……」

呼地一聲。

火，熄滅了。

我想，我再也無法佯裝一切還有可能回到從前。

當所有意圖隱藏的事實攤在眼前，我們已經失去了機會，就連假裝若無其事的方法也沒有，回不去了、改變不了，或許我們終究會走到這一步，只是時間的早晚罷了。

手上力道加重，筆芯斷了，一道粗黑的線條劃過圖面。

煩躁隱約地在心底醞釀，我試著沉住氣，拿起橡皮擦想要擦拭，用力過猛，反而將整張紙扯出了無法回復的皺痕。

我受不了，一把撕掉圖紙。

與此同時，房門外傳來轉動門把的聲音，開門未果，敲門聲跟著響起，一聲大過一聲，急促得像是以爲我在裡面幹什麼壞事似的……喔，可能吧？畫圖對她來說，的確可能是件壞事。

「沈日荷，妳在裡面幹麼！」媽媽尖聲喊著，繼續用力敲門，「我有話要問妳，妳快點給我開門！」

調大音樂的音量，卻怎麼也蓋不住門外的叫罵。

「妳不要逼我拿鑰匙，妳現在馬上給我出來！」

「走、開！」我喊。

「沈日荷——」

吵死了。

拉開門，直接迎上媽媽滿臉的怒容。

「幹麼？」

「妳還敢問我幹麼？」她瞪著我，像是瞪著仇人，「爲什麼補習班打來告訴我，說妳要報名術科考試？誰准妳報名了？誰讓妳報名了？沈日荷，妳到底鬧夠了沒！」

我鬧了什麼？我不甘示弱地回瞪，心裡全是不被理解的憤怒，這段日子的不爭不吵，在她眼裡肯定一點用處也沒有，不過就是想報名術科考試而已，她居然就來找我興師問罪。

「等我考上妳再發瘋。」我累了，不想說了。

轉過身，我正想關上門，一股力道直接將我推到一旁，來不及反應，只見媽媽進到我的房間，尚未收拾的畫具立刻攫住她的目光。

她在桌前站定，惡狠狠地回頭瞪我一眼，不待我說出半句話，一把抓起素描鉛筆的鐵盒，用力摔到地上。

「我現在就瘋給妳看！」

接下來發生的事，簡直是一場噩夢。

直到爸爸下班回家制止這場災難爲止，我根本不曉得到底在我眼前發生的是眞實，還是只是我失控的想像……房間一片狼藉，幾乎找不到完好的物品，媽媽抓了手邊的東西就摔，無一倖免。

剛開始，我傻在原地。

後來，我衝上前想要阻止。

再來，演變成我們兩個的相互叫罵。

最後的最後，我呆坐在客廳的沙發上，對面坐著看起來精疲力盡的爸爸，他鬆開領帶，冷靜地看著我，彷彿想知道我這副皮囊裡到底藏的是外星人、還是他不知何時變得不一樣的女兒……

「爸，我錯了嗎？」我問他，目光茫然地停駐於桌上的水杯，「想要追求自己的夢想錯了嗎？我沒有說一定要讀美術系不可，可是，連個機會、連個希望我也不能擁有嗎？難道我眞的做錯了嗎？」

「日荷，」爸爸的聲音很疲倦，「同樣的問題我也想問妳，身爲父母，希望兒女走上一條比較安穩的道路，付出了心力和金錢的我們，錯了嗎？」

「那不是我想要的！」

「妳確定妳眞的知道妳要的是什麼嗎？」爸爸看著我，放輕了語氣，彷彿我只是個叛逆期作祟的孩子，「我們看得比妳多、經歷過得比妳更多，我們知道什麼可以嘗試、什麼是冤枉路，妳就不能相信我們嗎？難道爸爸媽媽會害妳嗎？」

「你們根本就不懂……」我不想哭，無從掙扎的無力感讓我幾乎窒息，「這是我的人生，我不想害怕失敗、不想害怕後悔，爲什麼我連選擇自己未來的機會都沒有？」

奪眶而出的眼淚一滴滴掉在手背上，壓抑著哭聲，我不想用脆弱來表達我的無助，我不是因爲想哭而哭，我只是覺得很悲哀，爲了這樣的我、爲了這樣的我們、爲了所有回不去的曾經。

不知過了多久，只聽見爸爸一聲嘆息。

「想考術科就去吧，成績沒出來前都是空談。」他說，一字一句全是不得不的妥協和無奈，「可是，日荷，妳要記住，這是妳的人生沒錯，然而人生是不能重來的，我們不會害妳，爸爸希望妳了解這點。」

說完，爸爸離開客廳，只剩下我一個人，再次回歸寂靜，一如我的感受，除了孤單，還是孤單……我沒有取得勝利的寬慰，只覺得疲憊，我不曉得我所做的一切究竟能換來什麼？

整夜輾轉，無法闔眼，隔天早上我照常出門補習。

補習班再次和我確認了術科考試的事，甚至有老師特地過來關心，好言勸我不要放棄考上前三志願的可能，我只回了句我會考慮。

沒有人站在我這邊，我知道。

畢竟，就連我中午告訴洪蘋和仰宗時，他們也是用一種「妳瘋了嗎」的眼神，不敢置信地望著我，再三問我有沒有想清楚？

想清楚了又怎樣？沒想清楚又怎樣？我已經厭倦回答這類的問題，不再動怒，也不再試圖讓別人懂我的感受……除了自己以外，沒有人會懂的，那又何必多費唇舌解釋他們永遠不會理解的事？

補習班下課之後，我在公車上傳了則訊息給海光，不是想拉盟友，只是簡短敘述了昨晚的事以及我的決定。直到我下車前，他都沒有讀取訊息。

時間接近晚上七點，坐在僅有兩盞廣告燈箱照明的公車亭裡，我不想回家，只好消極地拖著時間，經過昨夜的夢魘，我不確定媽媽是不是還會準備我的晚餐，我只知道我現在不想出現在她的視線範圍。

半個小時過去，海光依然沒有讀取訊息。

倚著背板，我望著對街的路燈發呆，心裡默數著毫無意義的數字，時間過得很慢，比我想像得慢很多，或許是此情此景與幾個月前的畫面太過相似，想起那時哭得滿臉鼻涕眼淚的自己，我忍不住笑了。

原來，我真的是一點長進也沒有啊，遇到困難只想著逃避，逃避不成便放棄掙扎，然而，卻又不肯安分地屈就現實。

沈日荷，妳到底想怎樣？這句話，我也想問問自己。

不遠處傳來腳步聲，大抵是等公車的乘客，我往旁邊坐了一些，低下頭，藏住連自己都覺得難看的苦笑。

一雙黑色運動鞋停在我的前方，腳尖正對著我，明顯是衝著我來。我沒有驚慌，因爲這雙鞋眼熟得讓我不需要害怕。

「……姜恒？」

果然是他。

姜恒居高臨下地看著我，逆著光的他看起來格外冷漠疏離。不過，可能不是光線的問題，而是見到我的緣故，在我那樣對待他之後，我又該拿什麼資格去期待他的笑顏？

「你怎麼會……」

「路過。」他說。

聽見似曾相似的回答，我不自覺笑了，眞的笑了，或許有千百個不該笑的理由，可是在人生已經這麼悲慘的時候，我好像一點也不在乎了。

比起我的笑，姜恒的臉色卻是一沉。

「那妳呢？」

「我？」

見我反問，他眉間的結鎖得更緊，「該不會又離家出走了吧？」

「不是，」我搖頭，「只是不想回家而已。」

「……老問題？」

「連你都覺得是老問題啊，眞是……」我又想笑了，原來不是只有我有同樣的感覺，視線不知何時又落回到地面，我聽見自己喃喃地說著：「是啊，老問題，完全沒有改善的老問題。」

話才說完，只見姜恒的運動鞋消失在我垂下的視線裡，原以爲他要離開，沒想到他直接坐到了我身旁，就像幾個月前的他一樣，複雜的情緒一湧而上，不知該做何反應，到了最後，我竟是有點想哭。

毫無保留地對姜恒講述昨晚發生的事，包括和爸爸的對談，聽完這些，他沒多做評論，只是問我還好嗎？其實還好，當我像個旁觀者、把事情平鋪直敘地說完一遍以後，我發現我眞的還好。

「不覺得這時候應該來罐啤酒嗎？」我笑著說，卻不是眞的感到開心，「電視上好像都這樣演的，不是嗎？喝酒啊、聊天講心事什麼的……十八歲怎麼不快點來呢？」

或許到了那時，我就眞的自由了吧……

眼睛蒙上了一層淚，側過頭，不小心對上姜恒的目光，他沒有出聲，只是那樣靜靜地看著我，彷彿看透了我不堪一擊的僞裝。

奇怪的是，這並沒有讓我感覺到被理解，反而有一股難堪的惱火情緒湧了上來。

「妳打算怎麼做？」他問。

「你覺得呢？」我反問，明明不關他的事，「告訴我，你認爲我該怎麼做？放棄抗爭，當個好孩子乖乖聽話，順從地接受父母的安排？就像你說的，除了考試以外的事情都不要管？」

姜恒不是站在我這邊的人。

大概是忽然想到這件事，我說話的語氣越來越激動，莫名地感到憤怒，所有的不如意、不順心總算找到了發洩的出口，一口氣全都遷怒到眼前的姜恒身上，好像我會遇到這些事都是他害的一樣。

「我就是不懂事，我就是什麼都沒想清楚！因爲我不知道什麼叫做現實！如果放棄夢想就是所謂的現實，如果這就是現實，我去你媽的現實！去你媽的狗屁夢想！」我衝著姜恒大吼大叫，發狠地瞪著他。

爲什麼世界會變得這麼複雜？爲什麼我不能擁有自己想要的夢想？如果說，這就是成長的代價，那我不曉得這樣的犧牲有什麼意義。

此時此刻，滿腦子的混亂全在叫囂，好像隨時都有可能崩塌。

當我看見姜恒望著我的目光竟是如此平靜，甚至帶著我說不清的溫柔，那一瞬間，我的理智終於又找回了一些些。

姜恒什麼話也不說，站起身將我擁入懷中，聽見他安穩的心跳，我才發現自己早已泣不成聲，他的手臂環繞著我，溫柔地安撫著我起伏激動的情緒，不知為何，我哭得更凶了。

「去做妳想做的事吧，不要放棄自己擁有的可能。」姜恒加重了摟著我的力道，清冷的嗓音不再沒有溫度，「不管別人說什麼，時間會證明一切。」

我說不出話，壓不下止不住的嗚咽。

此時的我終於不再覺得孤單、不再覺得痛苦。原來只要有一個人就好，只要有一個人願意相信我就好，我還可以爲此堅持下去。

我終究必須承認，我對姜恒所懷抱的那份感情不是錯覺、不是錯誤，而是眞眞切切的存在……躲在姜恒的擁抱之中，我更加清楚地明白我們之間不是朋友，更不可能只是朋友的朋友。

我喜歡姜恒，早在我討厭他的時候、早在我畫出〈寂寞〉的時候、早在我根本不曉得的時候、早在我不能喜歡他的時候……

「姜恒，我——」

彷彿想要阻止些什麼，姜恒的手機登時響起。

他輕輕推開已經不再哭泣的我，從口袋裡取出手機後，先是看了看來電顯示，有點困惑地皺眉，滑開通話鍵的同時，往旁邊走了幾步，情緒還沉浸在上一秒的我，對於他這個舉動並沒有多想。

然而，當我看見姜恒才拿起手機放到耳邊，連一句完整的話都還未說出口，臉色卻忽然變得慘白時，我慌了，沒來由的恐懼瞬間籠罩了我。

「怎麼了?」我問，一把抓住姜恒的手臂，他臉上毫無血色，看起來像是隨時會昏倒似的，而且我發現姜恒正在發抖，於是更急著想知道到底發生什麼事?

姜恒倏地回過神，推開我就要往別處去。

「姜恒!」

「我再連絡妳，海光他……」

海光?

「海光他怎麼了?」我嚇壞了，抓住姜恒的手臂不肯放開，「你告訴我啊!海光發生什麼事?他到底怎麼了?」

姜恒連一個眼神也忘了給，就連推也沒推開我，好像忘記我的存在似的，逕自走到馬路邊攔了輛計程車離去，留下我一個人不知所措地面對全然未知的恐懼。

可是，我怎麼也想不到……

兩個星期之後，海光永遠離開了我們。

Chapter 8

我想睡，卻不知道該如何入睡，

找不到睡著的方法，噩夢就沒辦法醒……

我一直在等誰告訴我這是一場騙局，即使全世界用各種方法要我明白海光的離開已成事實，我還是倔強地不肯相信。

洪蘋的眼淚直掉，仰宗不時深呼吸壓抑情緒，我跟在他們身後，彷彿隔著現實與虛幻的距離，感覺不到悲傷，像是走在夢裡，不確定什麼是真、什麼是假，我還在等鬧鐘聲把我喚醒，等不及從這場噩夢脫離。

然而，每當我睜開眼睛，看見太陽升起，迎接我的卻是一次又一次的失望，每個遇見我的人似乎都用他們的眼神提醒我——

海光不在了。

他走了。

……怎麼可能？

照片上的海光笑得很燦爛，就像是昨天的他、也像是今天的他會有的樣子，可是，他們卻說，他不存在了。

看著佟媽媽抱著哭泣的洪蘋柔聲安撫，仰宗在一旁陪著她，陪同我們前來上香的班導正在和佟爸爸說話，宛如沒事人的我先一步走出藍白相間的帳外，平穩的情緒比誰都還要冷靜。

癌症。

放棄治療。

惡化。

我不願知道更多，越是了解海光離開的原因，他的離去越是眞實。無法擺脫那種不現實的荒謬，彷彿下一刻他又會露出像往常一樣的笑容、像往常一樣勾著我的肩、像往常一樣鼓勵我向前……

他不在了。

「……所以，海光休過學？」我問，問跟著我走出來的他。

姜恒點頭，霎時，心空了一下。

佟海光，得年十九歲。

訃聞上清楚地這麼記載，當下的震撼是難以言喻的複雜，儘管我一直都有感覺，海光不似我們所想，可是一旦這份感覺獲得了證實，我卻又不曉得該用什麼態度去面對。

原來我們之間隔著的距離，是那些他從來不曾訴說的祕密。

「有沒有那麼一次……你們有沒有想過要告訴我？」

姜恒望著我，以沉默代替了回答。

「就連最後他在醫院的時候也是？」我不死心，聽見自己的聲音帶著乞求，乞求一個即使是說謊也好的答案。

「他沒有打算告訴任何人。」

忍受不了心頭猛然的酸澀，儘管我明白在乎這些沒有意義，但我眞的以爲，以爲我在海光心中不屬於「任何人」之列，我以爲我可以是不同的、特別的、不一樣的存在。

到了最後，我終究是個外人。

「日荷……」

「我不想聽。」靜靜地對上姜恒的眼睛，他眼下的疲憊很明顯，我選擇忽略，此時此刻，我沒辦法平心靜氣地傾聽任何事。

甚至，我覺得很生氣。

氣海光、氣姜恒、氣自己。

我不懂我怎麼可以這麼蠢？爲什麼從來都沒有發現異狀？爲什麼自以爲和海光是好朋友，然後還像個白痴什麼都不知道？又憑什麼因爲姜恒幫海光保守祕密而覺得惱火？

我不是特別的。

於他，或者於他，我都不是。

我和姜恒的沉默並沒有持續很久，半晌，班導領著洪蘋、仰宗走出了海光家，見著我，他招招手，示意我們該離開了。

「日荷。」姜恒叫住我。

我沒有回頭，就是沒有。

直盯著腳下的步伐，背著陽光，看著自己的影子拉成半長不短的形狀，世界再次安靜了下來，只剩下我腦中的畫面放肆喧囂，我們走過的每一步都是回憶，而我正在走遠，彷彿當我回過頭，會看見他站在原地……

想起來時路上，班導提醒我們不能說再見，這會讓離開的人捨不得走——即使現在說了，他還能聽見嗎？他不給我說再見的機會，我來不及和他說再見，卻連現在也不能和他說，那我們什麼時候可以再見？

我們還能再見嗎？

……他不在了。

滑落的眼淚藏進枕頭，睜著眼睛，眼前卻是一片漆黑，我想睡，卻不知道該如何入睡，找不到睡著的方法，噩夢就沒辦法醒……如果醒了，你會在嗎？

開學第一天，我站在教室門口，愣怔地看著教室裡少了海光的存在，竟顯得如此空洞、陌生，我很害怕，怕得差點轉頭就跑……座位換了、幹部換了、掃地工作換了，所有我熟知的一切都不在了。

怎麼辦？

我沒辦法待在教室，適應不了本該適應的改變。我的隔壁座位不再是一片藍天與他的笑容，卸下班長的職務變得無所適從，還有那些隨時隨地竄過來的笑鬧、耳語、眼神……整個空間都在扭曲，四周的牆壁不斷地推擠、擠壓、變形，壓得我喘不過氣。

最後，我還是逃跑了。

茫然地走到操場，卻在邊緣止步，以爲來到這裡會好過一點，沒想到相同的恐懼依然，我不敢走近，只敢望著不遠處的草地，心裡亂成一片，思緒、畫面、聲音全都糾纏在一起。

「日荷，妳……妳還好嗎？」洪蘋的聲音在身後響起，刻意放輕的語調很不像她，聽起來好像怕我突然崩潰似的。

或許吧。

嘗到嘴邊的鹹味，我想我眞的快崩潰了。

「日荷，我們回教室好不好？」

「他不在了。」

「什麼？」

「他不在了，教室裡面沒有人在乎、沒有人關心。」我說，眼淚不聽使喚地掉落，「好像他不曾存在過似的，我討厭他們還可以笑、還可以嬉鬧，就好像沒有人記得……」

「我，想被記得。」

腦海中閃過海光說出這句話時的表情，還有好多畫面逐漸串連在一起，我忽然懂了、忽然明白了——原來他早就知道了，知道自己總有一天會提早離開，知道不是每個人都會記得他……

瞬間，遲來的痛苦一口氣擊潰了我，我開始大哭，無力地跪坐在地上，不停地哭著，滿腦子全是關於他的回憶，來不及說的話、來不及做的事，如果我知道他會離開、如果我知道他早就準備好離開——

這世界上沒有「如果當初」，所以我只能不甘心地大哭。

「日荷妳不要這樣，海光不會希望看到妳這樣的……」洪蘋抱著我，淚水跟著慌亂掉落，「妳、妳就當作他到國外去了嘛，出國旅行什麼的啊，不要這樣……」

「不一樣、不一樣！就算放假我也很少見到他，可是至少我知道他在那裡、他就是在那裡！活得好好的，在我想他的時候可以去找他、去見他，可是現在……他不在了啊！眞的不在了，他死了！」

最後三個字，打破了所有人小心翼翼保護著我的屏障，他們不敢在我面前說的那個字眼，被我說了出來。

佟海光，死了。

從此以後，我打的電話他再也不會接起、我傳的訊息他再也不會看見……再也不會有人在經過我的座位時偷偷用手指輕點我的背，再也不會有人勾著我的肩膀到處閒晃……他不在了。

佟海光，死了。

忘了是仰宗還是誰把我帶到健康中心，我沒有記憶、也沒有感覺，不論是誰和我說話，我都不知道自己回答了什麼，就連看見媽媽來接我回家，我還是感受不到任何情緒，只知道眼淚繼續無聲地掉著。

媽媽聽從輔導老師的建議，讓我在家休息幾天，等情緒平穩了再回校上課。我以爲我沒事，哭過了就會沒事，或許所有人都這麼認爲，可是淚水似乎帶走了我的一部分，我變得不太說話、不想與人互動，除了洪蘋和仰宗，我幾乎不和其他人交流，總是靜靜地待在座位上，靜靜地來去。

幾次模擬考過後，我回到美術教室接受美術老師的指導，過了一段日子，我退掉補習班的課程，放學回家就把自己關在房間畫圖，奇怪的是，爸媽並未對此多做攔阻，或許是輔導老師或心理醫生說了什麼吧？

隨便。

我不在乎。

我只是拚命地畫。

畫靜物、畫景、畫人、畫海光……站在畫布前面，我才感覺得到自己活著，依然活著，當我用筆帶過圖面，伴隨著石芯、炭筆、顏料的味道聽見自己的呼吸聲時，是我最能感覺到活著的時刻。

時間的流逝變得異常緩慢，卻也異常快速，高三生的生活重心被考試蠶食，模擬考日程取代了正確的時序感。

大家的心情跟著黑板右上方越來越小的數字逐漸拉緊，各班不時傳出有人在課堂上痛哭失聲的消息，可這些都只是不小心落入水中的小石子，一下子便悄無聲息。

很快地，我們換上冬季制服，考完據說是預估最準的一次模擬考，在眾人開心放寒假、玩樂等待過年的時候，學測終於到來。

考完當天，洪蘋站在考場門口狠狠大哭一場，仰宗和我陪著她玩了整晚，隔天醒來之後，她立刻振作精神，重新投入念書的戰場，準備迎接七月的指考，同一時間，我也和其他美術社的同學一起參加了術科考試。

來不及細想畫得如何、考得是好是壞，爲了準備面試的作品集已經占據了我全部的心思，整理著將近一年來累積的作品，我不曉得它們是否能夠得到教授們的青睞，這不是我所能決定的事。

然而，當我再次看見〈寂寞〉，看見那幅促使我走向不同道路的〈寂寞〉，我還是會想起海光，當然，還有他，那名站在黑夜之下望著我的男孩……

姜恒。

我不知道他考得好不好、過得好不好，我們沒再碰面、沒再連絡，儘管生活在同一個城市、擁有共同的回憶，卻像是從未認識過彼此，徹底地從對方的生活憑空消失……偶爾，我會想起他，僅止於想起，僅止於偶爾。

如此而已。

天氣轉暖，時序正式進入春天，各方面試宣告落幕，等待放榜的心情不似旁人那般忐忑，我其實很平靜，一旦盡了我所能做的努力，結果如何都能坦然接受。

仰宗如願申請到北部國立大學企管系，只不過，包括洪蘋，班上約莫一半的同學則是連榜單也不看，繼續爲了接下來的考試奮鬥。

一如學生美展那時的情景，獨招榜單公布當天，反而是美術老師比我還要開心，直接衝到班上抱著我團團轉，在她的強力推薦下，我選擇了位於關渡的藝術大學就讀美術系。

對於這個結果，爸爸只是笑了笑，要我加油。至於媽媽，從她的表情看不出什麼端倪，我沒有多問，也不想多問，事已至此，她可能再也不想插手管我的事，只是淡淡地要我們準備吃飯。

於是，日子就這樣過去，班上部分已經有大學可念的同學趁著空檔出國遊學，還有人相約請假環島，仰宗和我則是陪著洪蘋每天到圖書館自習，盡量不讓她萌生孤軍奮戰的感受。

「拜託，姊來一殺一，來一百殺一千，才沒這麼弱呢。」洪蘋咬著筆桿，從書中抬頭，「要是英文沒有失誤，我現在早就申請上台大逍遙自在。」

「更正確地說，要是妳現在有學校可念，說不定我們三個人早就在國外逍遙自在。」仰宗涼涼地回嘴，難得占了上風，「我眞該感謝小蘋果妳讓我知道畫卡畫錯格不是都市傳說。」

「你再講！」

「怎樣？我還要講給我孫子聽，不行嗎？」

「詛咒你住宿舍遇到打呼磨牙跟打雷一樣大聲的室友！」洪蘋拍桌。

「欸欸，這位考生，記得留點口德。」仰宗制止她拿著講義想往他頭上砸的舉動，「造口業是會落榜的哦。」

「曾仰宗！誰准你在考生面前講落——」

「同學！別人都不用念書了是不是！」圖書館阿姨手刀衝進來，只差沒揪著他倆的耳朵強迫離場，「再吵就把你們列入黑名單！」

四周瞬間恢復寧靜，只剩下他倆擠眉弄眼地繼續未完的無聲爭執，不到一會兒，我們又重新各忙各的，念書的念書、看小說的看小說、想事情發呆的……忽然開口說話了。

「其實，我不知道是不是該去念企管系。」仰宗說，平靜的口吻帶著一點茫然，「這是我想要的嗎？我好像從沒這麼問過自己，自從阿光——」

「仰宗！」洪蘋突地制止他往下說，使了個眼色。

「我沒事。」知道洪蘋是顧慮到我的心情，我對她笑了笑，表示自己眞的沒事，「繼續說下去吧。」

「阿光走了之後，」仰宗自然地接續，不得不說，我感激他的自然，「我開始會想，究竟什麼是我想要的？說實話，我不覺得接手家業哪裡不好，可是……那是我想要的嗎？我不知道。」

「啊，所以你想要怎麼樣？踏上環遊世界的旅程尋找自己？」洪蘋撇嘴，手中的筆敲著桌面，「你該搞清楚的是什麼叫做『想做的事』，不是面試過了嗎？近程、中程、遠程目標呀，老是想著一步登天，滿腦子不切實際的東西才不叫夢想，說是白日夢都嫌抬舉。」

「我沒那個意思，我只是覺得人生不過就短短數十年，有些事來得突然、超乎我們的想像，要是哪天我發現自己至今走過的路全都不是我想要的，所有的努力、成就都成了一場空的話，那該怎麼辦？」

「你就是太閒了才會想這些有的沒的。」

「是胡思亂想又怎麼樣？妳還是沒告訴我後悔了該怎麼辦啊。」

「曾仰宗你真的——」

「沒有一條路會是白走的。」對上他們投來的目光，我輕聲地說起海光曾經說過的話，「……最重要的是，我們必須過得快樂。」

我沒有告訴他們此話出自海光，原本有些火藥味的氣氛卻奇異地緩和了下來，不是無話可說的尷尬，而是一種特別平靜的氛圍。

也許是因爲如此，我不自覺地想起小時候從書上看見的一則傳說，當聊天忽然靜止的時候，便是天使經過的時刻。我們三個人的目光交會在一起，一股暖流盈上心頭，接著，我們同時笑了。

「……十八歲了啊，我們。」仰宗微笑，看著我和洪蘋，「以前總覺得還要好久才會成年，沒想到就這樣不知不覺地過了。」

沒有盛大的慶祝，沒有歡愉的鬧騰，所謂的「不知不覺」其實是我們刻意的遺忘，想起當初我們曾經那麼熱烈的盼望，如今卻有著說不出的悵然。

「眞沒想到那傢伙居然是學長。」洪蘋哼了一聲，撇開視線，想要掩飾泛紅的鼻尖，「學長還那麼幼稚，每次都偷吃我的餅乾！」

「偷吃就算了，他最愛凹我請客！」仰宗義憤塡膺地講完，頭一歪，搔搔後腦，「不過，說也奇怪，阿光猜拳爲什麼這麼厲害啊？現在想想也太神了吧，我好像沒有贏過。」

「還有，我最討厭他英文不用念就很強了！我們午休背單字背得半死，覺都沒得睡，結果佟海光睡到流口水，醒來還考滿分，讓人看了就一肚子火。」

「妳們還要慶幸自己是女生，身爲一個男生走在他旁邊根本摧毀自尊心，一大群學妹眼中只有『海光學長』、『海光學長』——」仰宗掐著嗓子模仿少女嬌嫩的嗓音，隨即又拍桌大喊：「哈囉，仰宗學長我是隱形人嗎？」

「你是隱形洋蔥。」

「沈日荷！」

大笑聲再度引來圖書館阿姨的關切，這回我們眞的被紅牌驅逐出場，手忙腳亂地衝出圖書館，看著彼此連書包都沒關好、驚魂未定地站在大門口的蠢樣子，笑得東倒西歪。

我們隨意坐在附近的階梯上，你一言我一語地講著海光的壞話、聊著他曾經做過的事，一起罵他、一起笑他、一起因爲想念他而紅了眼眶……

嗳，佟海光，如果說這就是你所期待的畫面，那我想，我們可以很大聲、很堅定地告訴你，我們不會忘記你。

我們很想你，你聽見了嗎？

時間的推移是一種不知不覺的必然。

眨眼，一年即逝，再眨眼，我們不再懵懂，也許在大人眼中仍是自以爲的成熟，可我們卻再也無法用青澀來形容自己。

「所以，畢展趕得怎麼樣？」洪蘋啜飲一口飲料，大眼睛眨呀眨地在我臉上來回檢視，「看妳黑眼圈都長到膝蓋了，應該差不多了吧？」

「嗯，大概黑到腳底板的時候就好了。」我舀弄著盤中的食物，連日來的熬夜讓我一點食慾也沒有，「仰宗什麼時候到台北？」

「沈日荷，妳畫圖畫傻啦？洋蔥昨天就到了啊，今天應該在醫院了吧。」洪蘋一邊說著，一邊往手機螢幕上點了幾下，不到片刻，鈴聲響起，百分之九十九是仰宗打來的。

眼看洪蘋電話講得熱烈，我揉著因爲睡眠不足而作痛的太陽穴，研判暫時沒有我的事情，視線轉到落著細雨的窗外，自顧自地發起呆來。

來台北讀書將近四年，說習慣也不到親近的程度，說陌生倒也不至於，至少不像初來乍到，搭捷運都很害怕搭反方向那麼小心謹慎。

若要用一個詞彙形容我的大學生活，「震撼教育」絕對當仁不讓。

說是與想像中的情景截然不同倒不盡然，只是它迫使我重新認識了自己。我知道自己不夠好，不管是基本功，或是那些難以用分數評量的創意，但這並不影響我內心的自傲。然而，打從開學第一天起，我就知道自己輸得非常徹底。

最初，我並不想承認自己的努力比不上別人信手拈來的一筆，不惜犧牲睡眠也想在課堂上交出最好的作業。只是，量化後的成績是顯而易見的殘酷，放不下的自尊讓我看不清爲什麼別人總是可以比我想得更好、畫得更美，即使他花費的時間比我還少？

忘了是多長的一段時日，我一直處在情緒的谷底，望著空白的畫布，思緒完全停滯，質疑自己是不是錯了？是不是應該在還能回頭的時候轉系、重考？反正，再怎麼努力也贏不過與生俱來的天分，不是嗎？

我沒辦法向誰傾訴我的不安，這是我所選擇的道路……

「──他在淡水。」

「什麼？」我沒聽清楚。

「洋蔥說他在淡水。」大概是我看起來眞的很累，洪蘋難得沒計較我的失神，抬頭確認了下牆上的時鐘，「啊，怎麼辦？我待會還要回系上核對資料。」

「我可以幫妳呀。」我說。只是拿點土產而已，不是特別麻煩的事。

「眞的？」洪蘋眼睛都亮了，想了想之後說道：「那我叫他到關渡跟妳會合，這樣應該比較方便吧？」

我點頭，這樣的確不用多繞一圈。

「對不起，我沒想到那傢伙居然會跑去淡水。」洪蘋一邊說著，一邊拿起手機貼近耳邊，「我就叫他不要亂跑了，不是說來台北上課的嗎？怎麼突然跑去觀光了！喂，曾仰宗！」

說到仰宗，他大一上學期休學的事情在當時鬧得沸沸揚揚，許多同學透過網路詢問我和洪蘋他是不是碰到什麼挫折，否則怎麼會這麼想不開？不只旁人如此作想，仰宗的家人更是無法理解他的決定。

重拾書本的辛苦自然不在話下，仰宗甚至選擇了與先前不同的第三類組。少了家人的支持，重考的生活並不好過，默默承受著壓力和眾人不看好的目光，仰宗從來不曾向我們喊過一聲苦。

還記得考試之前，我問仰宗不怕嗎？不論是選擇休學，或是面對重考，都有可能不一定會更好，難道他眞的不會害怕嗎？

仰宗聽完我的疑問，先是笑了笑，表情已經不像高三時那般無措，取而代之的，是灑脫的坦然。

「如果感覺不對，那就重新再來吧。」他說，我能看見自信在他的臉上閃耀，「反正，沒有一條路會是白走的，對吧？」

幾個月後，仰宗一舉考上了一所位於南部的國立大學醫學系。

托高中班導的宣傳之賜，這段經歷在高中母校流傳得宛如神話，不少學弟妹把仰宗當成神在拜，舉凡有關升學的問題都會找他求神問卜兼解惑，訊息多得回不完。

「那就麻煩妳啦，日荷。」走出店外，洪蘋捏捏我的手臂，「土產妳可以拿去吃沒關係，找時間我再叫仰宗請我們吃飯。」

「妳少坑他一點。」連我都想幫仰宗的荷包喊痛。

「才不要，有坑該坑直需坑啊！況且，他這口醫生井估計坑個五、六十年不怕乾涸吧？」洪蘋賊賊地笑，突然，那抹賊笑又添了點曖昧，「不多聊了，妳的大俠學長降臨，可憐的單身女子搭捷運去啦，拜拜。」

她三八地推我一下，逕自撐起傘走入雨中，走得乾脆俐落，連回話反駁的機會都不留給我，看著她的背影，我無奈地嘆口氣，轉過身，視線馬上找到那輛停在對向、閃著雙黃燈的白色轎車。

洪蘋口中的大俠學長，便是白色轎車的主人，也就是現在撐著傘朝我走來的那名男子，任韶陽。

「小花，聊得開心嗎？」他讓出傘下的位置讓我加入。

「你沒有忘記我的顏料吧？」我沒理會任韶陽的問句，跟著他走過馬路，熟練地打開副駕駛座的車門入座。

「顏料在後車廂。」任韶陽坐進車內，不忘提醒我繫好安全帶，「顏料比我還重要是不是？我很有耐心地再問一次：小花，聊得開心嗎？」

「第一個問題，是的，顏料的確比你重要得多。」我面不改色地說，車子此時安穩地駛入內車道，「第二個問題，當然很開心，另外麻煩你待會在捷運站放我下車。」

「幹麼？」他問。

「什麼幹麼？」我回。

「下了我的車之後，又要偷偷搭捷運去哪兒玩耍啊？」任韶陽很不符合形象地嘟起嘴，「不要，我不要載妳去捷運站，我要載妳回家！」

「白痴，」我失笑，「我高中朋友來台北啦，約在捷運站跟他拿東西。」

「正所謂有朋自遠方來，不亦樂乎，身爲小花師妹的師兄，韶陽哥我自然要有個好哥哥的榜樣。打個電話，哥請妳們吃飯。」

「任韶陽，夠囉。」他眞的有夠煩。

「學妹，我認眞的。」任韶陽打了方向盤左轉，故作深思般地蹙起眉宇，「妳朋友有沒有男朋友，沒有的話，務必推薦哥——」

「男的。」

「那算了。」

我大笑，罵他眞的很現實。

其實，任韶陽並不是美術系的學長，他是藝術行政碩班的學生，我和他的認識是一場意外、和他熟識更是意外中的意外……要不是他的出現，或許我的大學生活不會有現在的平順，我很感謝他。

「小花，畢業之後妳想要做什麼？」趁著紅燈，任韶陽轉頭問我。

聞言，我沒把心中的遲疑表現出來，只是聳聳肩，裝作無意地閃過他的目光，專注凝視著前方的倒數號誌燈。

「沒有特別想去哪的話，要不要來我這？」

「……快綠燈了。」我指著前方。

「還有二十秒。」任韶陽迅速地看了一眼號誌，又轉頭問我一次，「說眞的，我們給的薪水雖然沒多到可以當柴燒，但也夠讓妳每天都喝特大杯星巴克暖暖身子了，如何？」

我盯著他不肯說話，任韶陽也是，就這樣和我對看。

直到後方車輛的喇叭不耐地催促，任韶陽才不得不放棄，他一聲輕嘆，重新把注意力拉回駕駛，嘴上還是不停地補充到他那邊工作的好處。

我當然知道這是個好機會。

任韶陽家中從事藝術產業，主要營運範疇包括作品經紀、藝廊、美術教室等等，他不是第一次和我提起工作的事，只是從來沒逼我給出個答覆。

「不然，要不要先來公司看看？」任韶陽提起幾個職缺，簡單介紹完工作內容後，讓我找時間跟他一起去觀摩。

「……我會考慮。」就算再怎麼想避而不談，也該是思考出路的時候了……深呼吸，我試著緩和胸口的鬱悶。

大概是察覺我的情緒有些低落，任韶陽不再繼續在這個話題上打轉，爲了活絡車內過於安靜的氣氛，他隨便跟我聊了點學校的事。

車子右轉進入大度路，直行不久便能看見關渡站的屋頂，任韶陽在捷運站附近停妥車子，他問要不要在原地等我，因爲租屋處並不遠，我沒多想就拒絕了。

站前停駐的人不多，一眼望去，沒看見仰宗的身影。

「喂，你在哪？」通話才接起，那方一陣嘈雜，話筒傳來捷運特有的警示聲，接著是門砰地關上，啓動加速的聲響，「……曾仰宗？」

「幫我拿一下，謝謝──」

是仰宗的聲音沒錯，可是這意義不明的回答是什麼？

我沒來得及想透，仰宗很快又說：「日荷，聽得到嗎？」

「聽得到。你在捷運上嗎？」我問。

「對，下一站就到了。」也許是因爲車廂內乘客很多的關係，他刻意壓低音量，我們約好在出口碰面後便結束通話。

不知爲何，心裡總覺得難以平靜，彷彿有種將要發生什麼事的預感……我找不到原因，只得將這份不安歸咎於近日的睡眠不足。

畢竟，就連仰宗見到我也是用一聲驚呼當作許久未見的招呼。

「靠，沈日荷，妳幾天沒睡啊？」他的笑臉垮下，半是生氣地看著我，「我告訴妳，不要仗著年輕就熬夜，妳知道人的肝指數——」

接下來是一長串沒完沒了的醫學用語和醫療小叮嚀，我必須承認我都在放空，因爲我若是不忽略那一大段話，乖乖一字不漏地聽進耳裡，不用三秒，我肯定會在人來人往的捷運站上演即刻入睡的戲碼。

「——妳懂嗎？」

結束了？

猛然回神，對上仰宗一雙醫者父母心的慈藹眼神，我連忙點點頭，速度適中，盡力表現出痛改前非的態度，不讓他發現病人根本把他的話當耳邊風。

「對了，小蘋果的土產，」仰宗將兩手的大袋子移交給我，扛畫箱、畫布久了，這些都只是小菜一碟。「不好意思讓妳多跑一趟，裡面有兩包魚酥算是給妳賠罪。」

「幹麼這麼客氣？」我笑了笑。

「應該的。」

「可是我比較喜歡鐵蛋耶。」

仰宗臉又垮了，直說我被洪蘋帶壞，以前的我是多麼親切可人、多麼溫良恭儉讓……被他說得我都不認識自己了。

我問他爲什麼突然跑到淡水，仰宗一臉無奈地告訴我，原本說好早上的參訪結束後就是自由活動，沒想到老師忽然福至心靈想吃阿給，他自己想吃就算了，還硬要請客，不准任何一個人缺席，甚至撂下狠話，說偷跑的以後也不用來上課了，說是什麼要讓同學們嘗嘗他初戀的味道……

「聽到這種話，誰還吃得下去？阿給都不阿給了……」仰宗敲敲胸口，裝出一副胃食道逆流的苦瓜臉。

「至少賺到一餐嘛。」事不關己，我話講得很輕鬆。

聽出我的敷衍，仰宗哀怨地瞪我。

「不過妳絕對想不到我這次來台北遇到誰？」

嘴邊那一句「誰」還沒問出口，我就看見他了——看著他走出捷運站的那一刻，我不知道我爲什麼想哭，也不知道我爲什麼想逃跑，腦袋一片空白，內心卻是一場混亂。

姜恒。

「小花。」

身後，卻是忽然出現的任韶陽。

這應該是我人生中最坐立不安的一次晚餐。

想不到任韶陽會因爲我忘記拿顏料而回頭找我，想不到仰宗會在醫院遇到姜恒，想不到姜恒會答應仰宗的邀約和我一起吃飯……更想不到因爲任韶陽說要請客，我們四人會像現在這樣同坐一桌。

我吃不下，我想回家。

「妳還好嗎？」

看見他的身影出現在鏡子裡，我不由得一怔。

「嗯。」我低頭，再次浸濕才剛擦乾的手，想要掩飾見到他的慌亂，「……你不回去吃飯嗎？甜點應該上來了吧。」

姜恒沒回話，等我再次鼓起勇氣抬頭，他人已經回到座位。這是我們見面後第一次交談，然而，直到用餐結束為止，我們再也沒說過半句話。

就像是陌生人一樣。

「小花姊，妳買這麼多酒幹麼？」便利商店的工讀生小安差點嚇掉下巴，「買醉？還是開趴啊？喝酒不好啦，妳又不睡覺，這樣會暴斃……」

「小安。」我瞪他，見小安識相地噤聲，我才滿意地點頭，「乖，閉嘴，結帳。」

結完帳，我沒急著回家，即使手上提著兩大袋土產、一箱顏料，如今又多了兩手啤酒……其實我也不知道自己想幹麼，坐在便利商店的白色座椅上，假裝沒看見小安既是關注、又帶著八卦的眼神，我直接打開啤酒喝了一口。

喝了一口的啤酒，要不喝完、要不浪費……想著，我又喝了一口，麥味的苦澀滑入喉頭，想不透為什麼有這麼多人喜歡喝酒，卻又想不到有更好的方式消解這沒來由的煩悶。

春天的天氣一向很難捉摸，我習慣加件針織外套禦寒，由於酒精起了效應，感覺身體熱了起來，外套自然被我丟到一旁，手上冰涼的啤酒倒是一口一口未曾停歇地喝下。

若從外人的眼光看來，一定會覺得我很奇怪。

因為連我也覺得自己奇怪。我不懂，我幹麼為了姜恒的出現亂了陣腳？都幾年沒見的人了，不管曾經有過什麼樣的過去、什麼樣的感情，那都是過去式了，不是嗎？

「沈日荷。」

「我認識你嗎？」

姜恒面無表情地看著我，好像我多無理取鬧。

事實上，我是眞的想裝作不認識他。

他變了。

然而那僅僅是外表上的改變，其他的一切，依然熟悉得令我顫慄……

我很清楚，就算姜恒變得不再是他現在的模樣，不管他是在人群之中，還是和我擦身而過，我都能在瞬間認出他來。

姜恒就是姜恒，我知道。

「……要不要喝？」厭倦僵持，我遞了一罐啤酒過去。

他沒說話，只是盯著我看，久到我以爲他下一刻就會轉身就走，我的心臟因爲酒精而跳得飛快，害我沒能釐清自己比較期待哪個結果，是希望他離開、還是留下……

嗯，他坐下了。

我不想承認我鬆了口氣，同時也爲了這樣的自己感到生氣。天啊，肯定是酒精的緣故，我簡直矛盾得可以。

沉默地喝著啤酒，喝完了第二罐、第三罐，一手啤酒不到一個小時便統統解決了，我們卻還是一句話都沒有說。

中途去便利商店上廁所的時候，小安趁著補鮮食的空檔跑來問我姜恒是誰？

面對這個問題，我突然不知道該如何回答，說是同學也不是，至於朋友……我說不出口，最後，我只是用笑容帶過。

可是小安似乎朝另一個方向解讀，彷彿得知了什麼重大消息似的，神情曖昧地保證他會幫我保密，讓我不用擔心，自顧自說完後，人又笑嘻嘻地跑去拖地。本來想要叫住他，向他解釋，卻又覺得沒那個必要。

反正，明日太陽升起之前，我和姜恒就會退回到陌生人的距離。

抱持著這個想法，我看著站在對面的姜恒，不再感到莫名的不安，過於直接的目光在他臉上、身上一吋吋地掃著，心裡的想法很雜亂，有時候會突然想著原來姜恒的喉結這麼明顯，有時候則只是想問他最近過得好嗎。

我不知道我究竟有沒有問出口，他的出現就像是一場夢，那些我作過無數次的夢，不眞實、不眞切，總在醒來的那一刻消失無蹤。

姜恒朝我走近，很近。

近到我只能看見他宛如夜空的眼睛。

姜恒。

失去意識的前一秒，我似乎喊了他的名字。

Chapter 9

如今，我所能做的就是過好自己的生活。

簡單，卻很難。

拉上窗簾的房裡一片漆黑，尚未適應的眼睛不管睜著、閉著，看見的世界都是一樣的，只是……身後傳來的呼吸聲淺淺地起伏，我花了好一段時間做好心理建設，才小心翼翼地翻過身子，確認他的存在不是我的幻想。

眞的是他。

「……哭什麼？」

當我聽見他帶著一點焦躁的問句時，已經不曉得哭了多久，在他溫暖的懷裡，感覺他笨拙的大手在我背上輕拍，許久未落的眼淚不聽使喚，拚命、拚命地落下。

夢裡所見的究竟是不是眞實，我無暇去顧，每一個畫面都觸動了我原以爲不再心傷的痛楚。

聽見自己哭出聲音，我更控制不了情緒，姜恒攬著我的手臂也更用力了些，聽見他的心跳穩定地跳動，反而讓我哭得更凶了。

就連何時睡去都沒了印象，等我再次醒來，天色已經轉亮。

可能是我昨晚沒說明緣由的大哭，讓姜恒即使在睡夢中還是眉宇緊蹙，手依然鬆鬆地圈著我，爲了不吵醒他，我光是起身就費了好一會兒功夫，輕手輕腳地先到浴室整理儀容，再拿著錢包匆匆出門。

終於，我的冷靜在巷口消失無蹤，後知後覺的緊張猛然襲來，吁出一大口氣，我必須扶著電線桿才不至於腿軟，尤其是想起自己昨夜在姜恒懷中大哭的畫面。

天哪。

「小花，妳是不是發燒啦？臉紅通通的耶。」早餐店老闆一邊煎蛋餅，一邊觀察我聞言頓時一僵的表情，「唉，妳們這些美術系的學生我看多了啦，每次趕起作品來，三天三夜沒睡覺是家常便飯，可是叔叔告訴妳，身體不是鐵打的，要顧、要養……」

陪著笑，我只能不斷點頭稱是。

爲什麼我身邊的男人都這麼聒噪、這麼雞婆呢？

好不容易聽完老闆的養生小講座，提著早餐回到家門前，我不曉得做了幾次深呼吸，身體就是不聽使喚，乾瞪著門，卻怎樣也不敢靠近。

奇怪，這是我家啊，我幹麼要怕？

不對，我不是怕，我只是……尷尬，沒錯，尷尬。

用力閉了閉眼，我打算數過三秒後就上前開門。

三、二——

門開了。

姜恒從裡頭衝出來。

「呃，早……」我嚇傻了，反射性地打招呼。

他瞪著我，不知道在生什麼氣。

姜恒居然在生氣。

「妳去哪？」他問。

「買、買早餐。」

我不自覺地舉起手上的塑膠袋，讓他看得更仔細一點，塑膠袋裡裝著兩人份的早餐，怕他吃不飽，我還多買一份三明治。

「……進來吧。」半晌，姜恒訕訕地讓出通道。

這是我家吧？經過他身邊的時候我突然想到，不過也無所謂了，剛睡醒時腦袋總是比較轉不過來。我在桌上放下早餐，姜恒則到浴室梳洗。

沒有廚房和客廳，這間小套房位於學校山下的公寓，其他樓層的房客都是學校的學生，對於彼此的作息很能相互體諒，儘管不到熟識的程度，可偶爾我們會應房東的邀請一起吃頓飯，聯絡感情。

戳開紅茶的封膜，姜恒正好從浴室出來。

就像是昨晚在便利商店裡的情況重演，我們依舊沉默地吃著各自的餐點，除了外頭的車聲以外，室內寂靜一片，直到我終於受不了打開電視，眼睛盯著新聞，其實半點都沒看進去。

姜恒的存在讓我的感官失去了作用。

「過得好嗎？」忽地，他開口。

我僵了一下，「……還可以。」

「嗯。」

「你呢？」我接著問。說來，我連他現在就讀什麼科系都不知道，四年多了，對於現在的姜恒，我一無所知。

他沒回答我，反而問了另一個問題。

「家人都接受了？」

「不管我而已。」我說，語氣是連自己都訝異的雲淡風輕。接受，是件太難的事。

自從上了大學，我和媽媽的關係也停在我決定就讀美術系的那一刻，沒有變好，沒有惡化，或許這對我們來說也算是一種和解吧。

我希望是如此，我希望自己這麼認為。

客觀來說，我的學校絕不算差，甚至很好，好到不是每個想念的人都能去念，可我終究必須承認，我口中的蜜糖是媽媽眼中的毒藥，她不會理解、也從來不想理解我的決定。

當我親眼目睹面對親戚們的疑問時，她的態度是多麼想要避而不談……我受傷了，可又能怎麼辦？我不再期待總有一天她會為我鼓掌，時間也許是解藥，但那也只是讓她眼中的我不再那麼罪無可赦。

如今，我所能做的就是過好自己的生活。

簡單，卻很難。

「他人很好。」

「誰？」我起身，收拾著用過的餐盒，隨口問道。

「任韶陽。」

沒想到會從姜恒口中聽見任韶陽的名字，有那麼一瞬，我忽然有些心虛，甚至想著要怎麼敷衍帶過……遇上姜恒，我整個人都不對勁。

「他……」

「他很像海光。」

我的動作停了，許久，我只是呆愣在洗手台前面，任憑水流不斷沖刷。

「你們在一起嗎？」

關上水龍頭，我的視線躲開牆上的鏡子，拿著沖洗乾淨的紙盒走出浴室，丟進房間角落的回收桶，順道整理起附近的雜物。

「多久了？」

先前亂丟的餅乾盒標籤黏在地上，早知道就不要貪圖一時的方便，我使勁剝著標籤邊緣，無奈黏膠已經死死地貼住磁磚。

「看得出來他對妳很好，昨天……」

猛地一扯，潔白的地面出現了斑駁的殘膠，刺目得讓人覺得煩躁，耳邊盡是姜恒的聲音，聽他說著任韶陽和我的事情，我不曉得該做何反應。

不，老實說，我覺得很煩。

「日荷——」

「你說這些要做什麼？」我站起身，迎向他的目光，聽見自己的呼吸變得急促，「任韶陽對我好不好關你什麼事？我現在過得好不好關你什麼事？突然闖進別人好不容易安定的生活，說些自以爲關心的話，然後呢？」

相較於我的激動，姜恒只是平靜地與我對視，這讓我顯得很愚蠢，好像只有我一個人爲了微不足道的小事發神經。明知如此，我就是沒辦法控制自己。

「我很好，姜恒，你聽清楚了，我過得很好。」我說，眼前不爭氣地模糊一片，「好到不需要你自以爲是的揣測、好到不需要你擅作主張的關心、好到不需要你的出現、好到……」

哽住了喉頭，我不甘心地撇過頭，不讓他看見我掉落的眼淚，好多的回憶一湧而上，過了這麼久，卻還是清晰得讓人心痛。

錯過的、失去的、以爲早已遺忘的……

「我不好。」

逆著光，姜恒這麼對我說。

他憑什麼不好？

後來，我從仰宗那邊聽說姜恒現在是第一學府的醫學生，聰明、認眞，理所當然深受教授的喜愛，果然，天資聰穎的人不管想做什麼都辦得到。

用力撥開顏料管上乾掉的顏料，我把解不開的怒氣和困惑全發洩在畫作上。

那日之後，姜恒又消失了。

就像是先前的種種矛盾心情，我分不清我到底是希望他繼續出現、還是就此遠離？我對這樣的自己感到生氣，也爲姜恒果眞如我所料的消失而覺得鬱悶。再次回想起那天的一切，這幾日來，我已經在腦海中複習了不下百回。

尤其是他那句不好。

他憑什麼不好？

「小花。」

認眞觀察身旁這名男子，眉宇、鼻子、唇角……他身上每處我都仔細地看過一回，我想不透姜恒說的像是像在哪裡。

「……一點也不像。」

「我雖然不知道妳在說什麼，可是我好像有點受傷耶。」任韶陽可憐兮兮地作捧心狀。

我沒理會他，逕自沉浸在思緒裡。

眞要說的話，或許是笑容？不對，其實連整個人散發的感覺都很像……看著任韶陽，我的心情忽然複雜起來，爲什麼我從來沒有發現？還是其實我早就知道了，只是假裝沒有發現？

如果海光還活著的話——

「小花？」

「我沒事。」下意識擋住任韶陽想要探向我的手，我開始整理座位旁的物品。

任韶陽見狀，起身幫我收拾，「要走了？」

「啊？嗯，差不多了。」要不然再待下去，我不曉得會畫出什麼東西。

我重新檢視身前的六十號畫布，原先的創作理念早在幾天前跑了調，現在的它活生生就是憤怒交織而成的畫作。

……都是姜恒害的。

「我很喜歡這幅。」

「什麼？」我愣住，看向雙手環胸的任韶陽。

「怎麼？我說喜歡不好嗎？」他笑了笑，一副鑑賞家的樣子……其實他本來就是，任韶陽的本業本來就是藝品經紀人，「不論技巧，這絕對是一幅很有感情的作品，很像妳高中畫的那一幅——」

「〈寂寞〉。」

「沒錯！〈寂寞〉！很有〈寂寞〉的味道。」任韶陽拍掌，滿意地點點頭，又笑著說：「話說回來，我們也是因爲〈寂寞〉才認識的，不是嗎？」

的確，若是沒有〈寂寞〉，我就不會認識任韶陽，若是沒有認識任韶陽，或許……我也不會是現在的我。

大二那年，任韶陽的一句話讓我走出了畫地自限的谷底。在那之前，我從來不認爲一個人的隻言片語能如此深刻地影響他人，甚至讓一個人從瀕臨放棄的邊緣被拉了回來。而那也不是什麼警世名言，僅僅只是一句「我喜歡」。

約莫是某個秋日的午後，那時的我心繫著與洪蘋的晚餐約會，匆匆提著畫箱從工作室離開，校園裡人來人往，我向來不太注意身旁的動靜，要不是任韶陽叫住了我，我們可能就這樣擦身而過。

「同學，妳認識畫這幅作品的人嗎？」他指著某本刊物上的畫作問。

比起低頭看向他手中的刊物，我直接被他的笑容所吸引。

燦爛，刺眼。

就像是我記憶中的某個畫面。

「同學？」

「抱歉，你說……」我回過神，連忙看向他所說的作品。

「這幅。」

任韶陽當時所指的，就是〈寂寞〉。

我忘不了當他知道那幅畫的作者就是他隨便在路上抓到的人時，他所發出的大笑聲，很自然、很暢快，有種無懼他人目光的恣意，任韶陽給人的印象永遠都是熱情，並且溫暖。如同他的名字，韶陽，美好的陽光。

後來，任韶陽有空就會來工作室找我，當然我並不是時時刻刻都窩在那裡，若是找不到我，任韶陽就會發揮他自來熟的功力，大方地和其他同學聊天，也多虧了他，本來相處一年多卻還不熟的同學開始「小花」、「小花」的喊我，吃飯、出遊也不忘算我一份。

只是那時的我還處在繪畫的低潮，推辭的次數遠多於應允。

「畫不出來？」任韶陽看著我許久未動的畫筆，直接了當地問。

被他的發言嚇了一跳，一時之間，我是有些生氣的，覺得他幹麼打擾別人，還擅自問了很沒禮貌的問題……可是，他說得又沒有錯，我不過就是被戳到痛處，所以惱羞成怒罷了。

「我可能不適合畫圖吧。」

「怎麼說？」他問。

看著眼前的畫布，我不禁捫心自問：曾幾何時，這塊原本讓我感到興奮、迫不及待想要揮灑的空白，爲何會在不知不覺間，成了令我感到恐懼與壓力的白色恐怖？

我以爲考上了美術系，我的夢想就會實現，可實際上呢？

來到這裡，我才深刻地明白，我的想法是多麼天眞，我的動機是多麼可笑，我根本什麼都沒想好，什麼都不懂……

我不知道自己想要什麼。

這裡沒有人有耐心等我慢慢成長，我知道自己不夠好，別人當然也知道，沒人會同情我的迷惘，更何況是我交出去的作品迷惘到一團混亂，更休想得到一分一毫的鼓勵和安慰。

強烈的批評指教是預想得到的狀況，可怕的是，當我陷入頹喪的時候，卻見身旁的同學是如此才華洋溢，光芒盡現的讓人自慚形穢，那種無形中的比較，壓力之巨大，幾乎要將搖搖欲墜的我一拳擊潰。

漸漸地，我懷疑自己是不是走錯了路？懷疑自己是不是根本不該在這裡？不是後悔，而是一種深深的自我否定，就連拿起畫筆都會猶豫，還沒下筆就覺得一定會畫出一幅爛作品……

「年輕眞好啊，小花。」聽完我的困境，任韶陽笑了。

「什麼？」

「相信我，再過幾年，那時的妳回想起現在的自己，一定也會這麼覺得。」任韶陽明明是笑著，卻沒有不把別人的煩惱當一回事的輕佻，「徬徨、茫然，或者是失敗，都沒有什麼不好呀，這是尋找自己的必經之路。」

我蹙起眉，對於他所說的這些毫無共鳴，只覺得他話可以講得如此輕鬆，不過是因爲這不是他所遇到的問題。

發現我的不以爲然，任韶陽倒也沒急著往下解釋，就像沒有一定要得到我的認同，他的態度仍然輕鬆隨意。

「面對困難，我們可以有很多解決方法，起而戰鬥，或者轉身逃跑，都是，沒有人可以告訴妳哪一種才是正確的。其實我覺得逃跑也很好，想想，要逃得掉也很不容易耶。」任韶陽似乎是被自己逗笑，眼角有著淺淺的笑紋，「可是，小花妳不是選擇了面對嗎？而且，妳也好好地撐下來了，直到現在。」

妳做得很好。他看著我，如此說道。

那一刻，我有點想哭。

「等妳長大，出了社會，就會發現跌倒不再是一件站起來、拍拍褲子的灰塵就好這麼簡單的事。」收斂起笑容，長我幾歲的任韶陽看起來比以往嘻皮笑臉的樣子成熟許多，「雖說人是從失敗中學習，進而找到眞正的自己，可是能夠盡情跌倒、盡情失敗的時候，也只有學生時代了。」

我似懂非懂，似是理解，卻又想反駁。我明白在任韶陽眼中，我就是年輕懵懂的孩子，遇到一丁點困難就好像面臨世界末日，不過，或許我只是過於以自我為中心，他沒這樣想也說不定……

「別急，一切會好轉的。」

「是嗎？」我很懷疑，習慣性地陷入負面情緒的迴圈，「你不懂，連我的家人都不支持我了，還有誰——」

「我啊。」

「你？」我瞠大眼。

「小花，別忘了我們是怎麼認識的，我很喜歡妳的畫，往後也會期待妳的畫。」任韶陽望著我，眼神眞摯，「妳明白嗎？」

事實上，我不怎麼明白。

就像任韶陽說的那些長篇大論，我沒有照單全收一樣，任韶陽所說的喜歡到底是爲了什麼，其實我並不懂，可是，我想我不必強要一個原因。

創作就是那麼回事。

我們求得不多，只求有人喜歡，有人認同，有人支持……

宛如不著痕跡的蝴蝶效應，聽完任韶陽的這一句「喜歡」，我的心態逐漸改變，不再急於想要擺脫瓶頸，也不再與同學比較，每天爲了自己到底畫得夠不夠好而感到患得患失。

一旦找回作品與內心的平衡，一切便如同任韶陽所說的開始好轉，與此同時，我認清了自己的能耐、決心，以及熱情，都不足以使我聲名大噪，更或是賴以爲生，我承認，並且接受。

但要是如此，我還能做什麼呢？

我沒有答案。

我什麼都沒有，現在的我只能竭盡所能地汲取學校給予的知識，光是這樣便已經占滿我所有的心思，至於未來，我沒有多餘的時間去想。

「……畢展結束之後，帶我去參觀公司吧？」從回憶中回過神，不知哪來的衝動，我突然開口要求。

正在觀察畫作的任韶陽反應不及，過了幾秒才答：「什麼？噢，好、好啊，當然好。」

我爲他傻愣的樣子發笑，提起畫箱往門口走去，任韶陽隨即自動跟上。

踏出工作室，外頭的陽光太炫目，我差點睜不開眼，就在這個時候，手上的重量忽地一輕，任韶陽接過了畫箱。

「我來吧。」他笑，逕自走在前面。

我愣住了。

不只因爲這是我們認識以來，任韶陽第一次幫我提畫箱，還有那個在腦海中一閃而過、卻教我莫名心慌的身影……

姜恒。

當天晚上，姜恒出現在我家門口。

我不知道他來幹麼，才剛走到樓梯的轉角處，就發現他在我家門前，心中的怒火忍不住開始醞釀，可就在我越走越近、看得越來越清楚時，那股怒氣逐漸轉化成疑惑，最後演變成不知該氣還是該笑。

他不是站著，更不是醒著。

姜恒坐著，睡在我家門口。

「喂。」我用腳輕踢他的鞋子。

「……嗯。」

嗯個——

按捺住脾氣，見姜恒睡得極熟，不得已只好蹲下來，推推他的肩膀，希望能把他叫醒，偏偏這傢伙不知道是多久沒睡覺了，不管我推得再大力都沒有反應。

沒辦法，我起身環顧四週，雖然是住慣了的房子，對附近的治安也很有信心，可是夜深人靜誰知道會發生什麼事，總不能讓他就這麼睡在樓梯間吧……

低頭望著手中的鑰匙，我再次看了看姜恒的睡臉，心想這眞的只能使出下下策了，眞的，我並沒有因爲想像可能的畫面而不受控制地揚起嘴角。做好心理準備，我安靜地旋開鎖，然後，用力地推開門——

姜恒的身子頓時向後傾倒，原先闔得死緊的眼睛猛地張開，雙手雙腳反射性爲了保持平衡而舉得老高，啪地一聲，他用手撐住地板，醒是醒了，但是人也嚇傻了，依然呆坐在原地，許久說不出話來。

「姜恒，你、你還好嗎？」看他這樣，我忽然有點愧疚，明白自己做得太過火了些，「那個，因爲我叫不醒你，所以……」

「沒事。」他低頭，抹了抹臉。

「眞的？」

「嗯。」

「那……我可以進去了嗎？」這是我家，我幹麼問他啊？我再次後知後覺地想起，可看著姜恒還坐在地上，我自知理虧，「姜恒，你要進來嗎？」

「嗯。」

聽他應聲，我拉著門等他。

反正，他會出現在這裡就是來找我的，雖說本來是不打算讓他進家門，想著在外面講清楚就好，但誰又想得到會鬧出這一樁？

世事難料。

姜恒過了幾秒後才站起身，表情恢復平素的冷靜自持，剛才那一瞬間的慌亂、呆傻就像是錯覺一樣消失得無影無蹤，連點蛛絲馬跡都找不著。

「你吃飯了嗎？」我順口問。

「還沒。」

「那邊有泡麵。」我隨手指了電視旁的五斗櫃。

姜恒先是順著我的指示瞥了眼櫃子，接著轉頭看我，「妳吃過了？」

他這個人很奇怪，明明是一樣的眼神，卻總是能傳達出不同的訊息……

我抿住唇，我的確是吃過了，而且是和任韶陽一起吃的，可是那又怎樣？我爲什麼要覺得心虛？

「……熱水在那。」說完，我不再招呼他，自顧自地拿出畫具。

除了大型作品留在學校工作室以外，幾幅較小的作品因爲搬運方便，我都在家中進行，否則成天待在學校沒日沒夜的趕圖，對於需要獨處空間的我來說，實在有些窒息。

凝神在眼前的畫布上，我聽不見外界的聲響，只在乎讓筆下的色彩一筆筆構築出我想像中的畫面，稍微跑調一點不要緊，我接受那樣的意外，後退一步，臨時起意在某個部分添上一抹鮮黃——

「畢展在什麼時候？」姜恒的聲音打斷了我的專心致意。

停下筆，我回過身，發現他已經吃完泡麵，桌面整理得乾乾淨淨，疑惑地看了牆上的時鐘一眼，正值九點半，時間不知不覺過了兩個小時。

姜恒居然一聲不吭地看著我兩個小時。

「五月底。」抿抿唇，我說。

「曾仰宗會去嗎？」

我點點頭。仰宗、洪蘋他們說好要送花給我，還說要請工人搬一大盆水池來，因爲他們要送的是荷花……眞是夠了。

「我可以去嗎？」

「你要來？」

他看著我，一如往常地面無表情，「不行嗎？」

「沒有不行啊。」沒預料到他會這樣回應，我有點慌，「反正是開放式的展覽，誰都可以來，我又沒那個權力在門上寫狗和姜恒不得進入……」

「狗？」

「我的意思是——」我頓時語塞，真是快被自己氣死，「隨便你要來不來啦！你到底來找我幹麼？」

姜恒沒有馬上回答，似笑非笑地看了我好一會兒，逼得我不甘示弱地看回去，半晌，他才終於願意開口。

「曾仰宗說妳沒跟任韶陽在一起。」

「……所以呢？」

「所以，我可以追妳。」

這話是什麼意思？

互不見面這麼多年之後，他忽然跑出來就算了，還說他要追我？

我不知道該怎麼回答他，只能沉默地任憑思緒空轉，心裡浮現的畫面全是高中時候的我們……

都過去了，不是嗎？

「姜恒……」

「我很忙，沒有辦法隨傳隨到，我不體貼，不會看人臉色，所以我常惹妳生氣、常讓妳哭。」姜恒看著我，直直地看著我，「不久之後我會更忙，可能不能陪妳過生日，不能陪妳過任何一個節日，可能連妳的電話都沒辦法接——」

「我不……」

「可是，我喜歡妳。」

一直。

姜恒說著，目光始終沒有轉移。

我不知道這算什麼告白，把自己的底子全掀了，然後說他喜歡我……

偏偏我很想哭，我不確定這是不是感動，如果因爲這樣而感動，那我更加不懂自己的哭點爲什麼這麼怪異……遇上姜恒，我總是變得不像自己。

後來，姜恒離開了，他說他明天有外科考試。

他什麼都沒帶走，包括我的答覆。

時隔四年多，我重新拿到他的手機號碼，看著螢幕上許久未見的名字，我很難說明心中的感覺，複雜是一定的，難受也是有的，我以爲已經癒合的疤痕悄悄地痛了起來，可是，比起這些，我好像更加無法否定那份悸動。

我不知道，只覺得心底好亂。

從未想過有一天我會由衷感謝畢展帶來的忙碌，進入最後的準備階段，我和班上同學幾乎住進工作室裡，日落日出都待在一塊兒，除去吃飯、洗澡之類的民生活動，我們把所有時間都貢獻在作品上，壓根沒有機會讓我胡思亂想。

除了總是看著姜恒傳來的訊息發呆以外，我並沒有胡思亂想。

畢展開幕當天，同學們的親朋好友都來了，場面很熱鬧，展間處處充滿歡笑。至於我，我邀請的人並不多，洪蘋、仰宗……我還寄了邀請卡給高中美術老師，謝謝她當初的指導和鼓勵。

爸媽那邊，我依然是有邀請的，即使知道他們不會來。

「沈日荷——」

轉過身，只見洪蘋的笑臉比她抱著的向日葵還要燦爛。

「恭喜妳終於可以睡覺了！」她一把將花束丟給旁邊的仰宗，朝我用力撲抱，「趕在妳枯萎之前結束眞是太好了！」

我大笑，沒有比這更中肯的祝賀辭了。

由於系上並沒有硬性規定必須得一直待在展場，加上洪蘋看完展覽後又嚷嚷著肚子餓，於是我和同學報備一聲，帶著他們轉移陣地到荷花池畔的餐廳吃飯。

這回仰宗自告奮勇請客，因爲難得，我也不再像以前一樣推辭，我們點了幾道餐點分享，吃吃喝喝，想到什麼就聊什麼。用餐中途，任韶陽短暫現身，正忙著準備畢業論文的他沒有久待，只是告訴我，他在我的展區放了一束花和巧克力。

「畢業典禮再送妳一束大的。」離開之前，他笑著對我說。

任韶陽的身影都還沒走出餐廳，就見洪蘋意有所指地對我眨眨眼，「大俠學長人就是豪氣大方，對小師妹就是不一樣。」

我沒好氣地斜瞪她一眼，「我們只是朋友。」

「朋友？我跟大俠學長也是朋友，他就不會送我花啊。」洪蘋搖晃著手中的筷子，「你們什麼時候要在一起？應該快了吧，洋蔥對不對？」

她用拐子撞撞身旁的仰宗，他沒附和洪蘋，倒是給了我一抹意味深長的微笑……現在是什麼情況？我不解地看著他。

「我是另一個陣營的。」他說。

「什麼意思？誰？」洪蘋一頭霧水。

聽懂仰宗話裡的意思，我的臉頰瞬間燙了起來，卻一時不知該如何回應。

「既然日荷不想說，那我自然得守口如瓶。」仰宗故意吊洪蘋的胃口，「抱歉囉，小蘋果，這是我們的祕密，不告訴妳。」

聽聽，他那番話簡直是想氣死洪蘋。

洪蘋不敢置信地瞠大眼，目光在我們身上來回掃視，停在我身上的時間比仰宗久一些，像是在控訴我怎麼可以瞞著她，然而，敢在這時候捋虎鬚的，也只有不管經過多少年、挨了多少教訓依然學不乖的我們洋蔥了。

兩個人像小孩子一樣你捏我、我打你的，吵吵鬧鬧個不停。看看他們，誰說人長大會變得成熟？不過是打架方式升級得比較高招而已，洪蘋看準仰宗不敢眞的打她，下手一次比一次狠，害得仰宗不顧形象地哇哇大叫。

看著他們一如既往的互動，我一如既往的笑了，儘管心底深處仍然感到遺憾，可是比起以往，我終於稍微能夠理解那份痛楚。

我不知道洪蘋他們是不是會和我一樣，有時候，甚至是在每個值得分享的時刻，我都會忍不住這麼想著：「如果海光在就好了。」

如同現在。

不是放不下他的離開，而是想念他的存在。

每逢暑假，我們都會相約在海光生日那天回去看他。

十九歲那年，我們笑說終於趕上他了。

二十歲那年，我們炫耀已經超過他的年紀了。

二十一歲那年，我們感嘆自己老了……

這次回去，我們二十二歲，大學畢業。

海光，依然是十九歲的他。

「看妳走出來，我就放心了。」捷運站前，洪蘋趁著仰宗不在時跟我說，帶著一絲心疼的笑意，「不管那個人是誰、是不是大俠學長都無所謂，我只希望日荷妳可以幸福。」

「我希望，沈日荷和姜恒能夠幸福……」

忘了是怎麼回答洪蘋的，大概只是微笑吧，我不確定。

目送他們離開之後，我一個人走在學園路上，慢慢地走著這道坡路，很長，足夠我好好思索這段時日以來始終沒去釐清的紊亂。

我以為我可以。

但是，當我看見放在畢展的展區桌上，那包留有餘溫的烤地瓜時，我就知道我什麼都沒有弄清。

「怎麼樣？」任韶陽端著咖啡走來。

「嗯？」

「我問妳覺得怎麼樣？這間畫廊很美吧，想不想在這裡工作啊？」他現在這副模樣，實在很適合去當人蛇集團的小弟。

「我還是覺得不太好。」我拿起吸管攪弄著杯裡的冰塊。

「怎麼說？」

「一方面是我很孬，沒有當空降部隊的勇氣，另一方面……」我回想起近日來跟著任韶陽參觀的心得，「我好像不適合這些工作。」

必須要說，任韶陽介紹的工作眞的都很好，我很幸運能夠有機會先行了解，甚至得以從中選擇，但也因爲如此，我更加不能抱著嘗試的心態接受這些工作，我不能讓任韶陽承擔我本該自己承擔的責任。

出社會的眞實感來得很快，除了早就得到offer、還有申請到國外進修的同學以外，大多數的同學都投入了求職的惡夢，並非擔心找不到工作，而是在一個又一個的職缺之中，我們找不到自己的定位。

這是我要的嗎？

我們每天都在問自己這個問題。

或許是經歷過同樣的徬徨，任韶陽沒多說什麼，只是跟我約了最後一個工作觀摩，是一間藝廊附屬畫室的美術老師。

回到家……不是關渡的租屋處，我搬家了，畢業之後，我搬到市區和洪蘋同居，她考上研究所，日後也打算留在台北工作，暫時沒有返回家鄉的打算，我也是，我沒有回去的想法和理由。

「洪蘋，我很羨慕妳。」吃晚餐的時候，我脫口而出。

她一頓，手中的筷子停了下來，「羨慕我的美貌嗎？」

「是有一點……哎唷，我是說我很羨慕妳，妳好像從來都沒有迷惘過，不管是高中、還是現在，妳好像總是知道自己該往哪裡走。」

這些話對其他人我可能說不出口，因爲自尊、因爲虛榮，可是面對洪蘋，我不需要僞裝自己多有自信。

聞言，洪蘋卻是笑了笑，「妳把我想得太好了。」

「難道不是嗎？」

「當然不是。」她看著我疑惑的表情，點了點頭，「老實說，我只是悶著頭往前衝而已，哪裡是最好的，我就往哪裡去，大部分的時間我並不覺得這樣不好，可是每當有人問我，妳喜歡什麼？我反而回答不出來。」

洪蘋說，她才羨慕我和仰宗，看著我們爲了喜歡的事情而努力的模樣，老是讓她覺得自己很膚淺，認眞念書僅僅是想要未來得以坐擁高薪，她不確定自己喜不喜歡截至目前爲止的選擇，只說她的確是很享受旁人的稱讚，以及達成目標的成就感。

「妳看，我很世俗吧。」

「才沒有呢。」我笑，眞心不這麼想。

忘了是誰的提議，餐後，我們散步到附近的便利商店買了不同口味的啤酒、汽水飲料，以及各式各樣的餅乾糖果，回家窩在客廳的地板上，聊天、大笑、怒罵，分享了好多好多以前我們從未告訴過對方的感受……

其中最讓我驚訝的是仰宗曾經和洪蘋告白過，就在大一的時候。

「我拒絕了。」她喝了口沙瓦，平靜地說。

「爲什麼？」我很驚訝，我的確以爲他們總有一天會在一起。

「當朋友不好嗎？爲什麼一定要當情人呢？」洪蘋輕扯嘴角，低頭看著手中的鋁罐，「其實我也不知道，或許是看了太多分手後當不成朋友的例子，我有點害怕吧？」

我知道，洪蘋對仰宗不是沒有好感，他們各自交過幾個男女朋友，每當他們聽見對方跟誰交往了、分手了，臉上的表情總是藏不住情緒，所以我才會認爲他們的曖昧總有升溫的一日。

可是，我不是洪蘋、不是仰宗，我只是個旁觀者，眞正明白箇中滋味的是他們，或許就眞的是缺了點什麼，不論是時機、還是感覺，他們之間有很多事情是我不清楚的，因此我不便發表任何意見。

凌晨兩點多，洪蘋不勝酒力沉沉睡去，我從房間拿出一條薄被爲她蓋上，坐在她身邊，看著轉成靜音的電視螢幕上正播著韓國連續劇，因爲家庭因素被迫分開的男女主角在深夜的公園裡抱在一起，哭得淒美纏綿，中文字幕一句句躍過眼前，我的心思卻總是不聽使喚地飄到很久以前……

還記得當時的我們身穿高中制服的青澀模樣，上課傳紙條，下課繼續閒聊，好像有永遠說不完的話，上一秒議論著誰誰誰的八卦，下一秒又討論起明天的英文考試，然後，用懷抱夢想的語氣聊著所謂的未來。

我們以爲再過一陣子就能擁有自由，可以選擇明天想穿短裙或是長褲，可以選擇吃泡麵或是義大利麵，可以翹課睡到自然醒，可以參加社團談戀愛——

的確，我們或許擁有過那樣無拘的自由。

可是，然後呢？

縱使我們不停地問著自己，自己想要的是什麼？可這件事似乎逐漸變得不是那麼重要，我們在乎的重心從自己變成了旁人，當初總想著和別人不一樣的我們，卻開始害怕和別人不一樣……

喝下最後一口啤酒，肩膀因爲各種因素而頹著，不曉得是不是酒精給了我錯覺，儘管臉頰熱呼呼的發燙，我卻覺得腦袋很清醒，像當頭淋了一桶冰水。

若是讓高中時候的我看見現在的我，她會怎麼想？

會失望？

會震驚？

還是會嗤之以鼻地轉過頭，決定走向另一條截然不同的道路？

我以爲我會糾結於此，再次煩惱著自己看不見終點的未來，可是，我發現我不再感到畏懼，不再爲了幻想中的不安自尋煩惱……然而，這並不代表我的眼前就是一片清澈光明。

停駐在我腦海中徘徊不去的，是姜恒的那一句「不好」。

「喂？」

「……嗯。」

「你現在有空嗎？」

凌晨三點半，我坐在便利商店，等一個曾經消失在我的生活中，卻又突然出現的人……

即使我們恢復了聯絡，即使總是看見他的訊息傳來，我還是覺得他終究有一天會消失不見。

再次。

捧著紙杯裝的滾燙咖啡，十分鐘過去，姜恒出現在落地窗外，短袖T恤、及膝短褲，家常的衣著足以顯見他的確是被我從睡夢中喚醒，他的臉上甚至架著一副我從未見過的黑框眼鏡，很好看，很適合他。

走進店門之前，姜恒發現坐在角落的我，緊繃的神情稍微放鬆了下來。

「嗨。」我先說。

姜恒應聲，拉開椅子時，視線停在我的臉上，像是在確認我是不是哪裡不對勁似的，就連坐下都帶著一絲小心翼翼。

我有點想笑，卻不是眞的覺得好笑。

「怎麼了？」

「你會餓嗎？」我答非所問。

「日荷。」

「我都不知道你有近視……」

「日荷。」

見他蹙起眉宇，我安靜了下來。

天氣預報說早上有雨，這雨原來是從凌晨開始下起，細小的雨珠一滴一滴停留在玻璃窗上，因爲抵不住重量而滑落出一道道軌跡，我看著姜恒的臉，光是這樣一句話也不說地看著他，心就猛然地掐緊。

「妳喝酒了？」

擋住他欲朝我伸來的手，我垂下視線，「一點點而已。」

姜恒嘆氣，彷彿對我是完全的莫可奈何。

經過四年多的時日，向來不擅長追問的他，在這方面依然沒學到多少技巧。他不是不想知道，而是我不肯說；他不知道該怎麼問，我也不願意替他解圍，於是沉默成了我們之間常駐的空白。

我好像一直都在爲難他，好像這是我的樂趣似的。

「姜恒。」

他看向我，沒有出聲。

「你有後悔過嗎？」我問，雙手不自覺地緊握咖啡杯。

「……什麼意思？」姜恒冷靜地反問。

我沒錯過他話中的遲疑，對上他沉如深海的眼睛，我感覺自己像是捉住了他什麼把柄，心跳不由自主地加快，同一時間，傷疤也伴隨著跳動泛起疼痛。

「沒有？」

「妳喝醉了。」他說，用著平鋪直敘的語氣。

在我看來，姜恒不過是想逃避我的問題。

「也是，你應該不會懂吧？」我專注地盯著咖啡杯的白色杯蓋，「畢竟你的人生沒什麼好挑剔的呀，畢業於第一志願的高中，考上第一志願的大學，未來還會是一名救人無數的醫生——」

「我送妳回去。」姜恒起身，似乎再也受不了我的借酒裝瘋。

他站到我身邊，沒有伸手拉我，也許是對我的理智尚抱有一絲期待，希望我能夠有所自覺地回家休息。

我淡淡睞了他一眼，率先走出店門。

即使下著濛濛細雨，夏夜的空氣依然悶熱難耐，更遑論喝了酒覺得渾身燥熱的我，這讓我很煩，好像全世界都在和我唱反調的那種無從溯源的煩。

踩著尚未染上深色濕意的人行磚道，我可以走出筆直的直線，所以我想我是眞的沒醉，畢竟三、四罐啤酒是能讓人醉到哪去？然而不可否認的是，酒精影響了我，那些埋在心底深處的情緒全都不受控制地翻湧，在我的腦海中不停放肆叫囂。

停下腳步，我回過身。

姜恒距離我不過幾步之遙。

「你知道嗎？我不後悔念美術、我不後悔和家人走到這番局面、我不後悔參加美展，眞的，我不後悔。」凌晨的街邊沒有車流經過，我的聲音異常清楚，「即使我現在不知道該往哪個方向前進，可我相信總有一天我能夠找到方向……」

因爲我還活著。

街燈之下，我和姜恒定定地看著彼此。

姜恒的頸側微微地抽緊，我感覺自己的呼吸又變得紊亂，思緒更是矛盾得無以復加。

有些話可以很輕易說出口，有些話永遠都會在最後一刻打住，不只是話語，感覺也是，衝動也是，心中就是有股不知名的力量在拉扯，才會害人變得猶豫、變得寡斷，好像什麼都搞不清楚。

打從姜恒出現的那一刻起，我就明白他對我的影響從未消停，他一直都存在著，不管我是不是刻意地壓抑，或者因爲生活的繁忙讓我將他藏到心底最深、最深的角落，當我再次看見姜恒站在我面前，開口說出第一句話的時候，那份感覺就這麼突然，並且魯莽地衝到了最前頭，不容我忽視。

沒錯，我是喜歡姜恒。

但是，然後呢？

當初有好多事情來得太快、來得措手不及，我們之間根本來不及有個結果……事到如今，我又想要一個什麼樣的然後呢？

就在我以爲事過境遷，那些感情、那些糾結早已煙消雲散時，姜恒的出現卻狠狠地打了我一巴掌，我不是不清楚自己的矛盾，可是我卻更害怕面對矛盾背後的眞相……好像推開了那道藏有眞相的大門，這些好不容易穩定、好不容易回到正軌的一切又要再次翻轉。

「我唯一遺憾的是，我……」我知道我必須說出來，眨去眼前的模糊淚光，盡力不讓聲音透出顫抖，「我沒有和他說一聲再見。」

要是能夠坦然地接受就好了、要是可以假裝什麼事都沒有就好了……

偏偏不是那麼回事，或許時間暫時讓我忘了曾有過的怨懟，可是它從來沒有消失，我還沒有走出來，還沒有眞正放下。

「你懂那種一個人突然消失的感覺嗎？」我說，帶著控訴，即使明白這一切的一切不該歸咎於姜恒，「不會痛，因爲根本沒有感覺，可是很可怕，就像心底破了一個大洞，你卻不知道該往哪塡補……」

我不只一次希望時間能夠倒流，如果當初我能發現海光的異狀、如果當初姜恒可以告訴我的話——

可是，這世界上沒有如果。

每當我見到姜恒，找不到出口的後悔、遺憾，以及始終無法釋懷的心結又會開始在我內心衝撞，我不知道該怎麼辦，我也不知道自己是不是眞的要爭一個答案，我……

我沒辦法擺脫失去海光的罪惡感。

Chapter 10

只要說了再見，即使不是明天，總有一天會再次相見。

那日，在我轉身離開以前，姜恒一句話也沒說。

他只是看著我。

彷彿我什麼都不懂似的看著我。

的確，我不懂。

倚著捷運車廂的透明背板，我取出手機，盯著螢幕上那串熟悉的數字，卻怎樣也無法撥出……事已至此，我想說什麼呢？

又或者，我能說什麼呢？

酒精帶來的衝動退去，某部分的我其實後悔爲何要如此強硬地向姜恒攤牌，明明就連自己想要什麼樣的結果都搞不清楚，爲什麼非得要破壞我和他之間好不容易找回的聯繫？

可是，我們先前的失聯並不是沒有原因的啊！

我沒辦法假裝若無其事、假裝可以不問過往的繼續下去，我知道自己不該用那種語氣責怪姜恒，這是我最最後悔的部分，我很想道歉，但是……我不知道，或許是拉不下臉打這通電話，也或許是我希望姜恒能夠打破他的沉默。

看了一眼毫無動靜的手機，我想，我是失望了。

來到任韶陽介紹的美術教室，地點位於學區的巷弄內，課程廣泛，從學齡前的啓蒙美術到成人油畫都有。任韶陽說，他們原本只是因應某個畫展的規劃，開辦一星期的體驗課程，沒想到大受好評，口碑越傳越廣，美術教室倒成了畫廊穩定的營收來源。

不像前幾回有任韶陽的陪伴，這次我是以實習的名義獨自前來，各方面來說，都不再像先前那樣綁手綁腳。

「別擔心，我們是小班教學，同學們都很活潑，很容易就混熟了。」負責帶我的佳佳老師一邊說著，一邊將工作圍裙遞給我，見我有點緊張，她笑著幫我繫上綁帶，「小花老師是第一次教學嗎？」

我愣了一下，因爲那一聲「小花老師」。

「以前……高中的時候，我有去醫院帶過小朋友。」

「醫院？」佳佳老師領著我走上二樓，「志工服務之類的嗎？」

「嗯。」

「小花老師一定很有愛心。」

不過就那麼一次而已。

我沒有應和佳佳老師，就連否認也沒有，我不想被當成謙虛。

佳佳老師告訴我，班上的學生都是正在就讀小學的孩子，對色彩、工具的運用已經有充分的概念，但重點還是激發他們的創意，繪畫技巧不用苛求，只需要加強基礎即可。

「那我先到教室準備，待會麻煩妳幫我搬用具。」佳佳老師示意我不用跟上，她對我亦步亦趨的樣子覺得好笑，「妳可以先去喝點水、上廁所什麼的，上課可就沒時間離開教室囉。」

這種不知如何自處的感覺，大概跟轉學生很像吧？雖然我這輩子從沒當過轉學生，但我能夠想像那種得要看人眼色的格格不入，因此，雖然沒有口渴的感覺，我還是依著她的建議來到茶水間。

拿起飲水機旁的紙杯裝了點水，站在流理台邊，我小口小口啜飲，試圖緩和緊張……其實緊張也好，這樣才不會讓姜恒的身影占據我整個腦袋。

如同佳佳老師所言，美術教室一個班的學生並不多，約莫七人左右，同學們看見我跟在她的身後走進教室，一致噤聲，疑惑的眼神齊齊投向佳佳老師，不用開口就能看出他們眼裡明明白白的疑問：「她是誰？」

「所以，佳佳妳被炒魷魚了嗎？」

佳佳老師一介紹完我的身分，一個留著刺蝟頭的小男生馬上舉手發問，換得她哭笑不得的一記鐵拳。

今天的課程是水彩，主題是鳥類。

佳佳老師利用投影機播放紀錄短片，內容從色彩繽紛的巴西鸚鵡到黑白雙色的南極企鵝應有盡有，幾幕天然逗趣的畫面逗得大家哄堂大笑。放映結束後，再將影片中出現過的鳥類照片放在桌面供大家觀察作畫，一幅畫裡至少要出現兩種鳥類。

「除了學生有問題主動請妳過去示範以外，小花老師如果發現哪裡不對的話，也請妳適時提點他們。」佳佳老師簡單地交代完，便走到教室另一頭指導同學。

按照佳佳老師的指示，我開始在教室四處走動。起初我有些不知所措，甚至還帶著驚嘆，不知道是不是太久沒有來畫室之類的地方，總覺得學生們的程度都很好，比我想像得好很多。

等我繞了教室兩圈，稍微不再那麼緊張後，重新仔細檢視同學們的畫作，才發現其中的問題，比方說……站在剛才舉手發言的刺蝟頭男生身後，我看著他畫紙上那隻比例跑掉的大嘴鳥，猶豫了好一陣子才出聲。

「頭……」

「蛤？」他倏地回過身。

我小心翼翼地伸手指了指，「你的頭太大了。」

一陣尷尬的沉默持續了長長的三秒，只見刺蝟頭男孩摸摸自己的頭頂，半是疑惑、半是受傷地看著我。

「還好吧……」

嘴角一抽，我差點大笑。

「我是說你的畫。」

「蛤？眞的假的！」他大驚，連忙後退檢查了一下，確認我說的沒錯以後，才不好意思地說：「……好像是耶，謝謝老師。」

聽完我的建議，他馬上著手修改出錯的地方。但是，這位刺蝟頭男孩絕對是個急性子，基準線就算重打了還是歪的，他不但沒發現，甚至急著想繼續畫下去，看得我在一旁忍不住喊了暫停，借用他的鉛筆畫出正確的線條。

「下次別急著開始，基準抓好，比例才會對。」我一邊說著，一邊把鉛筆還給他。

他抓抓頭，嘿嘿笑了兩聲，「我姊姊也一直糾正我。」

「姊姊？」

「嗯！我姊姊很厲害哦，她也在這裡學畫。」刺蝟頭男孩的笑容充滿驕傲，眼睛閃閃發亮地向我炫耀，「而且，老師我跟妳說，我姊姊她現在念美術班，每次參加比賽都有得名！」

從刺蝟頭男孩的口中，我聽得出他對姊姊的崇拜，不管這位姊姊是不是如他所說的優秀拔尖，這個年紀的男生不在外人面前詆毀兄弟姊妹的形象就不錯了，哪有可能像他一樣滿口姊姊長、姊姊短的引以為傲呢？

身為獨生女，我一直很羨慕這樣關係深厚的手足情誼。

「小花老師，下次我介紹我姊姊給妳認識，好不好？」

我沒說好，只是笑了笑。

「妳要是發達了，記得帶我出國玩。」吃早餐的時候，洪蘋忽然說。

不懂她的意思，我困惑地抬頭看向她。

「不然妳幹麼一直盯著手機？我以為妳中了一千萬在等通知咧！」洪蘋咬下一口巧克力厚片土司，對我挑了挑眉，「怎麼？等誰打電話給妳呀？」

我把手機推到一旁，欲蓋彌彰地撇清，「哪有。」

「哪沒有？嘴硬，明明就有，」她曖昧地勾起唇，促狹地笑，「日荷乖，跟姊姊說實話，妳是在等地瓜吧？」

自從洪蘋不知從哪兒聽說姜恒在畢展送我烤地瓜的事情以後，她對姜恒的印象大為好轉，成天「地瓜」、「地瓜」的喊他，說是這個綽號能幫冷冰冰的姜恒增添一些他命中欠缺的親切感。

不知爲何……不對，我想我只是不想解釋太多，並不是出自於怕洪蘋擔心這種冠冕堂皇的原因，我始終沒告訴洪蘋爲什麼姜恒會送我烤地瓜，一如我也沒告訴洪蘋，我和他已經有好幾天失去了聯繫。

只是，洪蘋不愧是洪蘋，不愧是相知六年的好朋友。

「吵架了？」見我不說話，她問。

一口氣喝完溫熱的麥片，我起身收拾桌上的餐具，包括洪蘋三秒前才用完的空盤。她毫無遺漏地觀察著我的一舉一動，就連我背過身洗碗的時候，都能感受到洪蘋的視線幾乎灼穿我的背脊。

直到我們一起出門，相偕走到捷運站，搭上不同方向的列車爲止，對於洪蘋那想問卻又覺得不該問的眼神，我很堅決地選擇了忽略。

今天是在美術教室實習的第五天，也是倒數第二天。推開畫廊的大門之前，我再次找出手機，告訴自己，我才不是在等待誰的訊息……然而，當螢幕上突然跳出了新訊息通知，我的心臟立刻大力地揪緊。

——只是廣告而已。

我再也無法掩飾自己的失落。

昨天下班前，主任找我到她的辦公室約談，內容不外乎是問我習不習慣、有沒有什麼不適應、是不是覺得有哪裡需要改進，最後，她問我有沒有意願待下去？

我說我會考慮。

其實，我並不曉得自己為什麼要考慮……姑且不論還不錯的薪資福利，每天上班我都過得很愉快，不只是佳佳老師很照顧我，和其他同事之間的相處也很融洽，更別說是那些活潑可愛的學生。

可是，似乎還少了點什麼。

「小花？小花老師！」

猛然回神，我搞不清楚狀況，茫然地看了看四周專心作畫的同學，大家看起來都很專注，害我猜不出剛才是誰喊了我的名字。

「吼，這裡啦！」

刺蝟頭男孩，張子齊高舉右手，沒好氣地送我一記白眼。

我走過去，回敬他一記捏耳朵。

「沒大沒小。」

「上課摸魚。」他反應很快。

我自知理虧，不在這話題上周旋，直接問：「叫我幹麼？」

「示範給我看。」

張子齊將水彩筆塞到我手裡。

儘管認識張子齊的時間不長，可我知道他今天這個舉動並不尋常。按平時的觀察看來，他是那種特別有主見的學生，知道自己的實力程度，願意接受糾正和指導，卻不愛聽從示範。

我沒問他怎麼了，只是拿筆沾了點深藍色的顏料，修正他尚未畫出層次的陰影部分，盡量不在畫作中留下過多我的手筆。

「小花。」

「嗯？」

隱約猜到張子齊也許是有話想說，我假裝沒發現他的欲言又止。

「我……妳覺得我要不要去考美術班？」他說話的聲音很小，帶著一點不屬於他的怯弱，見我轉頭，馬上心虛地提高音量，「我、我只是問問而已，妳不要太認眞喔！」

「去啊。」我淡淡地答道。

「蛤？眞的？」

「爲什麼不？」再次將目光移回畫上，不想讓他感到壓力，「沒去嘗試，怎麼知道結果如何？而且，你姊姊不是也在美術班嗎？上課方式什麼的，你應該很清楚才是。」

想起上次他對姊姊的大力推崇，我直覺認爲張子齊已經問過他姊姊的意見，我的建議或許不是特別重要，他只是想要有人推他一把而已。

沒想到，張子齊頭一低，小小聲地囁嚅。

「就是因爲她……」

「什麼？」我沒聽清楚。

「沒事啦！」他的臉上閃過一絲羞惱，攤開手心湊到我身前，「好了，快點把筆還我，不跟妳說了，我快畫不完了！」

張子齊的語氣很急躁，甚至到了失禮的程度。

當我看著他漲紅的臉龐，我能感受到他因爲控制不住心裡的慌亂，而變得氣急敗壞……以前的我也是這樣，明明想要別人的意見、鼓勵，卻往往因爲被戳到了痛處、傷了自尊，所以覺得丟臉、憤怒。

因此，即便我不知道他徬徨的緣由，也不會對此感到生氣。

「喏，筆。」

「小花老師，我……」

「看在你叫我這聲老師的份上，如果想找我聊聊，隨時奉陪。」我笑了笑，拍拍他顯得有些頹喪的肩，故作輕鬆地說：「不過，說不定也給不了什麼有用的建議就是了。」

畢竟，我自己也還在迷惘，還在爲了未來躊躇不前。

或許人生就是這樣吧？新的階段有新的疑問，新的開始有新的不安，當下的我們總是無助地懷疑自己到底能不能做出正確的決定，待到驀然回首，才會發現自己已經安然走過了那些曾有的茫然。

看著小小年紀的張子齊，我不禁回想起當年的我，同時對照著現在的自己，我忽然有了這樣的感觸。

隔天，課程結束後，佳佳老師因爲必須處理行政業務，她不好意思地請我一個人完成後續的教室清理工作。等大多數學生離開教室後，我開始收拾散落在各處的畫架，待會再掃地、拖地，算算大概花不了三十分鐘。

「幹麼不走？」收拾到一半，我好氣又好笑地看著坐在椅子上的張子齊，他對我做了個鬼臉，「我可不想被別人誤會我們有什麼……」

「小花老師妳很髒耶！」他一臉嫌惡，敏捷地跳下木製的高腳椅，拿起掃把逕自掃起了地，「動作慢吞吞的，是要忙到半夜十二點是不是？」

張子齊的碎念程度跟歐巴桑沒什麼兩樣，他持續在我耳邊疲勞轟炸，動作卻絲毫沒有停下，他的手腳出乎意料地俐落，清潔整理樣樣難不倒他，反而是我像個拖油瓶，氣得他差點要我乖乖在一旁玩沙。

我問張子齊是不是很習慣做家事，他沒否認，聳聳肩表示這沒什麼難的，說完便逕自提著水桶走出教室。

「不馬上回家沒關係嗎？」趁著清洗拖把的時候，我問。

「反正我也要等我姊，在哪裡等都一樣。」

「那……」

他的手一頓，「幹麼？」

「沒幹麼啊，沒事就好。」我抽起一旁的抹布擦乾水漬，故意逗他，「既然沒事的話，我要下班回家了，謝謝你的幫忙。」

「小花！」

聽見他驚慌的大喊，我優雅地回過身，嘴角噙著若無其事的笑容。

「嗯？」

「妳……我、我想去考美術班！」彷彿宣告似地說完，張子齊臉上一紅，卻是羞赧與害怕，「妳覺得我可以嗎？」

我不懂為什麼一向開朗的他，會用這麼卑微的語氣尋求我的認同？

除卻性格上的毛躁不談，張子齊的繪畫能力很優異，明眼人都看得出來他是個很有天分的孩子，學畫的這段期間，更不可能沒得過任何稱讚，正因為如此，我對他的沒自信感到困惑。

「你在擔心什麼嗎？」我問。

他定定地望著我，猶豫了好一陣子沒有出聲。

後來，我們轉移陣地來到畫廊大廳的休息區，找了張舒適的沙發坐下，也許是終於下定決心，做了個既深且緩的呼吸後，張子齊開口。

「就像我之前跟妳說過的，我姊姊她很厲害，考上最難考的美術班，參加比賽沒有得過第二名以後的成績……」

「你怕被拿來比較？」

「如果能被比較，說不定還好一點。」張子齊的笑帶點苦澀，「問題是，我好像連被比較的資格都沒有。」

至於是為什麼，張子齊話說得保留，只說從以前到現在，爸媽的關注焦點全都聚集在姊姊身上，他不是想爭寵，對於有一個優秀的姊姊也感到與有榮焉，可是偶爾還是會覺得很難過。

「就算我考上美術班、得到很多獎項，不用說別人了，就連我自己也覺得我不過是跟著姊姊的腳步，我能做到的，她也做過了，根本沒什麼值得讓人稱讚的地方，而且……」

「所以，你不想做了？不想考美術班了？」

「當然不是啊！不然我幹麼問妳！」張子齊急急反駁，音量卻很快弱了下來，「可要是我考不上的話，是不是代表我一輩子都追不上她……」

聽著一個十一、二歲的孩子說著關於「一輩子」的憂愁，我可以覺得可愛，卻不能覺得好笑，因為這是他目前所擁有的世界，而張子齊的煩惱，或許就是許多身為弟妹的矛盾之處，尤其是當他們恰巧又與兄姊興趣一致的時候。

「子齊，你的夢想是什麼？」

被我這麼一問，他愣了一下，「呃，畫家吧。」

「那麼，爲了當上畫家，你應該要做什麼努力？」

「多練習、多畫、參加比賽？」張子齊一邊思索，一邊扳著手指數，「念美術班、美術系……然後，我不知道欸，大概就這樣吧？」

「你覺得你姊姊也是嗎？」

「應該吧。」

「如果我告訴你，有百分之九十的美術系學生畢業後不是成爲專職畫家，你會很驚訝嗎？」我沒告訴他，裡頭有多少是想當而當不成的人。

「不然他們都幹麼去了？」

「能做的事情很多啊。」我說，一邊細數大學同學投身的職業，「室內設計師、美術編輯、攝影師、廣告企畫……還有人在當明星。」

「所以妳是要跟我說，放棄當畫家的夢想？」

「我是要跟你說，將來的路很長，你不曉得自己什麼時候會改變目標。」這條路眞的很長，我到現在都還沒看見終點，「朝著夢想前進是好事，想要達成夢想也是一種夢想，可是，完成不了夢想也不是失敗。」

「都完成不了夢想了，還不是失敗哦？」子齊的反應很直接。

我笑了，耐心地告訴他，夢想並不是一項職業，不是拿到了某個頭銜就能夠功成身退，夢想是讓人有所追求的目標。

「現在的你可能會覺得自己總是跟著姊姊的腳步前進，可是你們終究是不一樣的兩個人，即使就讀的學校一樣、參加的比賽一樣也不要緊呀，你得到的經驗和領悟不可能會和姊姊一模一樣，等你哪天發現你跟她的路有多麼截然不同的時候，你就會明白我說的話了。」

子齊聽得很認真，不曉得現在的他能夠聽懂多少，我所能做的也只是分享我的看法，我不能、也不想爲他做任何決定。

正當我想問他姊姊什麼時候下課時，背後突然傳來一陣突兀的掌聲，回音響徹了空曠的挑高大廳。

「眞沒想到能聽見小花開講，師兄我表示欣慰無比。」回過頭，只見任韶陽燦爛的笑臉就在身後，非常做作地揩著眼角的淚水，「以前老是需要我開導的小花，現在眞的長大了。」

「你怎麼來了？」我刻意忽略他噁心巴拉的恭維。

「想帶妳去吃飯呀，結果反倒亂感動了一把。」任韶陽坐到我身旁，對著因爲陌生人的出現而變得有些侷促不安的子齊說：「弟弟你明白了嗎？你跟姊姊的人生不可能一模一樣，你也不需要贏過她，你就是你。」

面對這個突然冒出來裝熟的大哥哥，子齊尷尬一笑，隨口推說要去看看姊姊下課了沒有，背著書包一溜煙地跑回二樓的教室。

「你嚇跑弟弟了。」

「他八字太輕，我的金玉良言他還承受不起。」

「幾天不見，臉皮倒是厚了不少。」我忍不住笑，瞄了眼牆上的鐘，「已經八點多了，是要吃哪一餐？」

「只要有心和胃袋，時間怎麼會是重點呢？」任韶陽問我想不想去以前我們曾一起造訪過的居酒屋，「我有話想跟妳說。」

我好奇地問：「現在說不行嗎？」

「也不是不行，只是——」

手機突如其來的震動打斷了我們的談話，我知道那只是訊息而已，不是非接不可的來電，可就因爲是訊息，我才更加沒辦法忽視。

手機的螢幕上，終於出現了他的名字。

姜恒。

「……是誰啊？」

「什麼？」

「妳在笑哦，小花。」任韶陽笑著說，我卻覺得他的笑容比剛剛收斂了些，藏著猜不透的情緒，「到底是何方神聖能讓妳笑得這麼開心？小蘋果嗎？」

這個問題明明不難回答，可我說也不是，不說也不是。

「姜恒。你記得他嗎？」最後，我還是說了。

任韶陽沉默了一會兒，才輕輕應聲。

「之前我們……有點爭執。」與其說是爭執，不如說是我單方面的指責……來不及收回自己話裡的避重就輕，我只能在心裡警告自己別再如此。

也許是這幾日來的沉澱帶走了那晚的激動，收到姜恒的訊息，我第一時間想的不是他是否終於要給我一個答案，而是他總算和我連絡，他還沒有放棄我、還沒有放棄我們……

不知爲何，任韶陽不再說話，我以爲他會像以前一樣開我玩笑，沒想到這回卻是安靜得讓我摸不著頭緒，他的心情像是忽然低落了下來，我不知該如何化解這樣的局面，只好靜靜地坐在他的身邊。

「小花，我要去國外工作了。」

當我聽見任韶陽這句話，一時之間，驚訝大過於其他情緒，確定他的眼神不是在開玩笑，我馬上開心地笑了出來。

「恭喜啊！你要跟我說的就是這個嗎？我還以爲……你怎麼了？」察覺到他臉上表情有異，我壓下爲他高興的心情，小心翼翼地問：「難道，對你來說，這不是好事？」

任韶陽凝視著我，他的眼神第一次讓我覺得忐忑不安。

「小花，我——」

「小花姊姊？」

清脆的女聲打斷了任韶陽的話，沒錯過他眼中閃過的挫敗，我有些歉疚地回過頭，想知道是誰喊我，卻忘了學生習慣喚我老師，而不是這個久違的稱呼。

「妳是……」

女孩穿著乾淨的國中制服站在那兒，那雙早慧的眼睛讓人覺得很熟悉，她驚喜地望著我，彷彿已經認識我很久很久。

「張子寧，妳又忘了拿便當袋！」

下一刻，子齊氣沖沖地拿著一只綠格紋的提袋衝下樓，不用多做說明，我想那個女孩一定就是他口中做什麼都很厲害的姊姊，可是子寧這個名字，難道是……

「小寧？」我瞠大眼，不敢置信。

「小花姊姊！」

世界眞的好小，我怎麼樣也料想不到，當初那位瘦瘦小小的小女孩會再次出現在我的世界裡。小寧情緒激動地哭了出來，害得子齊一邊碎念一邊忙著找面紙幫姊姊擦眼淚。

「我又不知道怎麼找妳……」她說，她以爲再也見不到我了。

當時年僅八歲的她，如今已經是亭亭玉立的十三歲小少女，我不曉得該怎麼形容那種奇妙的變化，時間的流逝實實在在地展現在我的眼前。

「小花姊姊，妳爲什麼不見了？」

「我……」

看著淚眼婆娑的小寧，除了不敢置信與驚喜交雜，更多的是遲來的罪惡感……

我始終沒有回答她的問題，只是柔聲地安慰她。因爲時間已經不早了，擔心兩姊弟回家的安全，我們約定好明天再見。

再見。

我眞的很害怕「再見」。

海光走了之後，我不敢再回去醫院。有好一段時間，就連公車行經過醫院的那短短幾秒都讓我覺得害怕，即使想起那些孩子、想起小寧，我卻完全不敢打探他們的情況，更遑論親自回去看看他們。

我不敢想像當我走進那間充滿陽光的房間，數著一雙雙好奇的視線，其中卻少了幾張我所熟悉的燦爛笑顏……於是，我選擇不看、不聽、不接受任何的資訊，只爲了逃避我所畏懼的消息。

比方說，死亡。

「……我眞的很懦弱。」坐在任韶陽的車上，我告訴他與小寧相識的經過，說到最後，連我都深深不齒自己的一味逃避。

「至少她現在看起來很健康啊。」任韶陽安慰我，「別多想了。」

沒了吃飯的心情，我請任韶陽直接送我到家裡附近，約莫二十分鐘的車程，車上的氣氛是難得的安靜，往常很愛說話的任韶陽不知怎地也悶不吭聲。

倘若是在以前，我不會因爲他的沉默感到坐立難安，可是今天任韶陽給我的感覺和過去截然不同，那樣的沉默並不自然，而是……我不知道他在想什麼，總之，今天的他不是平常的他。

「對了，你說要去國外工作是……」我試著打破沉默。

聞言，他輕輕地勾起笑。

「以前大學的學長現在正在找合作夥伴，工作室計畫開在龐畢度中心附近，主要業務是策展，跟我的專業一致，我覺得是個很好的機會，所以就跟他說先給我一點時間考慮。」

「考慮？」

「嗯，我有很多事情要考慮。」

「像是……家人嗎？」

「還有啊。」他明明是笑著的，卻不像在笑。

我想不到原因，直覺排除了金錢的可能，「還有什麼？」

「妳啊。」

「我？」

任韶陽聽見我的驚訝，他只是笑，好像除了笑，他再也沒有其他表情，也沒有其他話可說似的……

今天的他眞的很奇怪，我卻不敢戳破他的不尋常，下意識地害怕知道太多。

「不過，經過今晚，我好像不用擔心了。」他說。

我看向任韶陽，只見他唇邊的笑意仍在。

「小花妳應該會接受這份工作吧？當老師好像挺適合妳的，不是嗎？妳一定不知道，剛才妳和學生說話的時候，表情閃閃發亮，一點都不輸給妳專心畫圖的樣子……妳眞的不一樣了，小花。」

我不知道我是不是眞的不一樣了，可是，任韶陽說話的語氣讓我覺得很遙遠，好像他這次離開就不會回來，至少，是那種會有很長一段時間都見不著他的遙遠。

「如果確定要去的話，你什麼時候出發？」下車前，我問他。

任韶陽想了想，說是九月。

「小花，妳會想我嗎？」他故意嘻皮笑臉，在我看來卻是皮笑肉不笑。

「……我不回答蠢問題。」

「別這樣嘛，告訴我，妳會不會有那麼一點點想我？」不顧我的白眼，任韶陽用食指和拇指掐出一小段距離。

「任韶陽，你今天很奇怪。」

終於，我還是說了。

他看著我的目光很複雜，有一瞬間我認為這樣的他很陌生，然而，就在下一刻，我發現其實我看過相同的眼神……

「我不想改變我們之間的關係。」

「小花，妳會想我，對吧？」

「我……」

打從大二相識至今，任韶陽早已是我生活中極其平常的一部分，他陪著我度過大學時期最難熬的低潮，對我來說，他不只是朋友，更是宛如兄長般的存在，即使旁人總是拿我和他的關係起鬨、開玩笑，但是我從沒放在心上。

如今，從他的眸中，我看見了其他的情感。

「任韶陽……」

「沒事，當我沒說。」他突兀地打斷我的話，用微笑掩飾他的慌亂，「……時間晚了，妳快回家吧。」

我順從地下了車，拉著車門遲遲不願關上，我很想說點什麼，腦袋卻是一片空白，喉嚨彷彿被什麼梗住似的無法出聲。

就這樣吧。他的眼神是這麼告訴我的。

「……再見。」最後，我只說了這一句。

任韶陽看著我，淺笑不變，「小花，再見。」

一聲悶響，車門關上，他驅車遠離，而我站在原地，目送那輛熟悉的白色轎車消失在視線的最遠處，目光已然模糊。

說不出那是什麼樣的感覺，走在回家的路上，聽不見身旁車來人往的聲音，不知爲何，我忽然很想找人說說話，於是我在通訊錄中找到那串熟悉的號碼，想也不想地按下撥出。

聽著來電答鈴哼唱著屬於愛情的樂章，心裡堵得難受，直到樂聲中斷，電話彼端出現對方的聲音，忽地，我終於能呼吸到新鮮空氣。

「妳在哪？」

「家裡附近。」

「那妳不回家打給我幹麼？」洪蘋不解地問。

坐在路邊的花圃，我抬頭仰望藏在高樓之中的月亮，只見月暈渲染在泛著深紫的夜空裡，我忘了回答她的問題，害得洪蘋疑惑地喚了我好幾聲。

「洪蘋，妳有喜歡的人嗎？」我問。

「蛤？」

「我以前問過妳，妳記得嗎？」那時候，我們高中二年級。

那端重現當時的沉默，我大概猜得到洪蘋的表情，傻眼、不耐、覺得我又在發神經……想像著，我的嘴角不自覺地揚起，淡化了心中那股酸澀。

「日荷。」

「嗯？」

「我覺得，人一生中可以擁有的事物真的不多。」

「什麼意思？」

「我的意思是……」洪蘋嘆口氣，那端傳來她趿著拖鞋走路的聲音，接著，風聲透過話筒來到我的耳邊，「因爲能夠擁有的不多，能夠把握的就不要錯過，錯過了，就什麼都沒了。」

我想，洪蘋此刻正看著與我相同的夜空，我們誰也沒說話，即使不在彼此身邊，心卻靠得比什麼時候都近。

為期一週的實習，在我正式接受畫廊的聘雇後結束。

在同事們的歡迎聲中，我眞正成爲了「小花老師」，負責原先由佳佳老師任教的基礎A班，還有可愛卻不受控制的幼兒班，令我又笑又苦惱的啓蒙美術。

當晚，我打了通電話回家，知會爸媽我找到了第一份工作，他們淡然的語氣聽不出喜怒，我習慣了不去在意，也不去揣測他們的想法，在掛上電話的前一刻，爸爸要我找個時間回家。

我說好，他才道了再見。

由於畫廊交接工作繁忙，我和姜恒遲遲沒有時間碰面，不只是我處於步入職場的適應期，姜恒也正忙著準備升醫五的臨床技能測驗。

「小花姊姊，主任叫我拿這個給妳。」

子寧拿著通知單來到辦公室，她的課還沒開始，問我可不可以讓她坐在旁邊陪著我備課，我同意了，畢竟有個人能夠一起聊聊天也是件愉快的事。

「暑假沒有計畫去哪兒玩嗎？」我問，送她一顆專門用來哄騙啓蒙美術那班小惡魔的牛奶糖。

「有啊，我們家下星期要去海邊哦！」說到出去玩的話題，子寧的眼睛亮了起來，「小花姊姊，妳知道嗎？這是我第一次去海邊耶，我求媽媽求了好久，她才終於願意帶我們去。」

「這麼喜歡海邊呀？」

她瞠大眼，用力點頭。

我被她的反應逗笑，「爲什麼？」

「妳也知道我以前在醫院沒什麼消遣嘛，只能看小說、漫畫、電視劇……喔，還有畫圖。」子寧不好意思地笑了笑，接著說下去：「反正不管是什麼，裡面敘述的海邊感覺都很好玩，而且……」

「而且？」我隨手拿起剛才的通知單看了一眼。

「海光哥哥跟我說過，他最喜歡的地方就是海邊。」

子寧說，她想親眼看看海光描述過的景色，聞一聞他所形容的布滿空氣的鹹味，感受大到來不及整理頭髮的海風……聽著子寧的聲音，我的腦海跟著浮現以前和海光一起去到海邊的畫面。

那是我最後一次見到海光。

「小花姊姊？」

抬眼，只見子寧擔心地望著我。

我本來想假裝自己沒事，可不知爲何，看著子寧眞誠的眼睛，我卻說不出謊話，就連搪塞幾句都辦不到。

「妳……不喜歡提到海光哥哥嗎？」

其實不是不喜歡。

無意識地撥弄通知單的邊角，我思索著該怎麼精確地向子寧說明心中的感覺，我不知道她會不會懂，卻又覺得她應該比誰都懂……她和海光擁有過同樣的共鳴，只屬於他們的，我不曾參與的祕密。

等我回過神來，我已經開了口，正在訴說海光生日那天發生的事。

「……我們沒帶蛋糕、沒有蠟燭，就地取材用打火機許願。」回憶歷歷在目，想起當時的傻氣，我忍不住勾起嘴角，「海風很大，火眞的很難點燃，而且那是我第一次操作打火機，差點把手都刮破了……」

後來，海光照慣例許了三個願望。

第一個願望，他希望我、洪蘋和仰宗考上理想的學校，我想，除了仰宗的過程有些曲折，我們應該算是不負所望。

第二個願望更不用說，每年我們都會去拜訪佟爸爸、佟媽媽，跟著他們到山上種菜、種水果，他們可是比我們這幾個中看不中用的年輕人更加健步如飛，短時間內應該不用擔心身體健康的問題。

至於，第三個願望——

「總之，那是我最後一次見到海光。」緩緩吁出口氣，發現再提起這件事，自己已經沒有想像中難受，只是有點遺憾，不知該如何紓解的遺憾，「……我沒有機會和他說再見。」

有好一陣子，我們沒人開口說話。

也許我們都需要時間消化內心的感受，至少我是如此，目光停在電腦螢幕上的學程課綱，思緒不由自主地飄得好遠。

「小花姊姊，我覺得……」

「嗯？」

「我這樣說可能很自以爲是，可是……」只見子寧抿了抿唇，深呼吸，彷彿下定決心似地說：「我覺得海光哥哥已經和妳說過再見了。」

心下一怔，我吶吶地開口，「我不懂妳的意思……」

「以前……就是我剛住院的時候，」重提過往的病況似乎讓子寧很不安，她放在膝上的雙手緊緊交握，「因爲化療的關係，我時常哭鬧，時常藉著身體不舒服的緣故發脾氣，媽媽、阿嬤都以爲我只是討厭吃藥、覺得難受，可是，其實是因爲我很害怕，我怕死。」

沒有大人在她的面前談過死亡，每個人都告訴她：加油、妳會康復的、乖乖聽話、乖乖吃藥……可是，她知道，她就是知道，隔壁病床的弟弟不是因爲痊癒了才不在，上次遇見的姊姊也不是因爲身體好了才離開。

直到她遇見海光。

「只有海光哥哥願意跟我討論死掉是怎麼一回事、會不會痛、人死掉之後又會去哪裡……海光哥哥說他也會害怕，所以我們可以一起害怕，這樣就不會怕了，我那時候只覺得他好好笑。」

他們花了很多時間討論這類的話題，百無禁忌，海光從不因爲子寧是小孩而看輕她的想法，就算那些天馬行空的話語連現在的她回想起來都覺得不好意思。

海光就是這樣的人。

後來的日子，他們一起列了心願清單，包括海光以後想住在看得見海的地方；一起巡邏病房，花心思逗笑愛哭的小孩；一起幫沒辦法回家的小朋友慶祝生日；一起度過一個美好又溫馨的聖誕節……

「然後，他教我說再見。」

「……再見？」

子寧點點頭。

市面上很多勵志書籍都在教導我們積極面對人生，也有好多電影試著告訴我們把每一個今天當成最後一天度過，seize the day，我們比誰都清楚，可是，談何容易？儘管知曉死亡是人生必然的終點，只要看不見那條deadline，就以爲我們擁有足夠的時日能夠揮霍。

然而，他們沒有時間。

「那他爲什麼不告訴我？」

「小花姊姊，如果海光哥哥提前跟妳說了他的病情，妳想，妳還能夠用同樣的態度對待他嗎？」子寧看著我，見我沒辦法回答，她輕輕搖了搖頭，「沒有人可以用相同的態度對待我們。」

一旦得知他們的病況，不管是誰，同學、朋友、情人、家人……在其他人眼中、在我們無法克制的同情之中，他們只剩下一個身分——病人。

「只要被歸類爲病人，根本就不可能被正常對待。別說其他，有人敢和病人吵架嗎？有人敢和病人搶東西嗎？甚至連看電視，只要我們開口，沒有人會轉到我們不想看的頻道。」

子寧淡淡地告訴我，這是病人的特權，也是他們最不想要的給予。

「我猜，海光哥哥一定不想過這樣的生活。」

回想過去，我和海光曾經爭執過、曾經吵過、鬧過、笑過……那些屬於我們之間的平凡回憶多得數不清，如果海光在任何一個時間點說出了他的病情，這一切是不是都將不再？

即使我很想否認，但我很清楚，答案是肯定的。

想做什麼就去做吧。子寧說，海光總是把這句話掛在嘴邊，然而，他也會用同樣認眞的語氣告訴她，希望她學習勇於追求的同時，也要學會好好地說再見。

「沒有人、就連醫生也沒辦法確定我們什麼時候會離開，明年、明天，甚至是下一秒都有可能。」子寧說著，表情是超乎年齡的成熟，「我們沒有機會後悔、沒有機會遺憾，我們只能把握每個道別的時刻，好好地向所愛的人說一句再見。」

再見。

腦海中似乎響起了那一句熟悉的聲音，一次、一次……在我們相聚的日子裡，我沒辦法算清海光究竟跟我說過幾次再見。

「只要說了再見，即使不是明天，總有一天會再次相見。」透過子寧的轉述，我彷彿聽見海光這麼對我說，帶著他那一抹輕淺的笑意溫柔說著。

如果說，再見並不是爲了明天的相會，而是下輩子再聚的約定，那麼，對於早已和我約定了無數次再見的海光，我是不是也該學著釋懷、不再感到糾結與懊悔？

也許吧。

走在回家的路上，眨了眨淚光模糊的眼睛，我想，答案已經出現在我的心中。

接到我的來電時，姜恒正在圖書館念書。

從他的聲音，就能聽得出來他很驚訝，畢竟就連我自己也感到驚訝，對啊，我幹麼一聲不吭地突然找過來呢？這不像我的作風，不是嗎？

可是，誰在乎呢？

想見一個人需要的不是理由，就是想要而已。

他問我在哪裡？

我說我不知道。

就這麼來回問答了幾次，我故意不說我三分鐘前在仁愛路下了公車，沿著人文館旁的人行道，目前正往醫學院區門口的方向前進——我明明清楚知道，卻怎樣都不肯告訴他。

「日荷。」

「嗯。」我走著，踢開地上的小石子。

「別鬧。」他輕嘆。

聽見姜恒毫無招架之力的喟嘆，我在他看不見的這一端揚起了笑，不可否認，這絕對是一種得逞的笑意。

告知了我的所在地，姜恒說他三分鐘後到。

我沒有聽他的話乖乖站在原地不動，我的步伐沒有停下。我想像著他從遠方朝我跑來的模樣，即便我根本不曉得圖書館在哪個方向，而姜恒會不會其實是從我後方出現，或者更慘，我們就這麼擦身而過。

幸好沒有。

「嗨。」我抬手招呼。

姜恒看著我，有點喘。

「下班了？」他問。

「嗯。」

「吃過了嗎？」

「嗯。」

「要不要走走？」

「好。」

姜恒帶我繞著院區漫步，夜晚襯著暈黃的燈光，我們的影子被拉得很長，偶爾有認識的人經過，聽見他喊別人學長的感覺有點微妙，這是屬於姜恒的生活，他有著我所不知道的一面。

我問他爲什麼沒問我來找他做什麼，他只是淡淡地睞了我一眼，彷彿我問了一個笨問題似的。

「妳不來，我也會去。」他說。

「可是，上次……」

「妳喝醉了。」姜恒簡單地用這個理由解釋了我的失控。

「人家說，酒後吐眞……」

話才說到一半，姜恒蹙起眉瞪我，我猜他眉眼之間的意思是：他都幫我準備好台階了，我幹麼不順著走下來，硬要跳樓？

是啊，我是有點蠢。

或許是氣氛使然，我們自然而然地聊起彼此截然不同的大學生活。當我趴在宿舍地板賣力刻著版畫，姜恒正在學著分辨寄生蟲的種類；當我苦背西洋藝術史的發展年分、姜恒則得熟記全身上下的骨骼關節……

「期末評鑑真的很慘。」我嘆氣。

「跑檯考試倒是很有趣。」姜恒輕笑。

我們走在附近大樓的走廊，經過一間又一間無人的教室，除了我們的談話聲以外，幾乎聽不見任何聲響，有時候姜恒會告訴我他在哪間教室上了什麼課、遇見了什麼樣的老師，有時候則是靜靜地傾聽我說話。

「姜恒。」

「嗯？」

他在我身旁輕輕應聲，我忍不住緊張。

「我想……」盯著自己的腳，抿了抿乾燥的唇，我終於鼓起勇氣開口，「我想，我還是得跟你說聲對不起，雖然你不在意，可是我不能——」

「我沒有不在意。」

「你說……」轉頭，對上姜恒看向我的眼眸，我反應不及。

「老實說，我很生氣。」他的語氣很淡然，像是在提及一件無關緊要的小事，也許是我的表情太過僵硬，姜恒一笑，安撫似地說：「……可是，我理解妳的心情。」

我不懂姜恒的話是什麼意思，只能怔怔地望著他。

姜恒沒有說話，他的目光不知何時轉向前方，少了燈光的照明，眼前的長廊宛如深不見底的黑洞，看不見盡頭。

「我不好。」

看著這樣的他，腦海不自覺地浮現那時的情景……還有那幅〈寂寞〉，無處不在的寂寞幾乎快要吞噬眼前的姜恒。

「就像妳說的，我以為我不會後悔……」

「我——」

姜恒按下我急欲解釋的衝動，希望我先聽他把話說完。我明白，然而，我還是感到很不安，深怕我們之間會因為我先前的失言而產生誤會。

只是，他的眼神告訴我沒事，不會有事的。

「我一直以為我可以承擔後果，所以我不會後悔，也不可能後悔。可是，有一段時間，我卻不曉得我是為了什麼繼續待在這裡。」姜恒說著，目光望進旁邊漆黑一片的教室。

明明考上第一志願的大學、念了一心想進的醫學系，明明擁有了旁人稱羨的一切，而這些全都在他的預料之中，他沒有什麼好埋怨的了，更不應該感到不滿、不應該覺得茫然，不是嗎？

偏偏他就是這麼覺得。

「這不像我，對吧？」

他轉頭看我，我只能怔怔地望著他，一句話也說不出口。

畢竟，這些想法不只在我的心中出現過，我甚至也口無遮攔地對他說過。

「除了上課，我對其他的事都不感興趣，日子變得很漫長，我不只一次想過休學的可能，海光走了，當初促使我選擇醫學系的原因不存在了，我不知道我還待在這裡幹麼？」

這是我第一次看見如此迷惘的姜恒。

當他說著這些話的時候，看起來就像隨時都會消失一樣……這讓我忍不住伸手，包覆住他藏在身側握緊的手。

姜恒抬眼，對上我的目光。

「後來，我想起了妳……應該說，我一直都沒有忘記妳。」

如果當初告訴我海光的病情就好了，如果當初不聽海光的話保守祕密就好了……姜恒告訴我，他當時滿腦子想的都是這些，無時無刻。

「後悔，大概就是這種感覺吧？」

姜恒笑了，很淺很淡。

那一瞬間，我忽然明白自己是多麼自以爲是，以爲他的人生無可挑剔，以爲他不會覺得痛苦，以爲他不可能對未來感到迷惘……我一直擅自地這麼認爲，好像只有我一個人受到傷害，卻忘了姜恒和我一樣——

我們同樣失去了海光。

將近五年的時間，我們懷抱著同樣的傷痛，生活在同一個城市，卻錯開了步伐……若我們早幾年相見會怎麼樣？若我們從此陌路又會怎麼樣？

然而，無論再怎麼多想，這些假設都沒有意義。

「不管再重來多少次，我想，我還是會做出一樣的選擇。」他說。

我知道。

姜恒就是姜恒。

我們無法預測未來會發生什麼事，促使我們做出決定的原因，也從來不是因爲預見了日後發展，單純只是因爲我是我、你是你，如此而已。

當我鬆開這些年來緊握不放的糾結，所有的一切不再讓我覺得痛苦、覺得罪惡……包括姜恒，包括我們。

「原本我以爲就這樣了，可是……」姜恒看著我，眼睛、唇角都有一抹似有若無的笑意，「我沒想到會在醫院遇見曾仰宗，更沒想到會遇見妳。」

我也是。

「妳變了很多，卻又像是一點也沒變。」

「你還不是一樣。」

聞言，他笑了笑，沒理會我微弱的嘟囔，只是用他宛如夜空的眼神深深地望我一眼，逕自說了下去。

「我喜歡妳。」

一直。

如同之前，姜恒的目光始終沒有轉移。

「我沒辦法挽回過去，今後可能也會繼續惹妳生氣，但也許海光讓我學會的就是把握現在，所以我想讓妳知道，如果可以的話，我會盡一切的努力讓妳幸福。」

這回，姜恒說的不是告白，而是承諾。

我望著他，他望著我，世界忽然沒了聲音。

「日荷，我——」

「我不需要你讓我幸福。」

聽到我這麼說，姜恒的表情忽然一僵，像是被搶走了玩具車的孩子，有些受傷、有些無助，然而，我卻笑了，帶著早已滑落的淚水。

「我想要我們一起幸福。」

姜恒的神情瞬間放鬆，下一秒，他將我緊緊擁入懷中。

「別鬧。」

感覺到他的手臂微微顫抖，我用力環抱住身前的他，不再猶豫、不再躊躇，我知道我再也找不到理由不去愛好不容易重回到身邊的他。

所以，不鬧了，這次眞的不鬧了。

尾聲

閉著眼睛，我們還是能看見光。

八月九日，天氣晴。

我想，今天是適合訪友的好日子。

走在綠草如茵的坡路，我側過頭，看向波光粼粼的海面，浪濤聲伴隨著海風傳來，視線跟著飛過天空的海鳥，拉回至不遠處的白色建築物，那裡是海光長眠的居所。

「蛋糕呢？」洪蘋猛地回頭，著急地嚷嚷：「噯，我的蛋糕有沒有拿啊？那是我特地從台北帶下來，打算賄賂佟海光保佑我明年口試過關的耶！」

「蛋糕在這裡啦！」仰宗舉起手上的紙盒，沒好氣地大翻白眼，「拜託，保佑？妳以爲阿光是妳養的小鬼啊？什麼時代了？科學一點好不好？拿去賄賂教授還比較有用。」

這是哪門子有見地的建議啊……

沒想到，最近腦波大幅削弱的洪蘋聽了居然眼睛一亮，話題馬上換到對付口試委員的熱門點心排行榜，我邊聽邊偷笑，不想加入他們兩個人始終如一的口水戰。

當我豎起耳朵想聽清楚仰宗說的炸雞慘案時，忽然感覺到手中傳來一陣微弱的拉扯，我疑惑地低頭一看，只見姜恒不知爲何想拿走我提著的水果。

怪了，想偷吃也不是現在吧？

「重嗎？」他認真地問。

「你當我是小孩啊？」我失笑，一袋水果是能重到哪去？

「我——」

「地瓜，來來來，你來評評理。」洪蘋一臉嚴肅地說著：「乳酪蛋糕、巧克力泡芙，教授會比較喜歡哪一樣？」

「我不是地瓜。」

「啊，還是番薯塔？」洪蘋拍掌大叫，完全忽視了姜恒無奈的眼神，用力往他的肩頭拍兩下，「這點子不錯，謝謝你啦！」

得到靈感的洪蘋踩著小跳步往前跑去，姜恒扭頭看我，面對他的無言求救，我愛莫能助地兩手一攤。

「歡迎加入農產品陣線聯盟。」

所有的歡聲笑語都在進入館內大廳後暫時收起，我們步上三樓，保持著沉默走過長廊，走廊盡頭是一扇將近兩人高的落地窗，窗戶旁的那排走道，便是海光居住的位置。

安靜地擺設好祭拜的物品，仰宗正準備拿著線香湊近一旁的蠟燭點燃，姜恒出聲喚住了他。

「我來吧。」他從口袋中取出一個銀色的打火機。

我沒告訴洪蘋他們爲什麼我的眼眶頓時泛紅，看著銀色打火機依然竄出紅豔豔的火苗，突然有點想哭。

「誰都別想阻止我賄賂海光！」舉起香，洪蘋閉上眼。

「那我只好求他讓妳學會社會的殘酷。」仰宗閉眼的同時，悶聲挨了一記來自洪蘋的拐子。

姜恒也默默閉上眼睛。

看著照片上笑得燦爛的海光，想起了我們曾經躺在草地上的畫面，半晌，我緩緩閉上眼，看見色彩在我眼前交織成光。

閉著眼睛，我們還是能看見光。

這一年來發生很多事，好的、壞的、有趣的、難受的……我想，大家現在正七嘴八舌地爲海光補充他錯過的各種消息，忽然之間，我不曉得該跟海光說什麼才好，以前的我總是流著眼淚說我好想他……想到這裡，我笑了，他一定早就覺得我很煩吧？

今年，我有好多好多話可以跟他說。

洪蘋的論文如火如荼、仰宗現在都尊稱姜恒一聲學長、蘋果洋蔥好像起了化學變化、子齊決定報考美術班、子寧正在求媽媽讓她學衝浪、任韶陽下個月就要出國、我爸媽的態度似乎有所軟化……

所有的故事還在進行，我不曉得結局會是如何，因爲我們的生活還在繼續。

「妳最後跟海光說了什麼？」走在回家的路上，姜恒問我。

我一愣，沒料到他會注意到我趁著大家燒紙錢時，在嘴裡默念了一段話。我笑了笑，即使心頭有點暖暖的，但我不打算向他全盤托出。

不過，讓我想想，我說了什麼呢？

我說，我找到了一份值得努力的工作。

我說，我現在過得很幸福。

還有——

「……我叫他不要忌妒我。」

「什麼意思？」姜恒不解。

「不告訴你。」我頭一甩，這是我和海光的祕密。

聞言，姜恒沒說什麼，只是淡淡地瞥了我一眼。

我沒多想，正打算牽著他的手繼續往前走去，沒想到姜恒這傢伙居然耍脾氣、故意想放掉我們交握的手，我警告他不准放，使出更大的力氣牽了回去，怎麼樣都不准他鬆開。

「說。」他居然跟我談條件。

「不說。」我可是有所堅持的女人。

「說。」

「不——」發覺他被我緊緊握住的手掌不受控地掙脫，無奈之下，我只好投降，「好啦，我說、我說！」

他的眉眼透出勝利的喜悅。

瞪著身旁勝之不武的大男孩，我突然想到可以治他的辦法。我勾勾手指要他低下頭，輕聲在他耳邊說了一句細語，看著姜恒突然脹紅的臉龐，我就知道他絕對沒辦法再面無表情。

我愛你。

與這個世界說再見以前，我會一直愛著你。

（全文完）

番外　Make A Wish

再多的為什麼都沒有答案，不可能有答案。
於是他藏進心底，不跟任何人說。

佟海光記得很清楚，小學五年級的某日午後，他和媽媽一起來到醫院，聽取醫生的診斷報告。媽媽獨自進了診間，他則是坐在走廊的長排椅子上，看著公布欄上的衛教資料發呆。不知過了多久，媽媽推門走了出來，他正要上前，卻發現媽媽在哭，不是默默掉淚的那種哭，而是需要護士攙扶的嚎啕大哭，身體無力地癱倒，好像全身力氣都隨著眼淚的掉落消失不見。

或許是被嚇到了，他不敢走近，遠遠地看著這一幕上演。

那是序幕。

接下來的日子，他再也無法假裝置身事外。

鎖骨附近的人工血管被注入化療的藥物，護士手上的角針長得令人畏懼，他強裝鎮定，想像流入體內的藥劑化成戰士攻打癌細胞，屢戰屢勝，藉此遺忘化療帶來的不適。

化療不是一次即止，好不容易撐過了一次，還有下次。

國中畢業那年，佟海光的身體負荷不了治療的重擔，父母與醫生商討過後，決定讓佟海光休學，這一休息，就是兩年。

「雖然有一種重回人間的感覺，可是……」參加完高一始業典禮，他忍不住嘆息，「同學都是小我一、兩歲的學弟學妹耶！噯，我看起來有沒有很老？」

「天上一天，地上一年。」姜恒踩著腳踏車，平穩得一點也不像是騎在凹凸不平的柏油路上，「你的時間才過了兩天。」

「我可以理解成你說我是天使嗎？」

「……你不害臊的話。」

當然，佟海光才不會害臊。

姜恒和他是從小一起長大的鄰居，旁人口中的青梅竹馬，還是該說竹馬竹馬？隨便，反正不重要。

佟海光以前很討厭姜恒，打從心底認爲這個小孩一點也不討人喜歡，不僅面無表情，還特別不愛笑，每次問他話，他總是簡單應了聲便再沒下文。佟海光根本不想和姜恒一起玩，若不是礙於大人的壓力，他老早就想命令姜恒不準靠近他方圓三十里內。

後來，就是他得知自己生病的後來，發生了很多事，包括他因爲迷惘而做盡蠢事的那一段期間，要不是有姜恒的默默陪伴，他想，不用病魔摧殘，他自己先撐不下去。

姜恒不善言語，說得比做得多，已經夠少的話語之中，逆耳的忠言又比婉轉的勸戒來得多更多……所以，佟海光曾經想揍他，就在姜恒發現自己抽菸，用一種「原來你病的是腦子」的語氣跟他說話時，他眞的差點一拳揮過去。

還好，他沒有。

要是現在，光是想想就捨不得。

要如何傷害一個承諾會一直陪伴他的人？

「海光。」

「醫生？」要不是聽見叫喚，佟海光差點忘了自己坐在診間。

現在想想，這種反應可能是一種情緒解離，只差一點，他就可以將自己的靈魂抽離身體、抽離這個世界，佟海光明白，他是下意識地不想面對醫生接下來要說的話。

他有預感，那不是他會想聽的話。

當醫生用著悲傷的眼神說出悲觀的話語，他心裡只想著：「啊，被我猜中了。」

沒有難過、沒有震驚、沒有任何情緒……

他想，這是終幕了吧。

「你沒事吧？」

看著日荷傳來的紙條，佟海光心中泛起一陣酸澀。

我沒事。他用唇語回應。

即使身體沉得像是扛著千斤重的鐵塊，試圖想拖垮他的意志，佟海光還是撐起笑容告訴她，他沒事，真的。

謊言的後頭總是跟著一句不真心的「真的」。

「爲什麼不告訴她？」

「不需要。」

「不需要？」姜恒的語調略略提高，代表他的不認同。

有時候，佟海光很討厭自己那麼了解姜恒，光是透過眼神、聲調、一點微乎其微的小動作，就能明白他的想法。

「我不打算說。」佟海光堅持。

「你明知道她不會想當最後一個知道的人。」

姜恒的眉眼之間全是顯而易見的不以爲然，一點也不像姜恒。他居然爲了其他人來質問自己……佟海光覺得煩躁，別開視線，卻阻止不了心裡的嫉妒。

「海光，你——」

「她不會是最後一個，我誰都不說，她怎麼會是最後一個？」他迎向姜恒的目光，藏不住話中挾帶的尖刺，「我倒是想知道，你幹麼這麼在乎她？」

姜恒沒有回答。

其實他不問也知道，姜恒對日荷上了心，日荷也是，否則她不會畫出那幅〈寂寞〉……或許這就是所謂的旁觀者清？

旁觀者，沒錯，他是旁觀者。

旁觀者進不了只屬於他們的局。

儘管不是蓄意，這股怒火依然延燒到了日荷身上。

佟海光一直以爲自己僞裝得很好，他向來都在眾人面前表現出一副開朗樂觀的模樣，將黑暗、悲觀的負面情緒留給自己，沒想到一場午睡醒來，他猝不及防，沒能壓下一湧而上的怒火——

只因爲他無法忍受看見他們兩人那麼開心地互傳訊息，說著一些他不知道的事……可是，他又能怎麼辦？

獨自來到操場，佟海光再次躺在草地上。

對於什麼都不知道的日荷來說，他不該遷怒；對於什麼都不知道的姜恒來說，他也不該責怪……他們什麼都不知道，關於病情、關於感情，他把祕密藏得比誰都深，卻又氣他們爲何不懂他的心情。

伸手擋住刺眼的陽光，他眞的不明白自己究竟想要什麼。

因爲他的緣故，放學後的聚會取消了，同學們陸續離開教室，包括曾仰宗、洪蘋，以及日荷，空無一人的教室裡只剩下自己。佟海光站在教室的最後方，看著一個個少了主人的座位，斜陽打進來，無從訴說的寂寞充斥了整個空間。

老實說，這就是他的感受。

沒人能夠理解他的孤獨，他討厭別人用帶著歉意的眼神注視著他，沒人知道他常會這麼想著：爲什麼是我？爲什麼不是別人？憑什麼是我……再多的爲什麼都沒有答案，不可能有答案。

於是他藏進心底，不跟任何人說。

他要死了。

佟海光第一次這麼清楚地感覺到，他要死了。

小學五年級得知自己生病的時候沒有、做化療吐得死去活來的時候沒有、因爲併發症住進醫院的時候沒有、休學兩年與藥物爲伍的時候沒有……偏偏在這個時候，他覺得自己脆弱得快要死了。

他什麼都沒辦法留下，對吧？

「我到了。」

手機出現姜恒傳來的訊息，佟海光有好一陣子看不清上頭的文字……視線是模糊的，思緒是紊亂的，他做了好幾個深呼吸，心跳卻快得差點令他窒息。

他希望時間能變得慢一些，不管是他的生命，或者是這一條走到校門口的路程，慢一點，再慢一點……讓他能有足夠的時間準備、思考、調適。

天不從人願，佟海光看見正在交談的姜恒和日荷，心又是大力地揪緊。

到底該怎麼做才好？

佟海光走近他們，帶著一點茫然、一點恍惚，直到聽見日荷說她想要先走的聲音，他想也沒想，開口阻止了她——日荷的眼裡浮現不解的怒氣，而他知道他活該承受。

他不是沒想過，或許等到看見他們的相處情形，不再被自己的想像折磨，他的心裡會比較好受，可是，當他親耳聽見日荷和姜恒一來一往的對話，親眼見到日荷表情中的嬌氣，以及姜恒近乎寵溺的笑容……

他們不經意流露的神情才是他最害怕理解的事實，他不想承認，即使從他充滿妒忌的眼中看出去，姜恒和日荷也依然那麼相襯。

「再見。」

回過神，他聽見日荷道出再見。

「……再見。」

不得不說，他有種鬆了口氣的感覺。

只不過，當佟海光坐在姜恒的腳踏車後座，看著姜恒穿著制服襯衫的背影，再回頭看著日荷的身影在路的遠處越來越小，他忽然覺得自己很小人、很卑鄙、很狡猾……

「停車。」

「什麼？」姜恒沒聽清楚。

不管了！

佟海光不在乎車子有沒有停下，一手按著姜恒的肩膀直接跳下車。

他其實不能跑步的，可是……

佟海光賣力地向前奔跑，腳步在人行道上踏出大力的聲響，他聽見自己的喘息聲混合著心跳，佟海光跑著，越來越接近前方的身影，三步、兩步、只差一步——

「日荷！」

佟海光出手拍了下她的肩膀，眼前瞬間一片模糊，暈眩跟著襲來，他差點撐不住，遲來的痛苦刺著腹部，冷汗沿著頰邊淌了下來，他知道自己的臉色一定很難看，於是他彎著腰、手撐著膝蓋，不讓日荷被他的異狀嚇到。

「你還好嗎？」日荷慌了，伸手扶住他的手臂，「要不要坐下來休息？」

佟海光搖頭，用力閉了閉眼。

「日荷，對不起。」

「……什麼？」

「今天……其實不只今天，還有很多很多……對不起。」佟海光又說了一次，他其實已經不太知道自己到底在說些什麼了，「我明知道妳很擔心，可是我卻……妳可以等我嗎？等我把思緒整理好，到時候……」

他會告訴她的。

說完，佟海光對上日荷的眼神，那一瞬間，他清楚明白了一件事。

的確，他的思緒、他的心情還是亂的，他不知道的事情依然很多，至今爲止找不到答案的疑惑也是多不勝數，可在一片混亂之中，他很清楚明白了一件事……

沈日荷是他的朋友。

或許是生病的關係，也或許這就是他本來的個性，佟海光不像旁人以爲的敞開心胸，他擅於社交，卻不輕易將別人列入「朋友」的範疇……除了姜恒，除了沈日荷，後來，甚至還有曾仰宗、洪蘋。

高二這年，眞的徹底改變了他。

以前，他總是想著該怎麼在不停流逝的日子裡留下屬於自己的痕跡，他不曉得自己什麼時候會消失，他是眞的想讓這個世界記住他的存在，就算很難、就算很微小、就算多一個人也好，佟海光想被記得——

直到那一次學生會選舉。

沒錯，他是輸了，可佟海光卻覺得自己贏了。

那是他第一次恍然大悟，原來眞正的被在乎，不是贏得了眾人的選票、不是在校史上留下名字、也不是用盡各種方法成爲一個備受矚目的人……其實只要幾個人就夠了，只要有幾個人眞心在乎你的感受就夠了。

佟海光很慶幸認識了他們。

尤其是日荷。

剛開始他覺得她很有趣，然後覺得特別，再來則是心疼……佟海光的行動總是搶先在思考之前，想做什麼就去做了，他想做的事情很多，不想浪費時間猶豫不決，也因此有一陣子他看不慣日荷的躊躇，不懂她爲什麼一定要考慮這麼多？

他不懂，她明明擁有這麼多，爲什麼學不會勇於追求？

然而，當他接到日荷哭著打來的求救電話，他才知道不是每個人都能毫無顧忌地做自己想做的事，即使那是一件值得鼓勵的好事。

也是因爲這件事，讓日荷和姜恒眞正有了交集。

思及此，佟海光苦澀地笑了，或許是他默默推了他們的感情一把吧？其實早在訊息事件之前，他就發現了，發現姜恒的目光總是追著日荷，正如他的目光總是追著姜恒……他只是假裝不知道而已。

仰躺在草地上，靜靜地感受著陽光灑在身上的溫暖，微風輕輕拂過，青草的味道飄進鼻間，佟海光的心情平靜了下來，此時此刻，一個非說不可的祕密正在他的心中盤旋。

好不容易做好心理準備，佟海光告訴日荷自己有話想說，看著日荷的表情因爲他的緊張而跟著逐漸失去笑意，他的腦中突然一片空白，事實上，直到他開口的前一秒，他都還想著退縮——

「日荷，關於我喜歡的人……」

於是，她成了這個世界上唯一知道的人。

若是問佟海光後悔嗎？

他想，可能有一點吧，數不清是第幾次發現日荷躲開了自己的目光之後，他的確有一點後悔，但不可否認的是，他卻也因爲坦承自己的心意而覺得輕鬆許多。
而且，他和日荷也和好了啊，所以沒事，很好，非常好。
他只是想告訴日荷而已，眞的，其他的，他也不想在意那麼多了……他就是這樣的一個人啊，不是嗎？想做什麼就做了，後果對他來說不是那麼重要，反正他也……
看著對面姜恒房間的燈光熄滅，他還是有點痛苦。
佟海光逼自己回到床上休息，閉上眼，他試著緩過扭住心口的疼痛，他知道的，知道姜恒是去補習班接日荷下課，昨天也是、今天也是……他只能站在窗邊，看著喜歡的人去見喜歡的人。
他不想改變他和姜恒之間的關係，眞的。
但是，爲什麼？
爲什麼還是會痛？
爲什麼還是會想哭？
爲什麼還是會不甘心？
如果這個世界眞的有如果，他可不可以不要生病？
他討厭必須裝作什麼事都沒關係的自己、討厭必須什麼也不做的自己、討厭鼓勵別人卻什麼也做不到的自己——
他討厭想要祝福他們的自己。
多麼清高、多麼矯情、多麼有成人之美……佟海光苦澀地罵著自己，他幹麼非得當一個正面樂觀的角色？他幹麼不順著自己的心情搞破壞、橫刀奪愛、扮演一顆最大最礙眼的絆腳石？

可沒辦法，他是佟海光啊。

那個注定要散發光芒的佟海光啊。

「我希望，沈日荷和姜恒能夠幸福……」

答應我，好嗎？

後記　每一條路都不會白走

嗨嗨，大家好，我是兔子說。

首先我有一句很重要、很重要，重要到我要是再不大喊出來就會憋死的話想說，那就是——OH MY GOD! 我不是一書作者了！

很開心再次以《說再見以前》和大家見面，其實在寫後記之前，關於後記的內容，我想了很多，真的很多，例如討論故事裡的每一個角色、每一段劇情發展、隱藏其中的小細節等等，我發現我有太多話想說，反而不知道該說什麼才好。

不如先來說說海光好了。

一般來說，男主角會是和女主角談戀愛的那一位，對吧？但在這個故事中，海光和日荷之間絲毫沒有戀愛牽扯，可他絕對是男主角，他是故事發想的起點，更是故事的主軸。

不曉得用「複雜」來形容海光是不是最正確的詞彙，畢竟每個人都是複雜的，每個人都擁有很多不同的面向，當然，海光也是。在日荷眼中，雖然海光藏著祕密，仍然不損他陽光、積極的一面；相反的，在海光的番外篇中，我想大家可以發現，海光的開朗其實是一種保護色。

海光立足的角度與故事中其他角色並不一樣，他看得透徹、知道最多，他的存在推動了故事的行進，甚至影響了其中的每一個人。

日荷自然是被影響最深的那一位。

我想，很多人會問：「日荷究竟對海光有沒有戀愛的感情？」

答案是沒有，就連曾經都沒有過。日荷對海光的感情除了友情，另一部分是憧憬，她想成爲像海光一樣的人，因此她很在乎海光對她的看法，希望自己不會讓海光失望。

至於姜恒則是負責戀愛的部分……好啦，正經一點，就某種層面來說，姜恒和日荷算是一見鍾情，打從第一次見面、早在他們尚未察覺的時候，雙方都對彼此上了心，儘管如此，他們還是拖了一點時間才相互表明心意。

海光的離開造成了他們之間的誤會，當下無法處理，時間卻拉遠了距離，即使重逢，日荷心中依然存在著一道解不開的結，那是她自己打上的，要是日荷沒有想通，任憑旁人說了再多，她和姜恒也不會在一起……

我們的生活一直以來都受到來自各方的影響，先是家庭，再來是同儕、情人……大多數時候，我們總是過於在乎別人的想法，可到了最後，我們終究必須誠實地與自己對話，那些深藏在心中的心結、悲傷、遺憾才能眞正迎刃而解。

其實，若是沒有遇見海光，日荷的人生依然會平穩順利，因爲她有能力、肯努力，而且充滿責任感，這樣的人不管到哪裡都會成功，然而，她會快樂嗎？答案或許就不是那麼確定了。

誠如先前我在粉絲團發過的一則動態：「寫作眞的是一件很奇妙的事，寫著他人的故事，回想自己的人生。試著反省、試著釋懷、試著爲當初覺得不合邏輯的事情找到答案，然後，也因爲回憶而覺得珍惜。」

日荷向媽媽大喊過的那一句「這是我的人生」，我必須承認，這種像是小說、連續劇裡才會出現的台詞，我不只想過，還眞的說出口過。只不過，不像日荷是在受到壓迫、孤立無援的情況下說出來，當我說出這句話的時候，我得到的是家人的體諒與心疼。

我很感激，非常。

如果不是當初換了跑道，我可能不會重拾寫作的興趣、不會有機會出書，也不會有機會遇見你們……

人生是一連串的選擇，我很幸運選擇了這一條路，我沒有後悔，正因爲每一條路都不是白走的，讓我得到了很多生活感想能夠運用，所以，我很滿足。

《說再見以前》其實是很慢熱的故事，它沒有很熱血地追逐夢想、沒有不斷發射的粉紅泡泡，可是，它有很多我們在人生新階段不停經歷的迷惘、掙扎，還有領悟——它也許不是最討人喜歡的一本書，但我希望它能夠在你們的心中靜靜地發酵。

噢，對了，可以請你們答應我一件事嗎？現在看完書的你們，五年之後，不多不少就五年，五年之後再閱讀一次這個故事，我相信到了那時，你會有不同的感想、不同的共鳴，或許，也會對你的生活有不同的解答。

最後，我想謝謝我的編輯蔓蔓姊，往後我會繼續痛苦並快樂地奮鬥下去！（小聲地說：希望快樂多一點，卡稿太痛苦了，嗚嗚……）

謝謝大家，我們下段旅程再見！

兔子說

城邦原創 長期徵稿

題材

(1) 愛情：校園愛情、都會愛情、古代言情等，非羅曼史，八萬字以上，需完結。
(2) 奇幻/玄幻：八萬字以上，單本或系列作皆可；若是系列作，請至少完稿一集以上，並附上分集大綱。

如何投稿

電子檔格式投稿（請盡量選擇此形式投稿）

(1) 請寄至客服信箱service@popo.tw，信件標題寫明：【投稿城邦原創實體書出版／作品名稱／真實姓名】（例：投稿城邦原創實體書出版／愛情這件事／徐大仁）
(2) 稿件存成word檔，其他格式（網址連結、PDF檔、txt檔、直接貼文於信件中等）恕不受理；並請使用正確全形標點符號。
(3) 請附上真實姓名、性別、聯絡電話、email、POPO原創網會員帳號、作者簡介與出版經歷。
(4) 請加入POPO原創市集(www.popo.tw/index)申請成為作家會員，並將投稿作品公開放上該網站至少4萬字，若想全文公開也可以。

紙本投稿

(1) 投稿地址：10483台北市民生東路二段149號6樓A室
城邦原創實體出版部收
(2) 請以A4紙列印稿件，不收手寫稿件。
(3) 請附上真實姓名、性別、聯絡電話、email、POPO原創網會員帳號、作者簡介與出版經歷。
(4) 請自行留存底稿，恕不退稿。
(5) 請加入POPO原創市集(www.popo.tw/index)申請成為作家會員，並將投稿作品公開放上該網站至少4萬字，若想全文公開也可以。

審稿與回覆

(1) 收到稿件後，約需2-3個月審稿時間，請耐心等候通知。若通過審稿，編輯部將以email回覆並洽談合作事宜，如未過稿，恕不另行通知。
(2) 由於來稿眾多，若投稿未過，請恕無法一一說明原因或給予寫作建議。
(3) 若欲詢問審稿進度，請來信至投稿信箱，請勿透過電話、部落格、粉絲團詢問。

其他注意事項

(1) 請勿抄襲他人作品。
(2) 請確認投稿作品的實體與電子版權都在您的手上。
(3) 如果您的作品在敝公司的徵稿類型之外，仍然可以投稿，只是過稿機率相對較低。

國家圖書館出版品預行編目資料

說再見以前／兔子說著. -- 初版. -- 臺北市：城邦原創, 民 104.06
面；公分. --（戀小說；43）

ISBN 978-986-91519-5-5（平裝）

857.7　　104009427

說再見以前

作　　者／兔子說
企畫選書／楊馥蔓
責任編輯／楊馥蔓

行銷業務／林政杰
總 編 輯／楊馥蔓
總 經 理／伍文翠
發 行 人／何飛鵬
法律顧問／台英國際商務法律事務所　羅明通律師
出　　版／城邦原創股份有限公司
台北市中山區民生東路二段 141 號 6 樓
電話：(02) 2509-5506　傳眞：(02) 2500-1933
E-mail：service@popo.tw
發　　行／英屬蓋曼群島商家庭傳媒股份有限公司城邦分公司
聯絡地址：台北市中山區民生東路二段 141 號 11 樓
書虫客服服務專線：(02) 25007718・(02) 25007719
24小時傳眞服務：(02) 25001990・(02) 25001991
服務時間：週一至週五09:30-12:00・13:30-17:00
郵撥帳號：19863813　戶名：書虫股份有限公司
讀者服務信箱 email：service@readingclub.com.tw
城邦讀書花園網址：www.cite.com.tw
香港發行所／城邦（香港）出版集團有限公司
地址：香港灣仔駱克道 193 號東超商業中心 1 樓
email：hkcite@biznetvigator.com
電話：(852)25086231　傳眞：(852) 25789337
馬新發行所／城邦（馬新）出版集團 Cité(M)Sdn. Bhd.
41, Jalan Radin Anum, Bandar Baru Sri Petaling,
57000 Kuala Lumpur, Malaysia.
電話：(603) 90578822　傳眞：(603) 90576622
email:cite@cite.com.my

封面設計／黃聖文
電腦排版／游淑萍
印　　刷／漾格科技股份有限公司
經 銷 商／高見文化行銷股份有限公司
客服專線：0800-055-365　傳眞：(02)2668-9790

■ 2015 年（民 104）6 月初版　　Printed in Taiwan
■ 2017 年（民 106）9 月初版 11 刷

定價／250元

ISBN　978-986-91519-5-5